화씨 451

화씨 451
Fahrenheit 451

레이 브래드버리

박상준 옮김

황금가지

감사를 담아,
돈 콩던에게 바친다.

지금도 기억나는 80년대와 그 이전의 우리 풍경 하나. 바로 '불량 만화'와 '불법 비디오'들을 수북이 쌓아놓고 불태우는 장면이다. 그것들의 위법성이나 유해 여부가 어찌되었건 간에, 그 수많은 '이야기'들이 그렇게 없어진다는 게 무척이나 안타까웠다. 정책적, 사회적 편의성을 따지기에 앞서 그냥 본능적으로 우러나오는 감정이 그랬다. 인간은 반면교사로도 교훈을 얻는 존재가 아니던가. 과연 저렇게 불태워버리는 것 밖에는 대안이 없나.

역사상 그런 장면은 드물지 않았다. 옛 중국의 분서갱유처럼 유명한 고사도 있고, 나치 독일에서도 무수한 책을 모아놓고 공개 화형식을 벌였다. 기원전 3세기에 '세계의 모든 책을 수집해놓았다'고 알려졌지만 지금은 흔적도 없는 이집트 알렉산드리아 도서관은 타임머신이 있다면 가장 가보고 싶은 곳 중 하나이다. 『화씨 451』이야말로 그렇게 사라져 간 이 세상의 모든 책들에게 바치는 애잔한 희망의 송가(頌歌)이다.

　작가 브래드버리는 2000년도에 전미도서상 평생공로상을 수상했다. 물론『화씨 451』이라는 대표작에 힘입은 바가 크다. 전미도서상은 미국에서 가장 권위 있는 문학상으로서 존 업다이크, 아서 밀러, 토니 모리슨, 스티븐 킹, 오프라 윈프리 등 쟁쟁한 인물들이 평생공로상을 받았다. 책과 교육의 가치에 대한 하나의 거대한 선언, 그리고 궁극적으로는 그를 향유하기 위한 섬세한 감성과 넉넉한 여유를 웅변하는 작품인『화씨 451』은 오늘날 미국에서 가장 널리 읽히는 교양소설 중의 하나이다. 학생들을 위한 해설서도 여러 종류가 출간되어 있으며 시대가 바뀔수록 오히려 더 선명해지는 메시지를 담아서 진정한 국민 고전의 반열에 올라 있다.

　번역에 사용한 텍스트는 미국 랜덤하우스사의 한 계열인 발런타인 북스(Ballantine Books)의 SF, 판타지 및 만화 전문 임프린트 델 레이(Del Rey)에서 낸 1953년 초판의 48쇄(1979년) 페이퍼백이며, 작가의 마치는 글과 인터뷰는 같은 책의 50주년 기념판에 새롭게 추가된 것을 보았다.
　인터뷰에서 브래드버리는 단편『방화수』와『화씨451』이 처음 발표된 지면을 각각《갤럭시》와《플레이보이》잡지의 몇 년도 몇 호라고 언급하고 있지만, 다른 자료로 대조 확인해 본 결과 구체적인 호수는 약간 차이가 있었다. 작가의 기억을 존중하는 의미에서 고치지 않고 그대로 두었음을 밝혀둔다.

또한 인터뷰 당시 진행 중이던 『화씨 451』의 영화화 계획도 2009년 2월 현재 여전히 큰 진전은 없는 것으로 보인다. 프랭크 다라본트 감독은 그 사이에 「미스트」를 먼저 연출했고, 지금은 「화씨 451」에서 주연을 맡을 배우를 물색 중이라고 한다. 한때 톰 행크스가 유력하게 물망에 올랐으나 계약이 밀려 있어 다른 배우를 찾기로 했다는 것이다.

옮긴이가 서문을 빌어 진심으로 드리고 싶은 말씀은 사실 이제부터다. 번역자로서, 더구나 16년에 걸쳐 세 번이나 텍스트를 볼 기회가 있었음에도, 이제야 부끄러운 고백을 한다. 그전에 나왔다가 절판된 두 가지의 한국어판 『화씨 451』도 옮긴이가 번역한 원고였는데, 이번에 다시 읽으면서 그전까지 미처 몰랐던 오류며 본문에 숨은 맥락들을 너무나 많이 깨닫게 되었다. 작품에도, 작가 브래드버리에게도 죄송한 마음이며, 그런 뜻에서 후기도 짧게 줄였다. 새롭게 선보이는 황금가지판 『화씨 451』에서는 그런 아쉬움을 최대한 줄이고자 노력했는데, 그럼에도 불구하고 지적할 부분이 나오면 전적으로 옮긴이의 책임이다. 독자 제현의 아낌없는 질책을 기다린다.

박상준

● ● ● 차 례

| 옮긴이의 글 | 6

| 제1장 | 난롯가, 그리고 샐러맨더   13

| 제2장 | 체, 그리고 모래   115

| 제3장 | 타오르는 불꽃   181

| 후기 | 250

| 마치는 글 | 258

| 레이 브래드버리와의 대화 | 264

그들이 가지런히 줄 처진 종이를 주거든
줄에 맞추지 말고 다른 방식으로 써라.

후안 라몬 히메네즈

(스페인 시인, 1956년 노벨 문학상 수상 — 옮긴이)

난롯가, 그리고 샐러맨더

불태우는 일은 즐겁다.

불꽃은 춤추면서 천천히, 그러나 결코 멈추는 일 없이 무엇이든 자기 것으로 만들어 간다. 점점 색깔이 어두워지다 이윽고 검은색으로 변하고 마침내 본래의 것과는 전혀 다른 물질로 변해 버린다. 그 과정을 보고 있노라면 자신도 모르게 야릇한 쾌감이 온몸에 번져 오는 것이다. 음흉한 마음으로 가득 찬 악마의 불꽃들이 손에 들린 놋쇠 분사구에서 쏟아져 나와 이 세상으로 마구 뛰쳐나간다. 뿜어지는 등유 줄기를 바라보는 그의 머리에도 뜨거운 피가 부글거린다. 분사구를 쥐고 흔드는 손은 광기에 찬 교향곡을 연주하는 지휘자처럼 불꽃들을 이리저리 뿌려 놓는다. 역사의 유물들이 넝마쪽으로 전락하여 타닥거리는 단말마의 비명으로 고통스러워 하다가 이윽고 새까만 숯이 되어 비참한 운명을 끝낸다.

그의 흐릿한 머리를 감싸고 있는 헬멧에는 '451'이라는 숫자가 커다랗게 아로새겨져 있다. 그의 두 눈망울엔 진홍색 불꽃들이 광란의 춤판을 벌이고 있는 모습이 비추어진다. 그는 손가락을 살짝 움직여 점화 장치를 껐다. 게걸스런 불꽃들이 저녁 어스름을 붉게, 누렇게, 그리고 시커멓게 태우고 있는 사이로 저택의 모습이 드러났다. 벌 떼처럼 우글거리며 떠다니는 재와 티끌들을 헤치고 그는 성큼성큼 걸어갔다. 전해 오는 말처럼 마지막 남은 꽃 한 송이까지 불타는 장작더미 가운데로 던져 넣어 버리고 싶다. 저택의 현관 밖에서, 그리고 잔디가 깔린 뜰에서 책들이 퍼덕거리는 비둘기 날개처럼 불타며 죽어 가고 있다. 잿더미로 변하기 직전에 밝게 확 피어오르는 책장들은 이윽고 회색빛 티끌들이 되어 바람에 날려 간다.

몬태그의 구릿빛 얼굴에 잔인한 미소가 떠올랐다. 그러나 불빛 사이로 언뜻 비친 그 모습은 곧 어둠 속에 묻혀 버렸다.

방화서로 돌아가면 그는 거울 앞으로 가서 그 속에 서 있는 시커먼 얼굴의 음유 시인에게 윙크를 보낼 것이다. 나중에 잠자리에 들 때까지도 그 잔인한 미소는 얼굴 근육을 꽉 붙들고 있을 것이다. 그 미소는 결코 사라진 적이 없었다. 그가 기억하는 한 그 미소는 한 번도 사라진 적이 없었다.

그는 딱정벌레 등 껍데기 같은 헬멧을 벗어서 정성스럽게 문질렀다. 회색 먼지가 뽀얗던 헬멧은 곧 본래의 검은 광택을 드러내었다. 그는 자신의 방화복을 깔끔하게 펴서 헬멧과 함께 벽에 걸었다. 느긋한 마음으로 샤워를 한 뒤 두 손을 주머니에 찔러 넣고 휘파람을 불며 2층을 가로질러 1층으로 내려가는 구멍 앞에 섰다. 그는 조금도 주저하지 않고 몸을 던졌다. 1층으로 사정없이 떨어지도록 놔두었다가 바닥이 가까워지자 주머니에서 손을 꺼내 기둥을 꽉 움켜쥐었다. 떨어지는 속도가 점점 줄다가 마침내 콘크리트 바닥까지 반 뼘쯤 남았을 때 멈추었다.

그는 밖으로 나와서 밤이 깊어 가는 거리를 따라 걸으며 지하철역으로 향했다. 땅 밑에는 프로펠러식 열차들이 소리 없이 미끄러지며 도시의 이곳저곳을 연결하고 있다. 마찰이 없도록 잘 닦여진 열차 통로를 한동안 지난 뒤 몬태그는 뜨거운 김과 함께 열차에서 내려 우윳빛 에스컬레이터에 몸을 맡겼다.

그는 휘파람을 불며 에스컬레이터가 자신을 도시 근교의 고요한 밤공기 속으로 뱉어 낼 때까지 기다렸다. 그리고는 뚜렷한 생각 없이 머리를 이리저리 굴리며 거리 모퉁이를 향해 걸어갔다. 그러나 그는 모퉁이에 다다르기 직전에 걸음을 늦추었다. 마치 어디에선가 한 가닥 돌풍이 불어오기라도 한 것처럼, 마치 누군가가 그의 이름을 부르기라도 한 것처럼.

지난 며칠간 밤마다 별빛을 받으며 집으로 향하는 보도를 걸어갈 때마다 모퉁이에 다다를라치면 뭔가 불확실하지만 이상한 느낌이 들곤 했다. 모퉁이를 돌아서려는 찰나가 되면 꼭 누군가가 서 있을 것만 같은 느낌이 드는 것이다. 마치 어떤 사람이 서 있어서 그 주위의 공기들이 이상한 기운으로 충만하여 조용하게 꿈틀거리고 있다가, 그가 막 돌아서는 순간 그림자로 변해 사라지고는 침입자의 통과를 허용하는 것이다. 어쩌면 그의 코가 희미한 향수 냄새 비슷한 것을 느꼈는지도 모른다. 어쩌면 그의 손등이, 그의 얼굴이, 순간적으로 10도나 올라간 기온을 알아챘는지도 모른다. 모퉁이 반대쪽에 누가 정말로 서 있는 것이라면. 어떻게 그럴 수 있는가는 중요하지 않다. 모퉁이를 돌아갈 때마다 그저 하얗고 깨끗한 길바닥이 눈에 들어올 뿐이다. 어느 날 밤인가 하루쯤은 잔디 사이로 무엇인가가 재빠르게 지나간 것 같기도 하다. 미처 시선을 돌려 제대로 쳐다보기도 전에.

그러나 오늘 밤 그는 발걸음을 거의 멈추다시피 했다. 이미 모퉁이 반대쪽을 떠올리고 있는 그의 마음은 희미한 속삭임 같은 소리를 듣고 있었다. 숨쉬는 소리? 아니면 그저 누군가가 서 있는 것만으로도 주위 공기가 부대껴서 가냘픈 비명을 지르는 걸까?

그는 모퉁이를 돌아섰다.

포장도로 위로 가을 낙엽들이 달빛을 받으며 스산하게 흩어지는 가운데, 한 소녀가 마치 바람에 내맡긴 듯 천천히 미끄러지는 걸음으로 걸어오고 있었다. 낙엽과 바람이 그녀를 앞으로 나아가게 하는 것처럼 보였다. 두 발이 낙엽들을 휘젓는 모습을 바라보는 것인지, 그녀의 머리는 앞으로 반쯤 기울어져 있다. 얼굴은 갸름했고 우유같이 하얬다. 그리고 눈에 들어오는 것은 무엇이든지 캐어 보려는 왕성한 호기심이 점잖은 갈망의 껍데기로 포장되어 얼굴에 담겨 있다. 경이에 차서 하얗게 된 얼굴. 세상을 향해 고정된 까만 두 눈동자는 아주 조그만 움직임 하나라도 놓치지 않을 것이다. 입고 있는 하얀 옷이 속삭이고 있다. 그녀가 걸어가면서 팔이 흔들리는 소리가 들리는 것 같다. 아주 작고 희미한 소리를 뿌려 가며 걷던 그 소녀는 문득 보도 한가운데 서 있는 남자를 알아채고는 고개를 들었다.

머리 위에 줄지어 선 나무들이 요란하게 비를 뿌리고 있다. 그러나 땅바닥에는 빗방울 대신 마른 낙엽들만이 우수수하는 소리와 함께 나뒹군다. 놀란 것처럼 멈춰 선 소녀를 바라보던 몬태그는, 그 검고 빛나는 눈에 뭐라고 감탄의 말을 해 줘야 할 것 같은 느낌이 들었다. 그러나 실제로는 짧게 안녕하세요라고 말했을 뿐이다. 그리고 그는 기다렸다. 그의 팔에 새겨진 샐러맨더 그림이, 그의 가슴에 달린 불사조 장식이 그 소녀를 최면에 걸리게 할 때까지.

그는 다시 입을 열었다.

"새로 이사 오신 분이 맞지요? 그렇지 않은가요?"

"그리고 아저씨는……."

소녀는 몬태그의 직업을 나타내는 옷의 장식들에서 눈을 들었다.

"방화수(fireman)이지요?"

소녀의 목소리가 한동안 끌리다가 멈췄다.

"흐흠, 어떻게 그걸?"

"나는 음, 난 눈을 감고서도 알 수 있었어요."

소녀는 천천히 얘기했다.

"아, 이 등유 냄새? 내 아내가 늘 불평하지."

그는 웃었다.

"이건 누구라도 완전히 씻어 버릴 수가 없지요."

"맞아요, 그럴 거예요."

소녀는 조금 두려운 표정으로 대답했다.

몬태그는 묘한 느낌이 들었다. 소녀가 자신을 가운데 두고 원을 그

리며 빙빙 돌고 있다. 자꾸 뒤로 돌아 방향을 바꾸면서 조용히 자신을
뒤흔들어 주머니 하나하나까지 남김없이 털려는 것 같다. 정작 소녀
자신은 손끝 하나 까딱하고 있지 않지만.

침묵이 길어지는 것 같아서 몬태그는 입을 열었다.

"등유는 나한테는 향수나 다름없지요."

"어머나, 정말로 그러세요?"

"물론이죠."

소녀는 잠시 생각에 잠긴 듯했다.

"잘 모르겠어요."

소녀는 그들의 집으로 향하는 길을 쳐다보았다.

"집에 가는 길이시면 같이 가도 될까요? 저는 클라리세 매클런이
에요."

"클라리세. 나는 가이 몬태그요. 같이 갑시다. 이 늦은 시간에 여기
서 뭘 하고 돌아다닌 거지요? 몇 살이나 되었어요?"

그들은 쌀쌀한 밤바람을 맞으며 회색빛 보도 위를 걸어갔다. 살구
나무와 딸기 넝쿨의 숨소리가 공기 중에 희미하게 깔려 있는 것 같았
다. 몬태그는 주위를 돌아보다가 문득 이 늦은 계절에 그건 전혀 불가
능한 일임을 깨달았다.

길을 걷고 있는 사람은 그와 소녀뿐이다. 달빛에 비친 소녀의 얼굴
은 눈처럼 눈부시다. 자신이 던진 질문의 대답을 생각하고 있다. 어떻
게 하면 제일 그럴듯한 대답이 될까.

"저는요, 미친 열일곱이에요. 삼촌이 그러시더군요. 열일곱 살이면
반드시 미치는 나이래요. '사람들이 네 나이를 묻거든 말이다.' 삼촌

이 그러셨어요. '나는 열일곱 살이에요, 나는 미쳤어요.' 그러래요. 걷기에는 적당한 밤이라고 생각하지 않으세요? 저는 뭐든지 냄새를 맡아 보고, 눈으로 쳐다보고 하는 게 좋아요. 어떨 때는 밤새도록 그러고 다녀요. 밤새 걷다가 아침에 뜨는 해를 바라보지요."

그들은 계속 걸었다. 한동안 침묵이 계속되다가 소녀가 생각 끝에 다시 말했다.

"저는 아저씨가 하나도 무섭지 않아요, 아시죠?"

몬태그는 놀란 목소리로 말했다.

"어떻게 그럴 수 있죠?"

"사람들은 대개 무서워해요. 제 얘긴 방화수들을 무서워한다는 거예요. 그렇지만 아저씨도 결국은 사람들 중에 하나일 뿐이잖아요. 결국……."

몬태그는 소녀의 눈동자에 비친 자신의 모습을 바라보았다. 뿌연 액체 위를 떠다니는 검고 작은 점. 빛나는 그 눈동자 안에 자신의 작은 모습이 아주 세세한 부분까지 선명하게 투영되어 있었다. 그의 입 정도 높이에 그 모든 것이 담겨 있었다. 소녀의 두 눈은 몬태그의 모습을 고스란히 간직한 보라색 호박 같았다. 지금 몬태그를 바라보고 있는 소녀의 얼굴은 깨지기 쉬운 우윳빛 수정처럼 느껴졌다. 은은하지만 한결같은 빛이 담겨 있다. 사춘기의 정열과 광기가 어우러진 그런 빛이 아니다. 그렇다면 뭘까? 포근한 느낌을 주는, 흔히 보기 어려운 양초 불빛과 같다. 점잖게 돋보이는 그런 불빛. 옛날 몬태그가 어릴 적에 하루는 정전이 되었다. 그의 어머니는 집 안을 뒤져서 양초 한 자루를 찾아내서는 불을 붙였다. 어둠은 순식간에 황급히 물러가고 주위는 포근한 양초 불빛으로 가득 찼다. 그 아늑한 불빛 속에서 몬태그는 그의 어머니와 함께 신비한 기분으로 접어들었다. 전기가 너무 빨리 들어오지 않기를 은근히 바라면서……

클라리세 매클런이 말했다.

"저, 이런 것 물어 봐도 될까요? 방화수로 일하신 지는 얼마나 되었어요?"

"내가 스무 살 때부터니까, 십 년이 되었군요."

"그 동안 태웠던 책들 중에서 읽어보신 것은 없나요?"

몬태그는 웃었다.

"그건 법을 어기는 거지!"

"아, 물론 그렇죠."

"보람 있는 일이죠. 월요일에는 밀레이(미국의 시인 — 옮긴이)를, 수요일에는 휘트먼을, 금요일에는 포크너를 재가 될 때까지 불태우자. 그리고 그 재도 다시 태우자. 우리들의 공식적인 슬로건이죠."

그들은 계속 걸었다. 소녀가 말했다.

"옛날에는 방화수라고 하지 않고 소방수라고 했다는 게 정말인가요? 그리고 그때는 불을 지르는 게 아니라 불을 끄는 게 일이었다면서요?"

"아니에요, 그건 사실이 아니죠. 집들은 전부터 항상 화재 예방 시설이 되어 있었기 때문에 불에 탈 수가 없죠. 내 말이 맞아요."

"이상하네요. 옛날에는 집들도 사고가 난다든지 해서 불에 타고, 그러면 그 불을 끄기 위해서 소방수들이 달려가곤 했다던데요."

몬태그는 또 웃었다. 그 모습을 소녀가 흘끗 쳐다보았다.

"왜 웃으세요?"

"나도 모르겠군요."

그는 다시 웃음을 머금었지만 소리내어 웃지는 않았다.

"그건 왜 묻죠?"

"저는 하나도 안 웃긴데 아저씨는 웃으시더군요. 그리고 제가 질문을 하면 그냥 생각 없이 금방 대답을 하시고. 대답을 생각해 보려고 걸음을 멈추거나 하시진 않았거든요."

몬태그는 걸음을 멈추었다.

"아가씨는 좀 별난 사람이군."

그는 소녀를 바라보면서 말을 계속했다.

"내가 기분을 나쁘게 한 건 아닌지?"

"아니 아니, 제가 모욕을 느꼈다거나 뭐 그런 건 아니에요. 제가 사람들을 유심히 관찰하는 일을 너무 좋아해서 그런가 봐요."

"흠, 뭐 이게 아가씨하고 특별한 상관이 있는 건 아니겠죠?"

몬태그는 시커멓게 반들반들해진 소맷자락에 붙어 있는 '451'이란 숫자를 손가락으로 툭 튀겼다.

"네."

소녀는 속삭이듯 조그맣게 대답했다. 그녀의 발걸음이 빨라졌다.

"제트카가 거리를 질주하는 모습을 본 적이 있으세요?"

"화제를 바꾸는군!"

"저는요, 가끔 이런 생각을 해요. 제트카를 타는 사람들은 풀이 어떻게 생겼는지, 꽃이 어떻게 생겼는지 잘 모를 거예요. 왜냐면 그 차는 너무 빠르기 때문에 바깥의 풍경을 자세히 볼 수가 없거든요."

소녀는 열심히 얘기를 계속했다.

"그 차를 타는 사람들은 녹색 얼룩을 보면 '아, 이건 풀이야.' 그럴 거예요. '분홍색 얼룩? 그건 장미꽃 정원이지! 하얀 얼룩들은 거리에 늘어선 집들이고, 또 갈색 얼룩들은 소 떼지, 아마?' 삼촌이 한 번은 고속도로에서 천천히 달려 봤대요. 시속 60킬로미터로. 근데 그랬다고 잡혀가서 이틀 동안 감옥에 있었어요. 재미있지 않아요? 또 어떻게 보면 서글프기도 하고요. 안 그래요?"

"생각하는 게 너무 많군요."

몬태그는 좀 어색한 말투로 대답했다.

"저는 벽면 텔레비전을 본다거나 자동차 경주를 보러 가거나 놀이 공원 같은 데 놀러 가는 일은 잘 하지 않아요. 그래서 이런 미친 생각을 많이 하나 봐요. 도시 바깥으로 나가면 광고판들이 서 있잖아요? 길이가 한 60미터씩 되는 것들 말예요. 그런 게 원래 옛날에는 6미터 정도밖에 안 되었다는 거 아세요? 근데 차들이 너무 빨리 달리게 되다 보니까 광고판들도 길어진 거래요. 그래야 보이거든요."

"난 그런 건 모르겠는데!"

몬태그는 갑자기 웃음을 터뜨렸다.

"아저씨가 틀림없이 모르고 있는 걸 또 말할 수 있어요. 아침에 잔디밭에 나가 보면요, 이슬이 맺혀 있어요!"

그건 나도……. 몬태그는 갑자기 조바심이 났다. 내가 그걸 알고 있었던가? 아니면 몰랐던가? 그는 선명하게 기억해 낼 수가 없었다.

"그리고 하늘을 보실래요?"

소녀는 고개를 끄덕이며 위를 가리켰다.

"저 달에는 사람이 있었어요."

몬태그는 잠시 고개를 들어 보았을 뿐이다.

그들은 나머지 길을 침묵에 잠겨 걸어갔다. 소녀의 생각에 잠긴 침묵과 몬태그의 어색하고 불편한 침묵. 그는 어쩐지 책망하는 것 같은 소녀의 곁눈질을 의식하지 않을 수가 없었다. 이윽고 소녀의 집 앞까지 왔다. 집 안에는 불이 환하게 켜져 있었다.

"무슨 일이 있나?"

몬태그는 밤늦도록 집에 불이 켜져 있는 광경을 거의 본 적이 없었다.

"아, 그냥 엄마랑 아빠랑 삼촌이 둘러앉아서 얘기를 나누고 있는 거예요. '걸어 다니기'를 고집하는 사람들하고 비슷하죠. 더 드문 경우이긴 하지만. 우리 삼촌은 그래서 또 잡혀간 적이 있어요. 제가 얘기했던가요? 걸어 다녔다고 잡아갔어요. 우리 가족들 되게 별난 사람들이죠?"

"도대체 무슨 얘길 하려는 거죠?"

소녀는 웃었다.

"안녕히 가세요!"

그리고 소녀는 재빨리 집 쪽으로 발길을 돌렸다. 그러다가 뭔가 잊은 게 생각난 듯이 다시 몬태그 쪽으로 돌아섰다. 호기심과 놀라움이 뒤섞인 표정이었다. 그녀가 말했다.

"아저씬 행복하세요?"

"뭐라고?"

그러나 소녀는 달빛 아래로 뛰어가고 있었다. 현관문이 소리 없이 닫혔다.

"행복하지! 물론 그렇고말고."

몬태그는 웃음을 멈추었다.

그는 자기 집 현관문 앞에 서서 손바닥 표시에다 손을 갖다 댔다. 문은 주인이 왔음을 확인하고는 소리 없이 스르르 열렸다.

물론 나는 행복하다. 도대체 그 아이는 무슨 생각을 한 걸까? 내가 행복하지 않다고? 그는 텅 빈 방에다 대고 물었다. 선 채로 환풍기 구멍 사이의 틈을 쳐다보던 그는 갑자기 그 바깥쪽에 뭔가가 숨어 있는 느낌이 들었다. 뭔가가 저 틈 사이로 나를 내려다보고 있다. 그는 얼른 시선을 돌려 버렸다.

이 밤중에 그런 소녀를 만나다니 얼마나 이상한 일인가. 1년쯤 전 어느 오후에 공원에서 만났던 노인 말고는 전혀 비슷한 일이 기억나지 않는다. 그때는 무슨 얘기를 나눴더라…….

몬태그는 머리를 흔들었다. 그는 밋밋한 벽을 바라보았다. 소녀의 얼굴이 있다. 기억하건대 참 아름다운 얼굴이다. 솔직히 놀랄 정도다. 무척 갸름하고 눈부신 얼굴이다. 한밤중에 일어나 시계를 보았을 때 시간을 알려 주는 문자판처럼, 투명한 어둠 속에서 빛나는 그 시침과 분침과 초침처럼. 그들은 절대적인 확신을 가지고 외친다. 밤의 어둠은 더 깊은 심연으로 거침없이 달려가노라. 그러나 그 종착역에는 새로운 하루의 태양이 뜨나니.

"뭐야!"

몬태그는 또 다른 자신에게 버럭 소리 질렀다. 시도 때도 없이 엉

26

뚱한 소리를 지껄여 대는, 이 잠재의식 속에 숨은 얼간이 같으니라고. 이놈은 나의 의지나 습관이나 심지어는 양심과도 손발을 맞추지 않는다.

그는 다시 한 번 벽을 쳐다보았다. 소녀의 얼굴이 또 떠오른다. 마치 거울처럼 선명하게. 이건 불가능한 일이야. 누구든지 타인의 모습을 있는 그대로 볼 수 있는 사람이 얼마나 있을까? 사람들은 대개 자신이 바라는 환상을 만들어 내곤 그 모습이 마치 진실인 양 취해 버린다. 몬태그가 일하는 중에 때때로 미소를 보듯이. 춤추는 불꽃들이 이윽고 사그라질 때면 얼핏 그 속에서 미소 짓는 누군가가 있다. 그러나 누군가의 얼굴이 이렇게 내 환상을 모두 내쫓아 버리고는, 있는 그대로의 모습으로 마음속에 자리를 잡는다는 건…… 드문 일이다. 내 마음속 깊은 곳에 단단히 자리를 틀고 앉은, 환상을 만들어 내는 또 다른 나는 어디로 갔을까?

소녀는 놀라운 능력을 지녔다. 자기 자신의 인상을 이처럼 뚜렷하게 남에게 줄 수 있는 사람은 흔치 않다. 소녀는 꼭두각시 인형극의 무대 바로 앞에 앉아서 아주 열심히 인형극을 구경하는 사람 같다. 인형이 눈을 한 번 깜박거리는 것도, 손이 올라갔다 내려갔다 하는 그 매순간의 움직임도, 심지어는 손가락 하나하나가 까딱이는 것까지 놓치지 않는다. 소녀는 이 세상의 움직임들을 한 발자국 앞서 눈치 채는 것 같다. 그 소녀와 같이 걸었던 시간이 얼마나 되었지? 3분 정도? 아니면 5분? 그런데 무척 오랫동안 같이 걸었던 느낌이다. 내 앞에 펼쳐진 무대 위에서 소녀는 너무나도 눈부신 연기를 보여주었다. 그 작고 가느다란 몸집이 어쩌면 이렇게 길고 큰 그림자를 드리울 수 있을까! 만약 내 눈까풀이 근질거린다면, 그 소녀가 먼저 눈을 깜박거릴 것이다. 그리고 턱 근육이 움찔거리는 기미가 보이면, 역시 소녀가 먼 저 하품을 할 것이다.

이런, 내가 무슨 생각을 하고 있지? 그 소녀가 내가 올 걸 미리 알 고 거리 모퉁이에서 기다렸단 말이야? 이렇게 늦은 밤중에?

몬태그는 침실 문을 열었다.

달도 없는 캄캄한 밤중에 거대한 고분 속으로 들어가는 것 같다. 칠 흑 같은 어둠에 싸인 대리석 납골당 안으로……. 이 폐쇄된 괴괴한 공 간은 밝게 약동하는 바깥 세상에 대해서는 전혀 알지 못한다. 빈틈없 이 꽉 닫혀 있는 창문은 바깥 도시의 소음을 완벽하게 차단한다. 무덤 의 두꺼운 흙더미 안에 깊숙이 자리 잡은 관 속처럼. 그런데 침실은 비어 있지 않았다.

들린다.

모기 소리같이 가느다란 윙윙 소리가 공기 중에 떠다니고 있다. 조 그만 날벌레 한 마리가 어딘가 따뜻한 둥지 속에 자기의 작은 왕국을 차리고 들어앉아 기분 좋게 노래를 부르는 것 같다. 금속성 진동음 같은 울음소리는 희미했지만 가락을 따라갈 수 있을 만큼 충분히 큰 소리였다.

몬태그의 미소는 어느덧 사라졌다. 미소는 접혀져서, 녹아서, 미끈 미끈한 그의 피부를 타고 흘러내린다. 황홀하게 타오르던 양초가 이 윽고 마지막 심지를 불사르며 극적으로 무너져 내리듯이. 어둡다. 나 는 행복하지 않다. 나는 행복하지 않다. 몬태그는 속으로 계속 중얼거렸다. 껍데기를 벗겨 보면 드러나는 나의 참 모습은…… 행복하지 않다. 나는 행복이라는 가면을 뒤집어쓰고 있었고 소녀도 가면을 쓴 채 내게서 떠나 달려갔다. 다시 그녀의 집으로 가서 문을 두드리고 돌아와 달라고 얘기할 수 없다.

계속 어둠에 싸인 채 몬태그는 이 방이 지금 어떤 모습일까 상상해 봤다. 침대 위에는 아내가 잠옷도 제대로 걸치지 않고 몸을 쭉 펴고 누운 채 잠들어 있을 것이다. 마치 무덤가에 널브러져 있는 시체처럼. 두 눈동자는 보이지 않는 철사에 매달린 양 천장을 향해 고정되어 움직일 줄을 모른다. 양 귓구멍은 골무 모양의 조그만 라디오로 틀어막았을 것이다. 전기적으로 합성된 바닷가의 파도 소리나 음악, 아니면 사람들의 이야기 소리 따위가 그녀의 귓속에서 잔잔하게 흐르고 있을 것이다. 파도 소리가 들어오고, 음악 소리가 들어오고, 이야기 소리가 들어오고, 다시 파도 소리가 들어오고. 침실은 지금 텅 비어 있는 것이다. 파도 소리가 그녀를 데리고 지금쯤 어느 바닷가를 거닐고 있을 것이다. 밤마다 그들은 아내를 둥둥 띄워서 꿈속의 세계로 데려간다. 아내는 두 눈을 커다랗게 뜨고는 아침이 올 때까지 별천지 여행을 즐긴다. 지난 2년 동안 밀드레드는 그렇게 밤마다 여행을 떠났다.

방 안 공기는 청정했지만 몬태그는 숨쉬기가 거북하게 느껴졌다. 그렇지만 커튼이나 미닫이 창문을 열기는 싫다. 달빛이 이 안으로 들어오게 하기는 싫다. 이대로 한 시간쯤 지나면 숨이 막혀 죽어 버릴 것 같은 심정으로 몬태그는 어둠 속을 더듬어 그의 침대로 갔다. 아내의 침대와는 떨어져 있는, 그래서 차가운 그의 침대로.

그의 발이 바닥에 있는 뭔가를 찼다. 몬태그는 물체에 발이 닿기 직전에 뭔가를 차게 될 거라는 사실을 느꼈다. 거리 모퉁이를 돌기 직전에 느꼈던, 그 소녀와 거의 부딪칠 뻔했던 때 느꼈던 이상한 예감과 마찬가지였다. 그의 발은 앞쪽 방향으로 진동 같은 것을 내보내고 있고 그것이 반사되어 돌아오는 동안에 무엇이든 가로막는 물체가 있으면 감지하는 것이다. 걸어갈 때는 발이 앞뒤로 흔들리지만 그래도 가능하다. 발에 맞은 물체는 둔한 울림을 내며 어둠 속으로 비켜났다.

몬태그는 언제나처럼 똑같은 밤의 어둠 속에서 똑바로 선 채 침대 위에 누운 사람의 소리에 귀를 기울였다. 코에서 나오는 숨소리는 너무나 희미했다. 솜털 몇 가닥, 작은 나뭇잎 하나, 머리카락 한 올을 살랑거릴 수 있을 뿐.

아직도 그는 바깥의 달빛을 원하지 않는다. 몬태그는 휴대용 점화기를 꺼냈다. 은색 접시 모양의 점화기 표면에 조각된 샐러맨더를 어루만지며 점화기 스위치를 튕겼다…….

불빛 사이로 두 개의 월장석이 그를 올려다보고 있다. 투명한 안구에 담긴 창백한 월장석에서는 생명의 기운이 머무르지 않고 달아나고 있었다.

"밀드레드!"

그녀의 얼굴은 막 비가 쏟아져 내릴 듯한 섬처럼 보였다. 그런데 이 섬은 눈으로 덮여 있어 비를 느끼지 못한다. 그 위로 구름들이 그림자를 길게 끌며 지나갈지도 모르지만, 그녀는 그림자를 알지 못한다. 그저 두 귓구멍을 꽉 막은 채 머릿속으로 울려 퍼지는 라디오 벌레의 노래만이 있을 뿐이다. 그리고 유리구슬 같은 두 눈동자. 그녀는 숨을 쉰다. 부드럽게, 희미하게, 날숨과 들숨이 콧구멍으로 왔다갔다한다.

그러나 그녀는 전혀 개의치 않는다. 왔다 가는지, 갔다 오는지.

아까 발로 찼던 물체가 몬태그의 침대 구석에서 반짝거리고 있다. 수면제가 담겨 있던 유리병이다. 낮에만 해도 수면제 알약 서른 개가 담겨 있던 그 병은 지금 텅 비고 뚜껑도 달아나버린 채 희미한 불빛 속에 뒹굴고 있다.

지붕 위 하늘에서 날카로운 울부짖음이 들린다. 두 개의 거대한 손이 수십 킬로미터 길이의 천을 잡아 째는 듯한 소리. 몬태그는 소름이 끼쳤다. 가슴이 잘게 저며지고 마구 갈라지는 듯한 느낌이 들었다. 제트 폭격기들이 하늘을 지나간다. 제트 폭격기들이. 한 대 두 대, 한 대 두 대, 한 대 두 대, 여섯 대, 아홉 대, 열두 대. 한 대가 지나가고 또 한 대가 지나가고 또 한 대가 지나가고 또 한 대가 지나가고, 그렇게 지나가면서 몬태그를 향해 무시무시한 소음을 질러 댄다. 그는 입을 벌리고는 치아 사이로 새된 비명소리가 터져 나가도록 놔두었다. 집이 흔들린다. 손에 들고 있던 점화기의 불꽃이 꺼져 버렸다. 월장석이 사라졌다. 그의 손은 전화기를 향해 날아갔다.

제트 폭격기들은 죄다 지나가 버렸다. 몬태그는 자신의 입술이 전화기 송화구를 가볍게 스치며 움직이는 것을 느꼈다.

"응급 환자요!"

공포에 짓눌린 웅얼거림이었다.

폭격기 소음 때문에 하늘의 별들은 죄다 부서져서 가루가 되었을 것이다. 아침이 되면 온 세상은 별들이 부서진 가루로 만들어진 낯선 눈으로 소복하게 뒤덮여 있을 것이다. 어둠 속에서 부들부들 떨며 몬태그는 그런 바보 같은 생각을 했다. 그는 입술이 제멋대로 움직이도록 놔두고 있었다.

그들은 기계를 가져왔다. 그들은 사실 기계를 두 대나 가져왔다. 그 중에 하나는 검은색 코브라처럼 식도를 미끄러져 내려가 위장 속으로 들어간다. 오래된 우물 속에서 낡은 물과 낡은 시간을 건져 올리려는듯이. 그것은 천천히 끓고 있는 녹색 물질들을 휘젓고 탐색한다. 그것이 모든 어둠의 찌꺼기들을 머금고 올라올까? 몇 년 동안이나 축적되어 온 독성 물질들을 전부 다 빨아들일까? 그것은 밀폐된 위장 속에서 꾸륵거리는 소리에 둘러싸인 채 장님처럼 탐색을 계속한다. 그것은 눈을 가지고 있다. 그 기계를 조작하는 사람은 특수한 헬멧을 쓰면 사람의 내장 속까지 환히 들여다볼 수 있다. 사람의 마음까지도. 기계의 눈은 무엇을 보았을까? 헬멧을 쓴 사람은 아무 말도 없다. 그는 보고 있지만 기계의 눈이 보고 있는 그대로를 정확히 보는 것은 아니다. 이 작업은 마당에서 구덩이를 파는 작업하고 비슷하다. 침대 위의 여자는 그들에겐 깊숙이 탐색해 봐야 할 대리석 지층에 지나지 않는다. 그들은 일을 계속한다. 기계의 눈을 더 깊숙이 밀어 넣으며 몸 속의 이곳저곳을 세척한다. 헬멧을 쓴 자는 서서 담배를 태우고 있다. 기계들은 계속 작업 중이다.

다른 기계를 조작하는 사람 역시 아주 깨끗한 적갈색 작업복을 입고 있다. 이 기계는 몸 속의 모든 혈액을 바꿔치고 있다. 신선하고 깨끗한 혈구와 혈장들이 밀드레드의 몸 속으로 들어간다.

"이렇게 두 가지를 다 해야 합니다."

축 늘어진 여인 앞에 서 있던 사람이 얘기했다.

"깨끗한 혈액을 공급하지 않으면 위장은 아무런 쓸모가 없게 되죠. 독성 물질이 함유된 혈액은 마치 망치로 내려치듯이 두뇌에 치명적인 해를 입히게 됩니다. 폭발하는 듯한 충격이 계속되지요. 결국 견딜 수 없게 된 두뇌는 멈추어 버리고 맙니다."

"그만해요!"

몬태그가 말했다.

"그냥 말해 주는 게 좋을 것 같아서……."

그들은 가져왔던 기계들을 커다란 가방 속에 넣었다.

"다 끝났소?"

"다 끝났습니다."

그들은 담배를 피우며 서 있다. 담배 연기가 그들의 코 근처를 맴돌아 눈에까지 뻗쳤지만 그들은 눈을 깜박이거나 얼굴을 돌리지도 않는다.

"요금을 계산하시죠."

"우선 이 사람이 괜찮은 건지부터 말해 주시겠소?"

"아, 물론 댁의 부인은 아무 문제없을 겁니다. 우리는 항상 알맞은 장비들을 가지고 다니니까. 지금 당장은 저렇지만 이제 안심해도 됩니다. 내가 말했다시피 묵은 것을 털어 내고 새 것을 채워 넣으면 아무 문제없다고요."

"당신들 둘 다 의사가 아니군. 분명히 응급 환자라고 말했는데 왜 의사를 보내지 않은 거요?"

"하! 이거 원."

그들의 입에서 담배가 요동을 쳤다.

"이것 보쇼. 우린 하룻밤 사이에 이런 환자를 여남은 명은 더 본단 말이오. 이런 사람이 하도 많아서 몇 년 전에 이 기계를 따로 만들었어요. 이 눈 달린 걸 말하는 거요. 저건 옛날부터 쓰던 구닥다리고. 이런 환자를 보는 데는 굳이 의사가 오지 않아도 된다 이 말이오, 아시겠소? 그저 우리같이 이 방면에 숙련된 사람 둘이면 충분해요. 보시오, 우리가 온 지 30분도 안 되었지만 문제는 깔끔하게 해결되지 않았소?"

그들은 문으로 향했다.

"이제 가 봐야 합니다. 귀마개 라디오가 또 문제를 일으켰다는 신고가 들어왔소. 여기서 열 구역 떨어진 곳이오. 누가 또 알약을 마구 집어삼킨 모양이지. 우리가 또 필요하면 언제든지 연락하시오. 환자는 안정을 유지하도록 보살펴 주고. 진정제를 투입해 놨소. 깨어나면 배가 고프다고 할 거요. 안녕히 계시오."

그들은 담배를 문 채 꼭 다문 일직선 입을 하고 독사 같은 눈빛을 번뜩이며 짐을 들었다. 밀드레드의 위장에서 긁어 낸 액체로 된 우울증 찌꺼기와 그 밖에 알 수 없는 기계며 장치들을 들고는 문 밖으로 어슬렁거리며 걸어나가 버렸다.

몬태그는 의자에 주저앉아 밀드레드를 바라보았다. 눈이 얌전하게 감겨 있었다. 그는 손을 뻗어 밀드레드의 따뜻한 숨결을 손바닥에 받으며 조용히 그녀를 불러 보았다.

"밀드레드."

우리는 너무나 많은 껍데기를 뒤집어쓰고 있어. 우리는 수십 수백억의 가면들을 쓰고 있어. 너무 많아, 너무. 우리는 서로를 너무나 몰

라. 낯선 이가 와서 너를 욕보이더라도. 낯선 이가 와서 네 심장을 도려 내더라도. 낯선 이가 와서 네 피를 전부 뽑아내 버려도. 오 맙소사, 저 사람들은 다 누구지? 난 살면서 지금까지 그들을 단 한 번도 본 적이 없어!

30분이 흘렀다.

밀드레드의 혈관은 새로운 혈액으로 충전되어 다시 기운을 얻은 것 같았다. 양볼이 발그레한 분홍빛을 되찾고 입술의 혈색도 좋아졌다. 부드럽고 탄력 있는 입술이 돌아왔다. 누군가 다른 사람의 피가 돌고 있다. 누군가 다른 사람의 살과 두뇌와 기억이라면. 그것들이 밀드레드의 마음을 드라이클리닝하듯이 비우고 증기를 불어넣고 세척하고 그리고 아침에는 전혀 새로운, 그러나 원래의 그녀 모습으로 되돌려 놓아 준다면…….

몬태그는 일어나서 커튼을 열고 창문을 활짝 열었다. 차갑지만 온화한 밤 공기가 방 안으로 밀려들어 왔다. 새벽 2시. 거리 모퉁이에서 클라리세 매클런을 만나고, 어두운 방 안으로 들어와서 텅 빈 약병을 발로 찬 것이, 이 모든 일이 일어난 것이 겨우 한 시간 전이다. 겨우 한 시간. 그 동안에 세상은 완전히 녹아 내렸다가 다시 창백하고 흐릿한 형태로 일어섰다.

달빛이 깔린 잔디밭을 가로질러 클라리세의 집에서 웃음소리가 날아왔다. 그녀의 아버지, 그녀의 어머니, 그녀의 삼촌이 잔잔하고 진지하게 웃고 있다. 그들의 웃음소리는 긴장되지 않고 아주 따뜻하다. 자연스럽게 우러나오는 웃음이다. 온 마을이 어둠이 파묻힌 이 늦은 밤중에 그 집만 홀로 불을 환하게 밝히고 있다. 몬태그는 듣고 있다. 말하는 소리, 말하는 소리, 말하는 소리, 이야기를 잇는 소리, 이야기를 엮는 소리, 다시 엮는 소리, 다시 잇는 소리, 그들이 최면 같은 거미줄을 엮는 소리를.

몬태그는 아무 생각 없이 잔디밭으로 걸어나갔다. 그는 이야기 소리가 새어 나오는 집의 그림자 안으로 들어가서는 문을 두드리며 이렇게 말할지도 모른다.

"들어가게 해 주세요. 아무 말도 안 할게요. 그냥 듣기만 할게요. 무슨 얘기들을 나누고 있죠?"

그러나 그는 차가운 밤 공기 속에 그냥 서 있었다. 얼굴에 아주 얇은 얼음 가면을 쓴 것 같았다. 한 남자(그녀의 삼촌?)의 목소리가 들려왔다. 빠르지도 느리지도 않은 마음 편한 말투였다.

"글쎄, 결국 한 번 쓰고 버리는 휴지 같은 시대라니까. 사람들 취급하는 게 코를 풀고는 휴지를 뭉쳐서 던져 버리는 식이라고요. 그러면 그게 또 다른 사람한테 가겠지. 그 사람은 또 코를 풀고, 뭉치고, 던져 버리고. 모두들 그렇게 남한테 붙었다가 말았다 하지. 편리한 대로 이용해 먹는 거야. 운동 시합을 할 때도 우리가 홈 팀을 응원하려면 적어도 경기가 언제 열리는 지는 알아야 하잖아요? 그리고 하다못해 팀 이름은 알고 있어야지. 아 참, 말이 났으니 말인데 우리 지역 팀은 무슨 색깔 옷을 입더라?"

몬태그는 다시 자신의 집 쪽으로 돌아왔다. 문은 열린 채였다. 그는 밀드레드를 살펴보고는 담요를 끌어당겨 조심스레 그녀의 몸을 감쌌다. 그는 달빛을 받으며 그녀 옆에 누웠다. 눈을 감았지만 달빛은 가늘게 떨리는 눈까풀 사이로 은빛 폭포처럼 쏟아져 들어왔다.

빗방울 하나. 클라리세. 또 한 방울. 밀드레드. 세 번째. 클라리세의 삼촌. 네 번째. 오늘 밤 작업 때의 불길. 하나, 클라리세. 둘, 밀드레드. 셋, 삼촌. 넷, 불길. 하나, 밀드레드. 둘, 클라리세. 하나, 둘, 셋, 넷, 다섯, 클라리세, 밀드레드, 삼촌, 불길, 수면제 알약, 휴지 같은 사람들, 옷자락, 못 쓰는 휴지, 뭉친 휴지, 던져 버린 휴지. 하나, 둘, 셋, 하나, 둘, 셋! 빗물. 폭풍. 삼촌의 웃음소리. 벼락이 내리친다. 온 세상이 무너진다. 화산처럼 불길이 솟아오른다. 으르렁거리는 불길 속에서 세상 모든 것들이 광포하게 춤추며 커다란 흐름을 이루어 아침으로 달려간다.

"더 이상 아무것도 모르겠어."

몬태그는 수면제 한 알을 입에 털어 넣었다.

아침 9시, 밀드레드의 침대는 비어 있었다.

몬태그는 벌떡 일어나 침실 밖으로 달려나갔다. 심장이 쾅쾅 뛰었다. 그는 부엌 문 앞에서 멈춰 섰다.

토스터에서 식빵이 튀어나오자 거미발 같은 금속 손아귀가 식빵을 들고 녹은 버터를 온통 처발랐다.

밀드레드는 자기 앞에 놓인 접시에 거미발이 식빵을 갖다 놓는 장면을 쳐다보고 있었다. 그녀의 양 귀에는 귀마개 라디오가 꽂혀 있었다. 저렇게 한 시간 이상을 흥얼거리고 있었겠지. 밀드레드는 갑자기 고개를 들어 그를 쳐다보고는 고개를 끄덕거렸다. 그가 물었다.

"당신 괜찮아?"

그녀는 10년이 넘도록 귀마개 라디오에 길들여진 탓에, 이제는 다른 사람의 입술이 움직이는 모양만 보고도 무슨 말인지 알아챌 수 있었다. 그녀는 또 고개를 끄덕거렸다. 그녀는 다시 토스터에다 식빵 한 장을 꽂았다.

몬태그는 그 앞에 앉았다.

"이상하게 배가 고파요. 무척이나. 도대체 웬일인지."

"당신은……."

"배가 고파요."

"어젯밤에……."

"어젯밤엔 잠을 별로 못 잤어요. 되게 기분이 안 좋았어. 아아 배고파, 거 참 영문을 모르겠네."

"당신은 어젯밤에……."

밀드레드는 몬태그의 입술을 유심히 쳐다보았다.

"어젯밤에 무슨 일이 있었어요?"

"기억이 안 나?"

"뭐가? 우리가 요란하게 파티를 벌였던가요? 아니면, 뭐 시끄러운 일이 있었나? 이상하게 몸이 찌뿌드드해요. 숙취 같아. 아유 배고파. 누가 왔나요?"

"누가 왔더랬지."

"맞아요, 그런 것 같더라니."

밀드레드는 식빵을 한 입 베어 물었다.

"위장이 왜 이렇게 쓰리지? 텅 빈 것 같아요. 파티에서 무슨 망신스런 짓을 한 건 아닌가 몰라."

"아냐."

몬태그는 조용히 대답했다.

토스터가 구워진 식빵에 버터를 발라서 몬태그 앞에 놓았다. 그는 의무적인 일처럼 식빵을 집어 들었다.

"당신 오늘은 이상하게 기분이 가라앉았네요."

몬태그의 아내가 말했다.

오후가 저물어 갈 무렵 비가 왔다. 세상은 온통 흐릿한 회색이 되었다. 몬태그는 자기 집 현관께에 걸터 서서 샐러맨더 장식이 있는 휴대용 점화기로 옷에 달린 금속 배지를 그을리고 있었다. 그러다가 한참 동안 환기 구멍 밖으로 보이는 하늘을 멍하니 쳐다보았다. 벽면 텔레비전을 한참 정지시킨 채 대본을 읽고 있던 아내가 그 모습을 흘깃 바라보았다.

"여보."

밀드레드가 말했다.

"당신 무슨 생각을 하나 봐요?"

"그래."

몬태그는 대답했다.

"당신에게 얘기를 해야겠어."

그리고 그는 잠시 가만히 있었다.

"당신은 지난밤에 수면제 약병의 약을 죄다 먹었어."

"어머, 내가 그럴 리가 있어요?"

그녀는 놀란 듯이 말했다.

"약병이 완전히 비었어."

"무슨 소리에요? 내가 뭐하러 그런 짓을 해요?"

"아마 처음엔 두 알을 먹었겠지. 그리고는 곧 잊어먹고 또 두 알을, 또 잊어먹고 또 두 알, 그래서 마침내는 정신이 몽롱해져서 서른 알이 들어갔는지 마흔 알이 들어갔는지도 몰랐을 테지."

"기가 막혀. 내가 도대체 무엇 때문에 그런 바보 같은 짓을 해요?"

그녀가 대답했다.

"모르지."

밀드레드는 남편이 계속 얘기하기를 기다리다 다시 말했다.

"난 안 그랬다고요. 내 평생 그런 짓은 한 적이 없어요. 앞으로도 없을 거고."

"당신이 그렇게 말한다면야. 좋아, 그만 됐어."

"그건 바로 극중 인물 중에 부인이 말하는 대사예요."

그녀는 다시 대본으로 눈길을 돌렸다.

"그래, 오늘 오후엔 뭘 방송하지?"

몬태그는 심드렁하게 물었다.

그녀는 대본에서 눈길을 떼지 않았다.

"아, 이건 10분쯤 있다가 벽면 텔레비전에서 시작할 연극이에요. 지난번에 얘기했던 거 있죠? 오늘 아침에 내 부분이 우송되어 왔어요. 내가 쿠폰 몇 개를 보냈거든요. 그 사람들은 대본의 일부를 일부러 빼먹고 써요. 새로운 시도지요. 가정 주부 부분이(바로 그게 나거든요!) 빠진 부분이에요. 극이 진행되다가 이 부분이 되면 세 벽에서 모두들 나를 쳐다보는 거예요. 그러면 내가 대사를 말하지요. 여기요, 여기 이 줄, 예를 들면 이 남자가 '이거 어떻게 생각하오, 헬렌?' 하고 말해요. 그리고 그 남자는 무대 중앙에 앉아 나를 쳐다봐요. 그러면 나는, 나는……."

그녀는 잠시 말을 멈추고 손가락으로 대본을 훑었다.

"'괜찮네요, 뭐.' 하고 말해요. 그러면 연극은 또 계속 진행되다가 다시 그 남자가 말해요. '여기에 동의하나요, 헬렌?' 내가 또 대답하죠. '물론이에요.' 재미있지 않아요, 몬태그?"

몬태그는 현관에 선 채 밀드레드를 바라봤다. 그녀가 말했다.

"아주 재밌어요."

"뭐에 관한 연극이지?"

"방금 말했잖아요. 밥이니 루스니 헬렌이니 하는 사람들이 등장해요."

"아."

"정말 재밌어요. 나머지 벽 하나도 텔레비전으로 바꾸면 훨씬 더 재밌어질 텐데. 우리 저 벽 헐어 내고 텔레비전을 다는 게 어때요? 저축 좀 하면 될 텐데. 2000달러밖에 안 하잖아요."

"내 1년 치 봉급의 3분의 1이군."

"2000달런데 뭘. 그리고 옛날부터 사기로 정했던 것 아니에요? 네 벽을 전부 텔레비전으로 바꿔버리면 우린 집에 가만히 앉아서 매일 매일 이국적인 분위기를 경험할 수 있잖아요. 아주 간단하게 그런 일이 가능하잖아요."

"그래, 당신 말마따나 간단하게 세 번째 벽을 텔레비전으로 바꾼 게 불과 두 달 전이잖아, 기억 안 나?"

"그러면 충분하단 말인가요?"

그녀는 한참을 남편을 쳐다보았다.

"좋아요. 잘 다녀와요, 여보."

"그래, 다녀올게."

몬태그도 답례를 하면서 한 마디 덧붙였다.

"그 연극은 어떻게 끝나지? 행복하게 끝나나?"

"아직 다 안 읽어봤어요."

몬태그는 그녀에게로 걸어갔다. 그는 대본의 마지막 쪽을 들어 잠시 읽어보더니 고개를 끄덕거렸다. 그는 대본을 접어 밀드레드에게 돌려준 다음, 현관을 나와 아직 비가 내리는 바깥으로 걸어나갔다.

빗방울은 많이 가늘어졌다. 소녀는 고개를 하늘로 쳐든 채 보도 한복판으로 걸어오고 있었다. 그녀의 얼굴 위로 빗방울들이 떨어졌다. 소녀는 몬태그를 보고는 생긋 웃었다.

"안녕하세요?"

몬태그도 인사를 받고는 물었다.

"지금 뭘 하는 거죠?"

"아직도 미친 거예요. 빗방울은 감촉이 참 좋아요. 이렇게 비를 맞으며 걷는 게 좋아요."

"난 별로인데……."

"한번 해 보면 생각이 달라지실걸요?"

"난 그런 적 없어요, 아가씨."

소녀는 혀로 입술을 핥았다.

"빗물은 맛도 참 좋아요."

"그래, 뭘 하고 있었죠? 또 돌아다니면서 뭐든지 한 번씩 다 해보고 있었나?"

"어떤 건 두 번 할 때도 있죠."

소녀는 손에 쥐고 있던 것으로 눈길을 돌렸다.

"그게 뭔가요?"

"아마 올해 마지막으로 남은 민들레일 거예요. 이렇게 늦은 철에 잔디 사이에서 이걸 발견할 줄은 몰랐어요. 이 꽃잎을 턱 밑에다 문질러 본 적 있어요? 보세요."

소녀는 웃으면서 민들레를 턱 밑에 갖다 대었다.

"왜지?"

"턱에 꽃물이 들면 그 사람이 사랑에 빠졌다는 표시래요. 어때요?"

몬태그는 그저 가만히 소녀를 바라보았다.

"어떻게 됐어요?"

"턱이 노랗게 되었는데."

"야아! 아저씨도 한번 해 봐요."

"난 안 될걸."

"자요, 해 보세요."

몬태그가 미처 손을 올리기도 전에 소녀의 손에 들린 민들레가 그의 턱 밑으로 왔다. 몬태그는 뒤로 물러섰고 소녀는 웃었다.

"가만히 계세요."

소녀는 몬태그의 턱을 유심히 쳐다보더니 얼굴을 찌푸렸다.

"어때요?"

"안타깝네요, 아저씨는 아무하고도 사랑을 하고 있지 않아요."

"아니, 난 사랑하는 사람이 있는데?"

"그렇다는 표시가 안 나오는걸요."

"난 무척 사랑하는 사람이 있다고요, 아가씨."

몬태그는 자신이 하는 말에 어울리는 표정을 지으려 애를 썼지만 뜻대로 잘되지 않았다.

"난 사랑을 한다고!"

"아저씨, 그런 눈으로 쳐다보지 마세요."

"민들레가 문제야. 아가씨가 다 문질러 버려서 내 턱엔 물이 안 드는 거라고."

"물론 그렇겠죠. 아이 저런, 아저씨를 화나게 해 드린 것 같아. 죄송해요, 정말."

소녀는 몬태그의 팔을 잡았다.

"아니, 아니에요. 난 괜찮아."

"전 가 봐야 하거든요, 그러니까 저를 용서해 주세요. 저 때문에 화내시지 않았으면 좋겠어요."

"난 화나지 않았어. 괜찮아요."

"전 지금 정신과 의사를 만나러 가야 해요. 사람들 때문이야. 뭐라고 할 말을 생각해 내야 하는데. 의사가 나를 두고 무슨 생각을 하는지 알 수가 없으니 참. 날보고는 그냥 평범한 아이랬어요, 알아요? 내 비밀의 껍데기를 하나씩 벗기느라 정신없도록 만들어야 할 텐데."

"내가 생각하기에도 아가씨는 상담을 좀 받아 보는 편이 좋을 것 같아."

"설마 정말 그렇게 생각하세요?"

몬태그는 천천히 숨을 머금었다가 이윽고 내쉬고는 입을 열었다.

"아니, 사실은 아냐."

"정신과 의사는 내가 왜 수풀 속을 돌아다니면서 새들을 보고 나비를 채집하는지 알고 싶어해요. 언제 기회가 있으면 제가 수집한 것 보여 드릴게요."

"좋지요."

"사람들은 내가 종일 뭘 하고 다니는지 궁금한가 봐요. 난 그저 가끔 앉아서 생각에 잠기곤 한다고 말해 주지요. 그렇지만 밖에 나가면 뭘 하는지는 말해 주지 않을 거예요. 몹시들 궁금한가 봐. 이런 얘기는 해 줄 때도 있죠. 가끔은 비가 오는 날이면, 이렇게 머리를 뒤로 젖히고 빗방울이 입안으로 떨어지는 걸 즐긴다고. 포도주처럼 맛있어요. 빗방울 맛본 적 있으세요?"

"아니, 난……."

"절 용서해 주신 거죠? 그렇죠?"

"그럼요."

몬태그는 잠시 생각에 잠긴 듯했다.

"물론 용서하고말고, 왜 그런지는 모르겠지만. 아가씨는 참 유별난 데가 있어요. 좀 성가신 구석도 있지만 너그럽게 봐 줄만 하거든. 열일곱이라고 그랬던가?"

"음……, 다음 달이면요."

"참 이상하군. 묘한 일이야. 내 아내는 지금 서른이지만 어떨 때 보면 아가씨가 더 어른스러운 것 같아. 놀라운 일이지."

"몬태그 아저씨도 참 별난 분이에요. 저는 아저씨하고 얘기하다 보면 아저씨가 방화수라는 사실을 깜박할 때가 있다니까요. 저, 아저씨가 또 화낼 만한 얘기 해도 돼요?"

"해 봐요."

"처음에 어떻게 그 일을 시작하신 거예요? 어떻게 그런 일에 가담하고 직업으로까지 선택을 하게 되셨죠? 아저씨는 다른 방화수들과는 달라요. 저는 다른 방화수도 몇 명 알고 있지만 아저씨 같은 사람은 없어요. 아저씨는 제가 얘기를 할 때면 저를 쳐다보세요. 제가 달 얘기를 하면 달을 쳐다봐요. 어제 그랬죠? 다른 방화수들 중엔 그런 사람이 없어요. 전 알아요. 제가 조금이라도 이상한 얘기를 한다 치면 그냥 무시하고 가 버려요. 아니면 야단치고 으르거나. 아무도 남들에게 관심을 갖고 시간을 내주는 사람이 없어요. 아저씨는 저하고 어울릴 수 있는 몇 안 되는 사람 중에 한 분이에요. 아저씨가 방화수인 게 이상하다는 건 그 때문이죠. 하여튼 아저씨는 방화수라는 직업하고는 좀 맞지가 않아요."

몬태그는 몸이 두 조각으로 갈라지는 기분이었다. 뜨거운 부분과 차가운 부분, 부드러운 부분과 단단한 부분, 마구 떨리는 부분과 고요히 있는 부분, 두 부분들이 맹렬하게 부딪치며 서로를 갉아먹는 느낌이었다.

"아가씨 약속에 늦겠군."

소녀는 가느다란 빗줄기 속에 몬태그를 남겨 둔 채 달려가 버렸다. 한참 뒤 몬태그도 발걸음을 옮겼다.

그리고 그는 아주 천천히 빗속을 걸어가면서 고개를 뒤로 젖혔다. 그리고 잠시 후 입을 벌렸다……

로봇 사냥개는 잠자고 있지만 사실은 자는 것이 아니다. 그놈은 살아 있지만 사실은 살아 있는 것이 아니다. 그놈은 방화서 한구석에 마련된 어둠침침한 우리의 안쪽 깊숙이에서 작고 낮게 웅웅거리는 소리를 내고 아주 가늘게 몸을 떨며 몸을 틀고 앉아 있다. 새벽 어스름이 내릴 때의 희미한 태양 빛이나 한밤의 열린 하늘에서 달빛이 비칠 때나, 커다란 창문을 통해 걸러지고 틀이 잡혀져서 일정하게 규격화된 빛줄기들은 그 로봇 짐승의 놋쇠며 구리며 강철로 이루어진 몸 구석구석을 불길한 얼룩으로 비추어 댔다. 점점이 박힌 붉은색 유리알들이 번쩍거리고 예민한 안테나 털들이 한들거리고 나일론 솔이 달린 콧구멍이 희미하게 벌름거린다. 거미처럼 여덟 개가 달린 발은 바닥마다 고무 편자가 달려 있다.

몬태그는 놋쇠 기둥을 붙잡고 미끄러져 내려갔다. 방화서 밖으로 나가서 시가지 풍경을 바라보다가 하늘로 눈을 돌려 구름이 흘러가는 모습을 지켜보았다. 그는 담배를 한 대 피워 물고 다시 안으로 들어와서는 사냥개의 우리로 다가가 허리를 굽혔다. 어디 먼 곳의 들판으로 꿀을 채집하러 나갔다가 돌아온 거대한 꿀벌 같구나. 독성으로 가득 찬 꿀을 마구 빨아먹고는 야성과 광기와 악몽이 뒤범벅되어 악마와 같은 모습으로 잠자고 있다.

"안녕?"

몬태그는 언제나처럼 그 살아 있는지 죽어 있는지 모를 짐승에게 매혹을 느끼며 조그맣게 중얼거렸다.

밤이 되면 세상은 온통 어렴풋한 윤곽으로 변해 버린다. 방화서 사람들은 거의 매일 밤마다 놋쇠 기둥을 타고 무리 지어 아래층으로 내려온다. 사람들은 로봇 사냥개의 후각 장치를 조절한 다음 생쥐들을 복도에 풀어놓곤 했다. 종종 닭이나 심지어는 고양이들을 풀어놓을 때도 있다. 그런 동물들은 어차피 임자 없는 골칫덩이라서 처리해야 할 것들이었다. 사람들은 사냥개가 풀어놓은 동물들 중 어느 놈을 제일 먼저 잡을 것인가를 놓고 내기를 건다. 한꺼번에 풀려난 동물들은 복도를 따라 이리저리 흩어져 마구 뛰어다닌다. 대개 게임은 3초 정도면 끝이 나고, 표적이 된 쥐나 닭, 또는 고양이는 복도를 채 반도 달려가기 전에 사냥개에게 잡히고 만다. 로봇 사냥개의 발 여덟 개는 얌전하고 능숙한 솜씨로 포획물을 꼼짝 못하게 붙들고는 10센티미터짜리 주사 바늘을 사정없이 찔러 넣는다. 사냥개의 입에서 나오는 강철 주사 바늘엔 모르핀 같은 강렬한 마취액이 들어 있다. 개는 그러고 나서 넋이 빠진 동물을 소각로로 집어던져 버리고는 또 충실하게 새로운 게임의 노리개가 된다.

게임이 한창일 동안 몬태그는 대개 2층에 혼자 틀어박혀 있기 일쑤였다. 2년 전쯤, 몬태그는 한 놈에게 내기를 걸었다가 일주일 치 봉급을 몽땅 털린 적이 있었다. 밀드레드가 핏줄이 튀어나오고 얼굴이 새빨개져서 화내는 모습은 마치 제정신이 아닌 것 같았다. 그 뒤 몬태그는 언제나 2층 침대 위에 벽을 바라보고 누워서 아래층에서 들려 오는 함성소리나 웃음소리를 듣기만 할 따름이었다. 줄지어 선 피아노 현들처럼 촘촘하고 날랜 쥐의 걸음걸이나 바이올린 줄이 끊기는 듯한 쥐들의 울음소리를 듣고 있노라면 소리 없이 다가서는 사냥개의 그림자가 자신에게도 드리워지는 듯한 착각이 들었다. 환히 드러난 불빛 아래서 속절없이 춤추는 나방처럼 표적이 된 동물을 포착하고,

쫓고, 잡아서는 바늘을 찔러 넣는다. 일이 끝나면 사냥개는 우리로 돌아가서, 마치 스위치를 끈 것처럼 조용해진다.

몬태그가 주둥이를 툭 건드렸다.

사냥개는 낮게 으르렁거렸다.

몬태그는 펄쩍 뛰어 뒤로 물러섰다.

사냥개는 반쯤 일어나 몬태그를 똑바로 쳐다보았다. 갑자기 불이 들어온 눈동자 전구가 시퍼렇게 번쩍거렸다. 개가 다시 으르렁거렸다. 전기적인 소리의 합성. 기름이 끓는 듯한 소리. 금속을 마구 긁어대는 소리. 기어들이 맞물리면서 날카롭게 삐걱대는 소리. 옛날부터 전해 내려오는 야성의 울부짖음을 연상하게 한다.

"가만, 가만 있어라, 착하지."

몬태그는 가슴이 쿵쿵 뛰었다.

사냥개의 주둥이에서 주사 바늘이 3센티미터 가량 튀어나왔다가 다시 천천히 들어가기를 반복했다. 으르렁거리는 소리가 점점 고조되었다. 개는 몬태그를 계속 똑바로 쳐다보고 있다.

몬태그는 뒤로 물러섰다. 개가 한 발자국 앞으로 나왔다. 몬태그는 한 손으로 놋쇠 기둥을 붙잡았다. 기둥은 천천히 그를 2층으로 실어 올렸다. 어슴푸레한 빛이 비치는 이층 바닥에 발을 디딘 몬태그의 얼굴은 하얗게 질려 있었고 몸도 떨고 있었다. 아래층에선 사냥개가 다시 여덟 개의 다리를 접으며 우리 안의 보금자리에 몸을 틀고 앉았다. 사방으로 향한 눈동자의 불도 꺼지고 다시 웅웅거리는 소리만이 아련하게 들려 왔다.

몬태그는 기둥이 서 있는 구멍 옆에 멍하니 서서 공포가 진정될 때까지 기다렸다. 뒤편에선 네 명의 동료들이 책상에 둘러앉아 카드 게임을 벌이고 있다. 갓 달린 등의 어두운 녹색 불빛 아래서 사나이들은 한 번씩 몬태그를 흘끗 쳐다보았다. 마침내 불사조 그림이 있는 모자를 쓴 서장이 카드를 손에 든 채 2층 건너편에 선 몬태그에게 말을 걸었다.

"몬태그……?"

"저놈이 나를 싫어하나……."

"뭐, 사냥개 말야?"

서장은 손에 든 카드들을 뚫어지게 바라보고 있었다.

"신경 쓰지 말고 이리 와. 그놈이 자넬 싫어하든 말든, 그거야 그놈의 '기능'일 뿐이잖나. 로켓 운동 역학하고 똑같아. 우리가 쏘아 올리는 대로 정해진 궤도를 날아가는 거야. 미리 입력된 것밖에는 모른다고. 표적을 포착하고, 쫓고, 그러고는 처리하고, 그게 다야. 전선 몇 가닥에 축전지, 그리고 기계나 전기 장치 덩어리라고."

몬태그는 작은 소리로 웅얼거렸다.

"저놈의 코는 아미노산이나 황, 아니면 지방분이나 알칼리 염이 서로 뒤섞여 있어도 그 비율의 차이를 알아내도록 조정되어 있지 않습니까?"

"물론이지."

"이 방화서에서 일하는 사람들 각자의 개별적인 화학 성분 비율은 아래층 자료실에 보관이 되어 있죠. 누가 그 중에 한 명의 자료만 뽑아다가 저 사냥개의 코에 기억시킬 수도 있어요. 그렇지 않고서야 방금 저놈이 보였던 반응을 설명할 수가 없습니다. 그놈은 나를 보고 으르렁거리면서 바늘을 내보였단 말입니다."

"거 참."

"아주 확 달려들지는 않았지만 그냥 두면 어땠을지 몰라요. 누군가 그런 짓을 한 게 틀림없어. 내가 살짝 건드리기만 했는데 으르렁거리다니."

"누가 그런 짓을 한다고 그래? 여기 자네 적이 누가 있다고 그러나, 몬태그?"

"알 수 없죠."

"내일 기술자를 불러다가 사냥개를 점검해 보라고 하지."

"그놈이 날 위협한 건 이번이 처음이 아닙니다. 지난 달에도 두 번이나 그랬어요."

"점검한다니까. 신경 쓰지 말라고."

그러나 몬태그는 꼼짝 않고 서서 집의 환기 구멍을 생각하고 있었다. 누군가 그 구멍 사이로 몰래 엿보던 것 같은 느낌. 만일 방화서 사람 중에 누군가가 그랬다면…… . 그리고 그 자가 사냥개 코에 내 자료를 기억시켰다면?

서장은 몬태그 쪽으로 걸어와서 의혹에 찬 눈초리를 던졌다.

"난 그냥 궁금해서 말이죠. 사냥개는 밤마다 저 아래 우리에 들어앉아 무슨 생각을 할까요? 정말 우리를 보고도 달려들 수 있을까요? 저놈이 날 위협했다고요."

"저놈은 우리가 원하지 않으면 아무것도 생각하지 않아."

"그건 슬픈 일이죠."

몬태그는 조용히 말을 계속했다.

"우리들이 저놈에게 기억시켜 놓은 거라곤 그저 쫓고 사냥하고 죽이는 일뿐이지요. 저놈이 아는 게 그것뿐이라면 우리가 부끄러워 할 일입니다."

비티 서장은 조그맣게 코방귀를 뀌었다.

"웃기는군! 기술자들의 솜씨일 뿐이잖나. 목표물을 정확하게 맞춰 떨어뜨릴 수 있는 사냥총이나 마찬가지야. 언제나 명중하는 게 보장되어 있지."

"바로 그겁니다. 그래서 다음 번엔 내가 그 표적이 될 수도 있는 거죠."

"왜? 뭐 양심에 거리끼는 짓이라도 했나?"

몬태그는 눈을 치떴다.

비티 서장이 쳐다보고 있다. 그는 몬태그를 똑바로 응시하더니 입이 점점 벌어지며 아주 천천히 웃기 시작했다.

하루 이틀 사흘 나흘 닷새 엿새 이레. 그리고 그보다 훨씬 많은 나날들. 몬태그가 집을 나서면 클라리세도 어느 곳인가에 있었다. 하루는 그 소녀가 호두나무를 쥐고 흔드는 모습을 본다. 하루는 그 소녀가 밤나무 아래 앉아 파란색 털실로 스웨터 짜는 모습을 본다. 몬태그가 집 현관에서 작은 바구니에 담긴 밤톨들이나 늦은 가을꽃들로 소담스럽게 꾸민 꽃다발을 발견한 것이 서너 번. 아니면 가을 낙엽들을 정성스럽게 구색 갖춰 붙인 하얀 종이가 현관문에 압핀으로 붙어 있기도 했다. 하루도 빠짐없이 몬태그는 길모퉁이에서 클라리세와 마주쳤다. 비가 온 날, 그리고 그 다음날은 맑은 날씨. 다시 그 다음날은 바람이 몹시 불고, 또 그 다음날은 온화하고 깨끗한 날씨. 어느 날은 클라리세가 용광로처럼 뜨거운 여름 햇살을 받아 거뭇하게 그을린 얼굴로 나타나기도 했다.

지하철 입구에 들어서면서 몬태그가 말했다.

"클라리세를 알고 지낸 지가 몇 년은 된 것 같아. 이상하지?"

"제가 아저씨를 좋아하기 때문이에요. 그리고 나는 아저씨한테서 뭘 바라는 게 아니거든요. 우린 그래서 서로를 잘 알고 있는 거지요."

"클라리세하고 있으면 내가 굉장히 나이가 많은 것 같은 느낌이 들어. 마치 아버지 같다니까."

"아하, 그러셨군요. 아이들을 좋아하신다면 저 같은 딸을 낳지 않는 건 왜인지 설명해 보세요."

"글쎄?"

"농담하시는 거죠?"

"아니, 난······."

몬태그는 말을 중단하고 머리를 흔들었다.

"사실은 내 아내가······. 그 사람은 아이를 갖지 않으려고 하지."

소녀는 웃음을 멈추었다.

"미안해요. 난 정말 아저씨가 나를 데리고 놀리는 줄 알았어요. 이런 바보."

"아냐, 아냐. 물어 보길 잘했어. 누구든 그렇게 관심을 갖고 물어 보는 사람은 오랫동안 없었지. 정말 반가운 일이야."

"우리 다른 얘기를 해요. 음······. 오래된 나뭇잎 냄새를 맡아본 적이 있나요? 계피하고 비슷한 향이 나지 않아요? 여기요. 맡아 보세요."

"오, 정말, 계피하고 비슷한걸?"

소녀의 투명하고 검은 눈동자는 몬태그를 바라보고 있었다.

"항상 놀라워하는 모습이세요."

"나는 이런 데 시간을 내어 본 적이……."

"제가 전에 말했던 기다란 광고판 보셨어요?"

"응……. 그래. 본 것 같아."

몬태그는 어물쩡 웃을 수밖에 없었다.

"아저씨 웃음소리도 옛날보다 더 좋아졌어요."

"그래?"

"더 느긋하고 마음 편하게 웃으세요."

몬태그는 기분이 좋아졌다.

"클라리세는 왜 학교에 가지 않지? 매일매일 이 근처를 돌아다니기만 하는 것 같아."

"음, 그렇지만 그들도 나를 아쉬워하진 않는데요, 뭘. 내가 반사회적인 성격이래요. 사교적이지가 않다나? 참, 이상하죠? 난 사실 굉장히 사회적이거든요. '사회적'이란 말은 사람마다 어떻게 받아들이냐에 따라 그 의미가 다른 것 아니겠어요? 난 사람들하고 이런 얘기를 나눌 수 있는 것이야말로 사회적이라고 생각해요."

클라리세는 뜰에 떨어져 있는 밤톨들을 만지작거렸다.

"세상이 참 이상하지 않아요? 사람들과 같이 있다는 건 물론 좋지요. 그렇지만 그저 떼거리로 모여 있기만 하면 뭐해요? 아무 말도 나누지 않고 그냥 모여 있기만 해도 사회적이라고 할 수 있어요? 텔레비전 수업 한 시간, 야구나 배구나 달리기 같은 체육 한 시간, 그리곤 멋대로 정리한 교과서를 일방적으로 주입시키는 역사 수업 한 시간, 그림 감상 한 시간, 그리고 또 운동 시간. 그런데 우리는 아무런 질문도 하지 않아요. 대개는 침묵한 채 고분고분 받아들이기만 해요. 이미 정해진 해답을 따라가기만 할 뿐이죠. 감옥의 이 방 저 방으로 옮겨다니듯이 이 교실 저 교실을 네 시간이 넘도록 돌아다녀요. 선생님이 보여주며 설명하는 영화들을 보러 말이에요. 이런 데 함께 어울리는 것이 사회적이라니, 도대체 말도 안 돼요. 수많은 깔때기들을 들이대곤 커다란 물통의 물을 한 방울 남김없이 마구 쏟아 붓는 거예요. 그리고는 우리더러 포도주를 주었노라고 하죠. 학교에서 하루 일과가 끝날 때쯤이면 누더기처럼 축 처진 우리들이 할 수 있는 일이라곤 그저 곧장 침대로 가거나 못된 장난을 즐기기 위해 놀이 공원에 가는 정도지요. 유리 성에 가서 유리창들을 죄다 깨어 부수거나 자동차 구역에 가서 커다란 쇳덩어리 공을 던지며 자동차를 박살내거나 하며 말이에요. 그렇잖으면 차를 타고 나가서 거리를 미친 듯이 질주하죠. 고속으로 달리면서 가로등 기둥에 얼마나 바짝 대고 몰 수 있는지 내기나 하다니, 참. 걔들이 날 보고 뭐라고들 하는지 다 짐작이 가요. 쟤는 친구가 하나도 없다, 즉 비정상이다. 그렇지만 내가 아는 한 걔들이야말로 모두 비정상이에요. 자기들끼리 서로 치고 받고 고함치고 미친 사람처럼 춤추고……. 요즘 사람들이 서로 얼마나 사납게들 대하는지 아세요?"

"나이께나 먹은 사람처럼 얘기하는군."

"어떨 때는 제가 늙은이 같기도 해요. 저는 제 나이 또래의 아이들이 무섭거든요. 자기들끼리 서로 죽이는 일을 하다니. 어느 시대든지 항상 그랬다고들 말하죠? 삼촌이 그러시는데 그건 틀린 말이래요. 지난 1년 동안 제가 아는 아이 여섯 명이 총에 맞았어요. 자동차 사고로 죽은 아이가 열 명이고. 난 그 아이들이 무서워요. 그 애들은 그런 나를 싫어하고. 삼촌이 말씀하시길 증조부님이 사시던 때엔 아이들끼리 서로 죽이고 하는 일은 없었대요. 그렇지만 지금은 그때와는 너무 다르죠. 삼촌 말대로 지금은 자기 나름대로의 책임감을 느꼈던 시대와는 달라요. 아시죠? 저는 책임을 느껴요. 저는 필요하다고 생각하면 재빠르게 행동해요. 물건 사는 일이나 집안 청소하는 것 모두 제 손으로 직접 해요.

그렇지만 무엇보다도, 저는 사람들을 보고 있는 게 제일 좋아요. 하루 종일 지하철을 타고 다니면서 사람들을 바라보고 그들의 얘기에 귀를 기울이기도 하죠. 단지 그들이 어떤 사람이고 무엇을 원하며 어디로들 가고 있는지 그게 궁금해서 말이에요. 심지어는 나도 놀이 공원엘 가서 제트카를 탈 때가 있다고요. 캄캄한 밤중에 시내 한구석에서 애들이 자동차 경주를 벌이건 말건, 경찰은 사고가 나기 전에는 거들떠보지도 않아요. 사람들은 만 가지는 될 보험에 들어 있으니까 죄다 행복하다고 느끼나 보죠. 저는 때때로 지하철 노선을 따라 이리저리 돌아다니면서 사람들 얘기를 들어요. 어떤 때는 음료수 판매대에 서 있기도 하죠. 그거 아세요?"

"뭘?"

"사람들은 아무런 얘기도 하지 않아요."

"무슨! 사람들이 왜 얘기를 안 해?"

"아니에요. 아무도 얘기하는 사람이 없어요. 자동차며 옷들이며 수영장 얘기밖엔 안 해요. 그런 것들이 뭐는 얼마나 멋있냐는 둥 그런 얘기뿐이죠. 누구든 하는 얘기들은 다 똑같아요. 남들과 다른 얘기를 하는 사람들은 아무도 없어요. 카페에서도 모여 앉았다 하면 그저 농담이나 주고받으며 깔깔거리기 일쑤죠. 똑같은 우스갯소리들만 하고 하고 또 해요. 음악회라고 가 보면 현란한 조명들이 온 사방을 어지럽게 누비더군요. 보기엔 멋있고 즐겁지만 그것뿐이죠. 공허하고 추상적일 뿐. 박물관은 또, 가 본 적 있으세요? 거기도 전부 다 추상적인 물건들뿐이에요. 지금 있는 것들은 다 그래요. 삼촌이 말씀하셨는데 옛날엔 그렇지 않았대요. 그림을 그려도 사실적인 대상을 얘기했고 심지어는 사람을 직접 묘사하기도 했다고 하셨어요."

"삼촌이 말씀하셨는데, 삼촌이 말씀하셨는데……. 클라리세의 삼촌은 대단한 분이신 모양이군."

"맞아요. 삼촌은 정말 그래요. 어머, 가 봐야겠어요. 안녕, 몬태그 아저씨."

"안녕."

"안녕……."

하루 이틀 사흘 나흘 닷새 엿새 이레, 방화서.

"몬태그, 기둥 잡고 오르내리는 게 마치 새가 나무에 오르듯 하는구먼."

사흘째.

"몬태그, 아까 보니까 뒷문으로 들어오던데, 사냥개가 자네를 귀찮

게 하나?"

"아니, 아냐."

나흘째.

"몬태그, 재밌는 얘기를 들었네. 오늘 아침에 누가 그러는데 말이야, 시애틀의 한 방화수가 로봇 사냥개한테 자기 몸의 화학 조성을 입력시키고 나서는 줄을 풀어 버렸다는구먼. 그렇게 자살하는 방법을 자네 같으면 뭐라고 부를 텐가?"

닷새 엿새 이레.

그러고 나서 클라리세가 없어졌다. 그날 오후에도 별다른 일은 일어나지 않았지만, 언제나 마을 풍경의 한구석을 차지하고 있던 그녀가 없어졌다. 잔디밭은 텅 비었고 밤나무 아래에도 앉아 있는 사람이 없었다. 거리 모퉁이를 돌아서도 마주치는 사람이 없었다. 처음에는 몬태그도 덤덤했다. 그녀를 보고 싶다거나 찾아봐야겠다는 생각은 하지 않았다. 그러나 시간이 가면 갈수록 스스로를 속일 수가 없게 되었다. 지하철역에서 나와 거리를 걸어가는 그의 마음에 어렴풋하게 거북한 소용돌이가 일고 있었다. 뭔가 이상이 생겼다. 뭔가가 틀에 박힌 일상 생활의 질서를 어지럽히고 있다. 지난 며칠 사이에……. 그리고 지금? 몬태그는 클라리세가 나타날 것만 같은 기대감으로 왔던 길을 되돌아 갈 뻔했다. 다시 돌아가 한 번만 더 기회를 주면 나타날 것만 같다. 내 생활의 질서를 유지하려면 틀에 박힌 일상 생활에 충실하게 따라가기만 하면 된다. 그러나 이젠 너무 늦었다. 몬태그의 생활 시간표에 어김없이 맞추어 운행하던 기차가 연착을 하기 시작했다.

카드가 이리저리 날아다닌다. 손들이 잽싸게 움직인다. 눈썹이 이쪽저쪽으로 치켜 떠지는 와중에 방화서 천장에 매달린 시계가 단조로운 노래를 읊조린다.

"……오전 1시 35분입니다. 11월 4일 목요일……. 오전 1시 36분입니다……. 오전 1시 37분입니다……."

반들반들한 책상 위로 카드 한 장이 던져졌다. 몬태그는 그 소리를 전부 들었다. 눈을 감고 있지만, 애써 신경 쓰지 않으려 하지만. 방화서 전체를 가득 채우고 있는 광채, 빛줄기, 침묵, 청동색, 손때 묻은 동전색, 금색, 은색들을 느낄 수 있다. 보이지 않는 책상 둘레에 보이지 않는 사나이들이 제각기 카드를 들고서 저마다 숨을 죽이며 기다리고 있다.

"……1시 45분……."

추운 계절의 추운 새벽에 시계가 추운 시간을 애도한다.

"몬태그, 왜 그래? 어디 아픈가?"

몬태그는 눈을 떴다.

어디선가 라디오 소리가 들려 온다.

"……전쟁은 언제 어느 때라도 선포할 수 있습니다. 우리들은 만반의 준비가 되어 있습니다……."

시커먼 새벽 하늘에 제트기가 요란한 굉음을 끌며 지나갔다. 그 서슬에 방화서는 몸을 떨었다.

몬태그는 눈을 깜박거렸다. 마치 박물관 동상을 보는 듯한 눈초리로 비티가 쳐다보고 있다. 당장이라도 일어나서는 내게 걸어 와서 팔을 잡으며 내 자의식을 파헤치며 죄를 추궁할 것만 같다. 죄? 무슨 죄?

"몬태그, 자네 차례야."

몬태그는 사나이들의 불에 그을린 시커먼 얼굴을 바라보았다. 방화 작업을 1000번은 넘게 했으리라. 그리고 상상으로 했던 작업까지 합치면 1만 번도 넘겠지. 작업이 거듭될수록 뺨은 점점 붉게 물들고 눈동자는 더욱 이글거린다. 이 사나이들은 백금 점화기에서 뿜어 나오는 불꽃들을 항상 바라보기 때문에 이윽고 몸뚱이가 시커멓게 변색되는 것이다. 영원히 불타는 등유 유전이 되어 가는 것이다. 석탄 색깔의 머리카락도, 숯 검댕에 절은 듯한 눈썹도, 매끈하게 면도를 해서 푸른 빛이 감도는 턱도 모두 그들의 공통적인 생김새다. 갑자기 몬태그는 벌떡 일어나며 입을 벌렸다. 검은 머리카락, 검은 눈썹, 매서운 얼굴 생김, 그리고 매끈하게 면도해서 푸른 금속 같은 턱. 이밖에 다른 모습을 한 방화수를 본 적이 있었던가? 이들의 모습은 마치 거울에 비친 내 모습처럼 똑같지 않은가! 방화수를 선발할 때 애초부터 이런 외모와 성격을 고려해서 뽑은 것이 아닐까? 타다 남은 숯덩이들에 둘러싸인 느낌이다. 그들의 파이프 담배는 계속 구름을 만들어 내고 있다. 비티 서장이 앉은자리에서 커다란 모루구름을 피워 올리고 있다. 비티는 새 담뱃갑을 하나 뜯었다. 비닐 겉봉이 불꽃같은 소리를 내며 찢겨지고 구겨졌다.

몬태그는 자기 손에 든 카드들을 쳐다보았다.

"아아……. 저, 생각을 좀 하고 있었죠. 지난 주에 나갔던 작업 말이에요. 우리가 정리했던 그 사나이의 서재를. 그런데 그 사람은 어떻게 되었죠?"

"미쳐 날뛰는 걸 정신 병원으로 데려갔다더군."

"미친 사람 같진 않던데."

비티는 묵묵히 카드를 나누었다.

"정부를 속이고 우리를 속일 수 있다고 생각하는 놈은 누구든지 다 미친놈이야."

"상상을 좀 해 봤죠. 그 기분이 어떨까 해서. 만약 방화수가 와서 내 집과 내 책들을 죄다 불태워 버린다면?"

"우린 책을 가지고 있지 않아."

"물론이죠. 그렇지만 만약에 가지고 있다면 말입니다."

"자네 가지고 있나?"

비티가 눈을 끔벅거렸다.

"아니오."

몬태그는 건너편 벽에 붙어 있는, 100만 권은 됨직한 금서들의 목록을 쳐다보았다. 지난 몇 년 동안 그 책들은 그의 점화기에서 나온 불꽃들에 의해 한줌의 재로 변해 가고 있다. 그들이 갖고 다니는 파이프와 분출구에선 생명수가 아니라 등유가 뿜어져 나온다.

"아닙니다."

그러나 그의 마음속에선 한 줄기 차가운 바람이 일기 시작한다. 집에 있는 환풍기 구멍에 대한 생각을 애써 몰아내려고 안간힘을 쓴다. 천천히, 천천히, 그의 양볼이 오싹오싹해진다. 그리고 공원에서 만났던 노인과 이야기를 나누는 자신의 지난날 모습이 떠오른다. 그때도 공원에 부는 바람은 차가웠다.

몬태그는 망설였다.

"언제나…… 언제나 그렇습니까? 방화서와 방화수, 우리들의 일이란 것은? 내 말은, 으음, 아주 옛날에는…….."

"아주 옛날에라고!"

비티가 말했다.

"무슨 얘기를 하려는 거야, 자네?"

바보같이, 어리석게스리. 몬태그는 생각했다. 이러다간 발각 나고 말아. 지난번 작업을 나갔을 때, 어느 동화책을 태우면서 얼핏 보았던 한 구절이 생각났다.

"내 말은 아주 옛날, 그러니까 모든 집들에 다 화재 안전 장치가 설치되기 전에는…….."

갑자기 더 젊은 목소리가 또렷하게 몬태그에게 얘기하는 듯이 느껴졌다. 그가 입을 열자 클라리세가 말했다.

"방화수나 방화서가 아니라 소방수, 즉 불을 끄러 다니는 것이 일이었다면서요?"

"무슨 뚱딴지같은 소릴!"

스톤맨과 블랙이 업무 지침서를 뽑아 들고 왔다. 그 책에는 아메리카 방화수협회의 간략한 역사도 실려 있었다. 그들은 책을 펼쳐 몬태그의 앞에 놓았다. 몬태그에게도 낯선 내용은 아니었다.

1790년 설립. 영국의 영향을 받은 불온 책자들을 아메리카 식민지에서 완전히 소각해 버리기 위해 세워짐.

최초의 방화수 : 벤자민 프랭클린

규칙 1. 출동 경보에 신속하게 반응한다.

2. 현장에 도착하는 즉시 신속하게 방화한다.

3. 빠짐없이 완전히 소각한다.

4. 작업이 끝나는 즉시 방화서에 보고한다.

5. 돌발적인 출동 경보에 대비하여 항상 만반의 준비를 갖추고 대기한다.

모두들 몬태그를 바라보고 있다. 그는 굳은 듯이 가만히 있었다.

경보가 울렸다.

천장에 매달린 종이 요란하게 자기 몸뚱이를 두드리기 시작했다. 순식간에 주인 없는 의자 네 개가 책상 주변에 나동그라졌다. 카드가 눈송이처럼 나부끼며 떨어졌다. 놋쇠 기둥이 난폭하게 흔들렸다. 사나이들은 이내 2층에서 자취를 감추었다.

몬태그는 의자에 앉아 있었다. 아래층에선 사냥개가 생기를 불어넣은 듯 으르렁대기 시작했다.

마치 꿈꾸는 사람처럼 몬태그는 기둥을 붙잡고 내려갔다.

사냥개가 우리에서 뛰어나왔다. 두 눈에 파란 불꽃이 이글거리고 있다.

"몬태그, 자네 헬멧 안 썼잖아!"

그는 허겁지겁 벽에 걸린 헬멧을 벗겨 들고는 동료들을 쫓아 나갔다. 싸늘한 밤 공기와 밤바람이 사이렌 소리와 부딪치고 있었다. 그리고 그들의 손에 들린 백금 점화기에도!

도시 외곽의 낡은 3층집 한 채를 샅샅이 훑어 내는 것부터 시작했다. 틀림없이 100년은 더 되었을 오래된 집이었다. 물론 여느 다른 집들과 마찬가지로 얇은 플라스틱 껍질이 둘러싸고 있어서 집 자체는 화재로부터 보호되고 있다.

"여기다!"

트럭은 난폭하게 급정차했다. 비티와 스톤맨, 그리고 블랙이 뛰어내렸다. 불길한 색깔과 불길한 모습의 방화복을 뒤집어쓴 그들의 뒤로 몬태그도 따라갔다.

현관문을 부수고 안으로 뛰어든 그들은 한 늙은 여자를 붙잡았다. 그 여자는 도망치려고도 하지 않았다. 그저 그 자리에 가만히 서서 비틀비틀거리고 있었다. 눈동자의 초점은 벽을 향했지만 아무것도 보고 있지 않았다. 마치 머리를 크게 한 방 얻어맞은 사람처럼. 여자는 입속에서 혀를 이리저리 굴려 대었다. 눈을 보니 뭔가를 생각해 내려는 듯이 보였다. 마침내 생각이 난 듯 여자의 혀가 다시 움직였다.

"당당한 자세를 보여라, 마스터 리들리! 우리는 신의 자비로움으로 이 세상을 밝히는 촛불이 되어야 한다. 이 영국 땅에서 다시는 꺼지지 않을 불꽃으로 타오를 것을 나는 확신한다!"

"됐어, 그만 하시지."

비티가 말했다.

"어디 있지? 빨리 불어!"

그는 조금도 거리낌없이 여자의 뺨따귀를 갈긴 뒤, 다시 질문을 던졌다. 늙은 여자의 시선이 비티에게 고정되었다.

"어디 있는지 알고 왔을 것 아냐? 그렇지 않다면 아예 오지도 않았겠지."

여자가 내뱉었다.

스톤맨은 투덜거리면서 긴급 경보 전화 카드를 꺼내어 뒷면에 갈겨 쓴 글을 보았다.

다락방이 수상합니다. 엘름 구역 11번지, E.B.

"이웃에 사는 블레이크 부인이겠구먼."

카드에 적힌 머릿글자를 본 여자가 중얼거렸다.

"좋아. 자, 올라가자고!"

잠겨 있지도 않은 문을 손도끼로 박살을 내고 그들은 컴컴한 먼지 구덩이 속으로 뛰어들었다. 아이들처럼 신난다는 듯이 떠들썩하게 허둥대며 들어가서는 소리를 질렀다.

"어이, 찾았다!"

몬태그가 위태위태하게 낡은 사다리를 타고 다락방을 오르는데 위에서 책들이 분수처럼 쏟아져 내렸다. 제기랄! 어째 이 모양이람. 경찰이 먼저 와서 범법자의 입을 테이프로 막고 온몸을 묶어서는 그들의 번쩍거리는 딱정벌레 차에다 태워 데려간다. 따라서 방화수가 도착했을 때는 빈 집만 남아 있어야 하는 것이다. 그 누구도 다치게 하지는 않는다. 오직 물건만, 즉 책들만 처리할 뿐이다. 물건들이야 살아 있는 것이 아니니까 다치건 말건 신경 쓸 필요가 없다. 물건들은 소리를 지르거나 울거나 하지도 않는다. 저 늙은 여자처럼 비명을 지르거나 반항을 하거나 해서 나중에 양심을 괴롭히는 일도 없다. 그저 단순히 청소하는 일일 뿐이다. 따지고 보면 관리인이나 마찬가지다.

모든 것은 제자리에 맞게 깔끔히 정돈이 되어야 한다. 자, 빨리 등유를 붓자! 점화기를 어서 당기자!

그러나 오늘 밤에는 뭔가 어긋났다. 저 늙은 여자가 신성한 의식을 망치고 있다. 동료들은 쓸데없이 시끄럽게 떠들고 웃고 농담하면서 아래층에서 말없이 원망에 찬 눈길로 쏘아보는 여자의 섬뜩한 시선을 덮어버리려 한다. 저 여자가 텅 빈 다락방을 울부짖게 만들고 마구 흔들어서 먼지를 날리게 만들고 있다. 자기는 무고하다는 원망이 무수한 먼지들을 동료의 콧구멍 속으로 불어넣고 있다. 이건 정당한 방법도 아니고 애초부터 옳은 일도 아니다. 몬태그에게 환멸감이 마구 몰려왔다. 저 여자가 없어야 했다, 무엇보다도!

책들이 몬태그의 어깨 위로, 팔 위로, 얼굴 위로 마구 쏟아졌다. 그는 한 권을 집어들어 불빛을 비추어 보며 흔들었다. 책은 그의 손에서 하얀 비둘기처럼 펄럭거렸다. 어두운 방 안에서 춤추는 조명 사이로 책 한 쪽이 눈송이처럼 사뿐히 떨어졌다. 그 위에 그려진 섬세한 글자들이 희미하게 눈에 들어왔다. 그 혼란과 광기의 와중에 몬태그는 얼핏 한 문장을 보았다. 종이는 순식간에 날아가 버렸지만 그 문장은 마치 강철 도장으로 새긴 듯이 그의 뇌리에 또렷하게 박혔다. '오후의 태양 빛 안에서 시간은 깊은 잠 속에 빠져든다.'(19세기 스코틀랜드 시인 알렉산더 스미스 ― 옮긴이) 그는 책을 집어던졌다. 거의 동시에 다른 한 권이 그의 손 위로 떨어졌다.

"몬태그, 이리 올라와!"

몬태그는 넋이 나간 사람처럼 손에 떨어진 책을 거칠게 움켜쥐고 가슴에 대어 마구 짓이겼다. 다락방의 동료가 먼지 구덩이 속에서 한

묶음의 잡지를 집어 올려 던졌다. 총에 맞은 새처럼 잡지들이 우수수 흩어져 떨어졌다. 그리고 그 아래 여자가 서 있었다. 소녀처럼 자그마한 몸집으로.

몬태그는 아무런 짓도 하지 않았다. 모든 것은 그의 손이 저질렀다. 그의 머리가, 양심과 호기심이, 떨리는 손가락들이, 갑자기 도둑으로 변했다. 몬태그의 손가락들이 가슴에 대고 비비던 책을 방화복 안 쪽으로 쑤셔 넣었다. 땀에 젖은 겨드랑이 사이로 책을 꽉 껴 넣었다. 그리고는 재빨리 빈손을 꺼냈다. 마술이다. 보라! 아무것도 없지 않는가! 자 보라, 보란 말이다!

그는 빈손을 쳐다보았다. 결백한 그의 손을. 근시안인 것처럼 팔을 뻗치고 쳐다보았다. 그리고는 다시 눈앞에 바짝 대고 쳐다보았다.

"몬태그!"

그는 놀라서 흠칫 돌아섰다.

"거기 서 있지 마, 바보 같으니라고!"

건조시키기 위해 널어 놓은 고기들처럼 책들이 널려 있었다. 동료들은 그 위에서 춤추고 넘어지며 법석을 떨고 있었다. 금박으로 빛나는 제목들이 찢겨 날아갔다.

"등유!"

그들은 제각기 등에 지고 있는, '451'이라고 씌어져 있는 커다란 통에서 차가운 액체를 펌프로 뿜어 내었다. 그리고 한 권 한 권 빠짐없이 뿌렸다.

그들은 서둘러 아래층으로 내려갔다. 몬태그도 코를 찌르는 등유 냄새를 헤치고 동료들을 따라 내려갔다.

"자, 이리 오시지. 늙은이!"

여자는 책들 사이에 무릎을 꿇고 앉아 등유에 흠뻑 젖은 가죽 껍데기며 책날개 따위를 어루만지고 있었다. 그녀의 손가락이 책 제목을 따라가며 훑는 동안 원망에 찬 시선은 몬태그를 바라보고 있었다.

"너희들은 내 책을 뺏어 갈 수 없어."

여자가 말했다. 비티가 대꾸했다.

"법을 잘 알고 있겠지? 도대체 정신이 있는 거야, 없는 거야? 누가 이런 책들을 갖고 있으라 그랬나? 이런 골방에다 책을 몇 년 동안이나 몰래 모아 놓고서 어쩔 셈이었지? 바벨탑이라도 쌓으려고 했나? 정신 차리라고! 이따위 책들에 나와 있는 사람들은 이미 오래 전에 죽어 없어진 작자들이야. 이리 나와! 불을 붙일 거니까."

여자는 고개를 저었다.

"집을 통째로 태워 버릴 거야."

비티가 소리쳤다.

사나이들은 문 쪽으로 엉거주춤 몰려갔다. 그들은 여자 가까이 서 있는 몬태그를 뒤돌아보았다.

"이 여자를 데려가지 않을 거야?"

몬태그가 말했다.

"안 가겠다잖아."

"그럼 강제로라도 데리고 나가야지!"

비티가 손을 들었다. 손아귀에는 점화기가 쥐어져 있었다.

"이런 집은 법적으로 태워 버리도록 되어 있네. 게다가 이런 경우에 저 미치광이들은 대개 자살하려고 하지. 흔히 있는 일이야."

몬태그는 여자의 팔꿈치를 잡았다.

"나하고 같이 나갑시다."

"됐어요. 아무튼 고맙군요."

여자가 말했다.

"자, 열을 세겠다. 하나, 두울."

비티가 소리쳤다.

"기다려요, 서장."

"계속하라고."

여자가 단호하게 말했다.

"세엣, 네엣."

"나갑니다."

몬태그는 여자를 잡아 끌었다.

여자는 담담하게 입을 열었다.

"난 여기 그냥 있고 싶어요."

"다섯, 여섯."

"그만 세어도 좋을걸."

여자가 말했다. 그녀는 한 손의 손가락을 천천히 폈다. 손바닥에 뭔가 가느다란 물체가 있었다.

부엌에서 주로 쓰는 성냥 한 개비였다.

사나이들은 그걸 보자마자 허겁지겁 집 밖으로 뛰어나갔다. 비티 서장만은 품위를 잃지 않고 천천히 문으로 걸어갔다. 한밤중의 광기와도 같은 일을 셀 수 없을 정도로 많이 치러 왔던 그의 그을린 얼굴엔 조금도 동요된 기색이 없었다. 맙소사. 몬태그는 생각했다. 어째서 한밤중에만. 언제나 경보는 밤중에 울려 댔다. 낮에는 결코 울린 적이 없다! 불꽃은 밤에 봐야만 더 아름답기 때문일까? 더 멋지고 더 장관이기 때문일까? 비티의 그을린 얼굴에도 희미하게 광기가 서린 것 같다. 여자가 성냥개비를 들어올렸다. 그녀 주위에선 등유 냄새가 촉촉할 정도로 피어 오르고 있다. 몬태그는 겨드랑이에 숨겨 가지고 나온 책이 심장처럼 그의 가슴을 쾅쾅 치는 것만 같았다.

"나가요."

여자의 말이 떨어지자 몬태그는 주춤주춤 뒤로 물러나 문 쪽으로 갔다. 그는 비티의 뒤를 쫓아 계단을 내려가고 잔디밭을 가로질러 갔다. 악마의 발자국처럼 그들이 지나간 길에 등유 냄새가 남았다.

발코니에 여자가 나와 있었다. 말없이 시선으로 방화수들을 압도한 채, 침묵으로 그들에게 유죄 선고를 내리고 있었다. 여자는 꼼짝 않고 서 있었다.

비티는 손가락을 튕겨 점화기의 불꽃을 켰다.

너무 늦었다. 몬태그는 숨이 막혔다.

여자는 경멸에 찬 눈초리로 손을 들고는 성냥개비를 난간에다 세차게 부볐다.

사람들은 한밤중의 거리를 마구 내달았다.

방화서로 돌아가는 동안 아무도 입을 열지 않았다. 서로 얼굴을 쳐다보는 사람도 없었다. 몬태그는 비티와 블랙과 함께 트럭 앞좌석에 앉아 있었다. 담배를 피우는 사람도 없었다. 모두들 말없이 트럭 앞부분에 커다랗게 붙어 있는 샐러맨더의 휘장을 쳐다보거나 스쳐 지나가는 밤거리를 쳐다보거나 하고 있었다. 트럭이 모퉁이를 돌았다.

"마스터 리들리."

마침내 몬태그가 입을 열었다.

"뭐라고?"

비티가 물었다.

"그 여자가 말했죠 '마스터 리들리'라고. 우리가 처음 들어갔을 때 뭐라고 미친 소리를 중얼거렸죠. '당당한 자세를 보여라, 마스터 리들리.' 그리고 또 뭐라뭐라 했죠."

"우리는 신의 자비로움으로 이 세상을 밝히는 촛불이 되어야 한다. 이 영국 땅에서 다시는 꺼지지 않을 불꽃으로 타오를 것을 나는 확신한다."

비티가 그대로 읊었다. 스톤맨이 흘끗 서장을 쳐다보았고 몬태그도 놀라서 서장에게 고개를 돌렸다.

비티는 턱을 쓰다듬었다.

"라티머(16세기 영국의 종교 개혁가. 메리 1세의 구교 탄압 때 산 채로 불에 태워졌다 ― 옮긴이)라는 자가 1555년 10월 16일 이단죄로 옥스퍼드에서 화형당할 때 니콜라스 리들리라는 자에게 했던 말이지."

몬태그와 스톤맨은 다시 시선을 차창 밖으로 돌렸다. 트럭은 암흑에 싸인 밤거리를 거침없이 질주해 나갔다.

"내 머리엔 이것저것 잡다한 것들이 꽉 들어차 있네. 방화서장이라면 다들 이 정도는 돼야 하지만. 가끔은 나도 놀랄 때가 있지. 어허, 조심해, 스톤맨!"

스톤맨은 제동 발판을 꽉 밟았다.

"정신을 어디다 두고 다니나? 방화서로 가려면 아까 그 모퉁이에서 오른쪽으로 돌았어야지!"

"누구세요?"

"누구겠어?"

캄캄한 어둠 속에서 몬태그는 잠긴 문에 몸을 기댄 채 대답했다. 마침내 밀드레드가 말했다.

"불을 켜지 그래요."

"켜고 싶지 않아."

"침대로 와요."

밀드레드가 조급하게 몸을 뒤척이는 소리가 들렸다. 침대 스프링이 삐걱거렸다.

"술 마셨어요?"

시작을 잘해야 한다. 몬태그는 한 손으로 겨드랑이의 책을 꽉 쥔 채 다른 손으로 외투를 벗어 바닥에 던졌다. 그리고 천천히 바지도 벗어 어둠 속으로 팽개쳤다. 처음에 책을 몰래 빼돌려서 숨겨 온 것은 한쪽 손만이 저지른 짓이지만, 이제 두 손 모두, 그리고 두 팔, 양어깨, 마침내는 온몸이 공범이 되는 것이다. 그는 독 기운이 온몸으로 서서히 퍼져 가는 듯한 기분이 들었다. 그리고 그의 손이 굶주리고 있다. 두 눈도 어둠 속에서 열심히 뭔가를 찾고 있다.

"뭐해요?"

몬태그는 땀에 젖은 손가락들로 책을 지탱하느라 안간힘을 쓰고 있었다.

1분 가량 지난 뒤 밀드레드가 다시 말했다.

"그렇게 가만히 서 있지 마세요."

몬태그가 뭐라고 중얼거렸다.

"예?"

그가 다시 중얼거렸다. 그러면서 엉거주춤 침대로 다가가서는 재빨리 책을 차가운 베개 밑으로 쑤셔 넣었다. 몬태그는 침대 위로 쓰러졌고 밀드레드는 놀라서 소리를 질렀다. 그는 그녀에게서 멀찍이 떨어진 구석으로 가 누웠다. 망망대해에 외따로 떨어진 겨울 섬처럼. 그녀는 몬태그에게 꽤 오랫동안 이런저런 얘기를 늘어놓았다. 하지만 그에게는 그저 단어들의 웅얼거림일 뿐이었다. 언젠가 친구 집 육아방에서 들었던, 두 살배기 어린애가 말을 배우며 허공에 내뱉는 귀여운 소리들. 내내 대꾸 없이 듣고만 있다가 겨우 몇 마디 맞장구를 치려는데, 밀드레드가 침대에서 나왔다. 그녀는 몬태그의 침대 옆에 와 서서 두 손으로 그의 얼굴을 쓰다듬었다. 그 손이 땀으로 흠뻑 젖을 것이란 사실을 몬태그는 알고 있었다.

밤이 깊자 몬태그는 슬며시 밀드레드를 살펴보았다. 그녀는 깨어 있다. 귀마개 라디오의 앵앵거리는 노랫가락이 캄캄한 방 안에 떠돌았다. 또 그걸 귀에 틀어막았군. 지금 그녀는 머나먼 낯선 곳의 낯선 사람들 소리에 귀를 기울이고 있는 것이다. 두 눈을 크게 뜬 채 깊이를 알 수 없는 천장의 어둠을 바라보면서.

밤이나 낮이나 전화통만 붙잡고 생전 그칠 생각을 안 하는 마누라에 관한 오래된 우스갯소리가 하나 있었지. 남편은 자포자기한 심정으로 집 밖으로 나가서 가까운 공중 전화에서 집에 있는 마누라에게 전화를 한다. 여보, 오늘 저녁 식사는 뭐요? 글쎄, 귀마개 라디오를 하나 사서 귀에 끼우고는 밀드레드와 모기 소리로 이야기를 나눠 볼까? 중얼중얼, 소곤소곤, 속닥속닥, 와글와글, 꽥꽥! 그렇지만 뭐라고 소곤거리나? 뭐라고 고함을 치나? 도대체 무슨 얘기를 나눌 건가?

갑자기 밀드레드가 낯선 여자같이 여겨졌다. 저 여자와 결혼해서 같이 살고 있다니, 믿어지지가 않는다. 그래, 이런 우스갯소리도 있지. 술 취한 신사가 밤늦게 집으로 돌아가지만, 엉뚱한 집의 엉뚱한 대문을 열고 엉뚱한 침실로 들어가서 엉뚱한 여자와 한 침대에서 하룻밤을 보낸 뒤 다음날 아침에 멀쩡하게 출근을 한다. 지난밤의 일은 영영 알아채지 못한 채.

"밀리……?"

"응?"

"놀라게 하려는 건 아니었어. 한 가지 알고 싶은 게 있는데……."

"예?"

"우리가 언제 만났지? 그리고 그게 어디였지?"

"우리가 언제 만났냐고요? 그게 무슨 얘기에요?"

"내 말은, 처음에……."

그는 밀드레드가 얼굴을 찌푸리고 있음을 알 수 있었다.

몬태그는 다시 말했다.

"우리가 제일 처음 만나서 서로 알게 된 곳이 어디였지? 그리고 그게 언제였더라?"

"아아, 그야……."

그녀는 말을 멈추었다.

"모르겠어요."

몬태그는 냉정하게 다시 물었다.

"기억할 수 없어?"

"너무 오래되었어요."

"10년밖에 안 됐어, 겨우 10년밖에!"

"흥분하지 말고 가만 있어 봐요, 지금 생각하는 중이니까."

그녀는 야릇한 웃음소리를 내기 시작하더니 점점 소리가 높아졌다.

"재밌군요, 정말 재밌어요. 같이 사는 남편이나 아내를 언제 어디서 처음 만났는지 기억하지 못하다니."

몬태그는 누운 채로 두 눈과 이마와 목 뒤를 주무르기 시작했다. 두 손을 눈꺼풀 위에 놓고 지그시 힘을 가해 눌렀다. 마치 잃어버린 기억을 억지로 구겨 넣듯이. 갑자기 밀드레드를 어디서 처음 만났는지 알아내는 일이 앞으로 인생에서 가장 중요한 일이 된 듯한 느낌이 들었다.

"그건 중요한 게 아니에요."

그녀는 침대에서 나와 욕실에 들어가 있었다. 컵에 물 따르는 소리가 들렸다. 그리고 그녀가 물을 마시는 소리가 들렸다.

"그래, 중요한 건 아니지."

몬태그는 그녀가 몇 번이나 물을 삼키는지 세어 보다가, 문득 꽉 다문 일자 입술에 담배를 물고, 납빛 얼굴에 독사 같은 눈빛으로 나타났던 두 명의 사나이들이 떠올랐다. 그리고 역시 독사 같은 기계 눈을 번쩍이며 그녀의 몸 속을 훑어 내려가 속에 고인 독물을 빨아내었던 뱀 같은 기계를. 거기까지 생각이 미치자 몬태그는 밀드레드에게 소리치고 싶었다. 오늘 밤엔 또 수면제를 몇 알이나 집어삼킬 작정이지? 지금 도대체 몇 개나 먹은 거야? 알기나 해? 오늘 밤뿐이 아니겠지! 내일 밤도, 모레도, 나는 뭐야, 이게! 잠도 자지 못하고 앞으로 얼마나 더 한밤중에 난리를 떨어야 되지? 두 사나이가 침대 옆에 꼿꼿이 서서 팔짱을 끼고 있는 장면이 그려졌다. 몸을 굽히고 침대 위에 뻗어 있는 여자를 살펴보는 것이 아니라, 그저 아무 말 없이 꼿꼿이 서 있는 모습이. 밀드레드가 죽는다면, 그래, 한 가지 확실한 것은 그런 일이 생기더라도 나는 울음을 터뜨리지는 않을 거라는 사실이다. 그저 거리에서 마주치는 낯모를 이의 죽음 정도로, 신문에 숱하게 실리곤 하는 사망 기사의 주인공처럼. 그러다가 갑자기 울기 시작할 것이다. 밀드레드의 죽음이 슬퍼서가 아니라, 그런 죽음을 당해서도 울지 않는 자신이 슬퍼서 울음을 터뜨릴 것이다. 바보 같은 남편이 바보 같은 아내의 죽음을 당하면 그런 식이 될까.

어쩌다 이렇게 바보가 되었을까? 몬태그는 궁금해졌다. 누가 날 이렇게 만들었을까? 아아, 지난번 그 민들레꽃은 과연 정확했군. 모든 것을 설명해 주고 있잖나!

"안타깝네요, 아저씨는 아무하고도 사랑을 하고 있지 않아요."

그래, 틀린 말이 아니었어.

나와 밀드레드 사이엔 커다란 벽이 가로놓여 있었던 거야. 아니, 진짜 벽이 가로막고 있다. 그것도 하나가 아니라 셋 씩이나! 게다가 세 개나 되는 그 벽들은 아주 비싸기까지 하다! 저 거실의 벽면 텔레비전들, 그곳에 삼촌, 고모, 조카, 질녀라는 작자들이 들어앉아 밀드레드를 쥐고 흔들고 있다. 말도 안 되는, 안 되는, 안 되는 소리만 크게, 크게, 크게 떠들어 대는 원숭이 무리가 밀드레드를 사로잡고 있다. 애초부터 그녀의 친척처럼 불러 주지를 말았어야 했는데.

"루이스 삼촌은 오늘 재수가 좋나?"

"모드 이모는?"

몬태그의 기억에 남아 있는 밀드레드의 인상 중 가장 선명한 것은 나무가 하나도 없는 숲 속에(얼마나 기괴한가!) 홀로 서 있는 소녀의 모습이었다. 또는 벌거숭이 민둥산 속에서 길을 잃고 헤매는 소녀이거나. 이런 장면들을 생생하게 기억하는 것은 어렵지 않다. 그저 거실 한가운데 앉아 있기만 하면 되는 것이다. 그러면 거실의 벽 세 면을 가득 채우고 들어선 벽면 텔레비전이 갖가지 기기묘묘한 장면들을 연출해 준다. '거실(居室)'이라, 그곳을 그렇게 이름 붙인 것은 대단한 선견지명이었다. 몬태그가 지나다니든 말든, 벽들은 언제나 밀드레드하고만 얘기를 나눈다.

"도저히 두고 볼 수가 없어, 무슨 수를 내야지!"

"맞아요, 무슨 수를 내야 해!"

"그래, 이렇게 가만 있지만 말고 얘기를 해 보자고!"

"그래요!"

"난 미치겠어, 다 털어놓을 것만 같아!"

무슨 얘기들을 하는 거지, 밀드레드? 저도 모르겠어요. 누가 누구더러 미치겠다고 하는 거지? 확실치 않네요. 뭘 하려는 거야? 글쎄, 좀 기다려 봐요.

몬태그는 기다렸다.

귀를 찢는 듯한 굉음을 울리며 무시무시한 폭풍우 소리가 벽에서 터져 나왔다. 음악 소리였다. 그 광포한 소음은 몬태그의 몸을 강타하여 뼈와 힘줄이 마구 삐걱거리도록 만들었다. 턱이 덜덜 떨리고 두개골 안에서 안구가 요동을 쳤다. 음파의 파동이 몬태그의 몸을 쥐고 흔들었다. 벼랑 끝에서 떨어진 사람처럼, 원심력에 의해 이리저리 난폭하게 내돌리는 것처럼, 폭포에서 떨어져 내리는 사람처럼, 한없이 텅 빈 공간을 마냥 메스껍게 전락하는 사람처럼. 한없이 텅 빈…… 결코…… 바닥에…… 닿지 못할 것만…… 영원히…… 아주 영원히 바닥에는……. 아니 너무 빨리 떨어져서 결코 어떤 것에도…… 접촉하는 일 없이.

천둥소리가 사라졌다. 음악이 멈추었다.

"거 봐요."

밀드레드가 헐떡였다.

정말 알 수 없는 일이다. 무슨 일이 일어난 건 틀림없다. 벽 속의 사람들은 거의 움직이고 있지 않지만, 사실은 아무것도 확실해진 것이 없지만, 누군가 청소기의 전원 스위치를 넣고 나를 숨막히는 진공 속으로 마구 빨아들이려는 것 같다. 조금 전 지옥과도 같은 고통을 맛보게 해 준 음악은 그야말로 순수한 불협화음의 극치였다. 몬태그는 거실에서 비틀비틀 걸어나왔다. 쓰러질 것만 같다. 뒤에선 밀드레드가 여전히 거실 가운데 앉아서 다시 벽들에서 흘러 나오는 목소리를 듣고 있다.

"자, 이젠 문제없을 거야."

'고모'가 말했다.

"아니, 아직은 알 수 없어요."

'조카'가 말했다.

"아무튼 그렇게 화 내지 마."

"누가 화를 내?"

"너 말야!"

"내가?"

"넌 미쳤어!"

"내가 왜 미쳐?"

"왜냐고!"

"이제 그만, 충분해!"

몬태그가 소리쳤다.

"그런데 사람들이 왜 미쳤다는 거지? 도대체 어떤 사람들이야? 저 남자는 누구고 저 여자는 누구야? 남편과 마누라인가? 이혼을 했나? 아니면 약혼만 한 사인가? 제기랄, 도대체 하나도 알 수가 없잖아! 아무것도 연결이 안 돼, 연결이."

"이 사람들은……."

밀드레드가 대답했다.

"글쎄요, 이 사람들은 보다시피 서로 다투었죠. 아주 심하게 싸웠어요. 분명히 들었을 거예요. 제 생각엔 결혼한 사인 것 같아요. 맞아요, 결혼했어요. 그런데……."

조만간 세 벽면뿐만 아니라 나머지 한 벽도 바뀌게 되면, 밀드레드의 꿈이 그렇게 완성이 되면, 그러면 그녀는 거실에 앉아 덮개 없는 차를 타고서 거리를 시속 100마일이 넘도록 미친 듯이 질주할 것이다. 환희에 차서 앞으로 좌우로 마구 소리를 질러 댈 것이다. 스스로 뭐라고 소리지르나 들으려 해도 질주하는 자동차의 엔진 소리밖에 듣지 못할 것이다.

적어도 최저로 낮추기라도 해!

몬태그가 고함친다.

뭐라고요?

밀드레드도 소리친다.

55로, 최저로 낮추란 말야!

그가 다시 소리친다.

뭘 말예요?

그녀도 새된 소리를 지른다.

속도를!

그러면 그녀는 가속 발판을 더욱더 세게 밟아 대어 마침내 몬태그의 호흡까지 갈가리 찢어 놓을 것이다.

그들이 차에서 내릴 때, 몬태그는 밀드레드의 귀에 꽂힌 라디오를 본다.

침묵. 어디서 소슬바람이 희미하게 불어왔다.

"밀드레드."

몬태그는 침대 위에서 뒤척거렸다.

그는 밀드레드에게 다가가 손을 뻗어서 그녀의 양귀에 꽂혀 있는 것을 살그머니 끄집어냈다.

"밀드레드, 밀드레드?"

"네."

그녀가 희미하게 대답했다.

몬태그는 자신이 벽면 텔레비전 사이에 끼워 넣어진 전기 장치 같다는 느낌이 들었다. 말도 할 줄 알고 사람처럼 움직일 줄도 안다. 그러나 이 벽을 깨어 부술 수는 없다. 단지 팬터마임처럼 안타깝게 그녀가 자신에게로 돌아와 줄 것을 간절히 바라는 정도밖에 할 수 없다. 이 두꺼운 벽을 건드릴 수가 없다.

"밀드레드, 전에 내가 얘기했던 여자애 기억 나?"

"여자애요?"

그녀는 거의 잠에 취해 있었다.

"이웃에 사는 여자애 말야."

"이웃에 사는 여자애?"

"왜 알잖아, 고등학생 여자애. 클라리세라는 아이 말야."

"으응, 그래요."

"요즘 며칠 동안 그 아이가 안 보이던데, 정확히 나흘 되었군. 그 애를 본 적 있어?"

"아뇨."

"안 그래도 전부터 그 애 얘기를 하려고 했는데, 좀 이상한 아이야."

"아아, 누굴 얘기하는지 알겠어요."

"그래, 알 거야."

"그 아이."

밀드레드가 어둠 속에서 말했다.

"어떻게 생각해?"

"안그래도 말할 작정이었는데, 잊어버렸네. 깜빡했어요."

"지금 얘기해 봐. 무슨 일이지?"

"그 애가 버린 것 같아요."

"가 버렸다고?"

"그 집 식구들 죄다 어디론가 가 버렸어요. 그런데 그 애는 아주 영원히 가 버린 것 같아요. 그 애는 죽은 것 같아요."

"아니아니, 지금 우리가 같은 사람을 얘기하는 게 아닌 것 같은데."

"아녜요, 같은 사람이에요. 매클런, 클라리세 매클런 말이에요. 차에 치었어요. 나흘 전에. 확실치는 않은데, 제가 알기론 죽었대요. 가족들은 다른 곳으로 이사가 버렸어요. 잘 모르겠는데, 아무튼 그 애는 죽은 것 같아요."

"확실하지 않다면서!"

"아니, 거의 확실해요."

"왜 그 얘길 진작 해 주지 않았지?"

"잊어버렸어요."

"나흘이나 지나도록!"

"난 다 잊어버리고 있었다고요."

"나흘 전인데."

몬태그는 중얼거리면서 자리에 누웠다.

그들은 둘 다 꼼짝 않고 누워 있었다.

"잘 자요."

밀드레드가 말했다.

몬태그는 희미하게 부스럭거리는 소리를 들었다. 그녀의 손이 움직이고 있다. 마치 사마귀처럼 베개 위의 귀마개 라디오를 집어들고 있다. 라디오는 다시 그녀의 양 귓속으로 들어가더니 언제나처럼 모기 소리를 내기 시작했다.

몬태그는 귀를 기울였다. 밀드레드가 숨죽인 채로 노래를 흥얼거린다.

집 바깥에서 그림자가 움직인다. 스산한 가을 바람이 불어 올랐다가 스러져 간다. 그러나 침묵 속에서 몬태그는 무언가를 느꼈다. 누가 창문에 대고 김을 내뿜기라도 한 듯이. 누가 녹색으로 빛나는 담배 연기를 아주 천천히 뿜어낸 듯이. 커다란 낙엽 한 장이 잔디밭 위로 미끄러지다 날아갔다.

사냥개다. 그는 생각했다. 그놈이 오늘 밤 밖으로 나왔다. 지금 밖에 와 있다. 만약 저 창문을 열기만 한다면…….

그는 창문을 열지 않았다.

아침이 되었다. 몬태그는 몸이 으스스 떨리면서 열이 났다.

"아프다니, 그게 웬 말이에요."

밀드레드가 말했다.

몬태그는 몸의 열을 머금으려는 듯 눈을 감았다.

"아파."

"지난 밤까지만 해도 멀쩡했잖아요."

"아냐, 멀쩡하지 않았어."

몬태그는 거실에서 '친척'들이 소리치는 것을 들었다.

밀드레드가 걱정스런 눈초리로 침대 옆에 서 있다. 안 봐도 느낄 수 있다, 눈을 뜨지 않아도. 화학 염료에 찌들어 갈대처럼 부서지기 쉬운 머리카락들, 백내장에 걸린 장님처럼 언제나 초점이 없이 꿈꾸는 듯한 눈, 새빨갛게 칠해져서 비죽 튀어나온 입술, 사마귀처럼 호리호리한 몸매, 그리고 하얀 베이컨 같은 살갖. 몬태그는 그녀의 모습을 그렇게밖에 떠올릴 수가 없었다.

"아스피린하고 물 좀 갖다 주겠어?"

"당신 일어나야 돼요. 정오가 다 됐어요. 평소보다 다섯 시간을 더 잤어요."

"거실에 벽면 텔레비전들 좀 꺼 주지 않겠어?"

"그건 내 친척이에요."

"아픈 사람을 위해서 좀 그래 줄 수 없어?"

"소리를 줄일게요."

밀드레드는 침실 밖으로 나가서 아무 짓도 않고 가만 있다가 다시 들어왔다.

"어때요, 좀 나아요?"

"고마워."

"지금 내가 가장 좋아하는 프로그램을 하고 있어요."

"아스피린은?"

"전에는 이렇게 아픈 적이 없었잖아요."

그녀는 다시 밖으로 나갔다.

"후, 난 지금은 아파. 오늘 밤에 출근하기 어렵겠어. 비티에게 전화를 좀 해 줘."

"당신 지난 밤엔 정말 우스꽝스러웠어요."

밀드레드가 콧노래를 흥얼거리며 다시 들어왔다.

"아스피린은?"

몬태그는 밀드레드가 건네준 물 잔을 바라보았다.

"아 참."

그녀는 다시 욕실로 갔다.

"무슨 일이 있었나요?"

"작업 나갔지, 불태우러."

"난 어제 저녁에 참 재밌었어요."

그녀가 욕실에서 얘기했다.

"뭘 했길래?"

"텔레비전이오."

"어떤 걸 했는데?"

"늘 하는 거요."

"무슨 프로그램?"

"그 동안 본 것 중에서 제일 재밌는 것 같아요."

"누가 나왔는데?"

"응, 당신도 알죠, 그 사람들."

"알지, 그 사람들, 그 패거리, 그 떼거리."

그는 고통스럽게 눈자위를 누르고 있다가 갑자기 등유 냄새 때문에 마구 구토를 했다.

밀드레드가 흥얼거리며 들어왔다가 깜짝 놀랐다.

"왜 그래요?"

몬태그는 구토물이 널린 바닥을 당혹스럽게 내려다보았다.

"늙은 여자 한 명을 책과 함께 태워 버렸어."

"양탄자가 세탁할 수 있는 거라서 다행이네."

그녀는 자루걸레를 가져와서 닦기 시작했다.

"어젯밤엔 헬렌네 집에 갔어요."

"우리 집 거실에서도 쇼를 볼 수 있잖아?"

"그래요, 그렇지만 놀러 가는 것도 재밌잖아요."

밀드레드는 거실로 나갔다. 그녀의 노랫소리가 들려 왔다.

"밀드레드?"

그녀는 다시 노래를 부르며 들어왔다. 손가락을 가볍게 튕기며 장단을 맞추고 있었다.

"지난 밤에 내가 뭘 했는지 물어 보지 않겠어?"

"뭘 했어요?"

"책을 수천 권 태웠어. 그리고 한 늙은 여자도."

"그리고?"

거실에서 귀를 찢는 굉음이 들려 왔다.

"단테니 스위프트니 마르쿠스 아우렐리우스니 하는 자들의 책을 태웠어."

"그 사람들 유럽인 아닌가요?"

"아마 그럴 거야."

"급진파 아닌가요?"

"몰라, 읽어 본 적이 없어."

"과격한 급진주의자들이에요."

밀드레드는 전화기를 만지작거렸다.

"내가 비티 서장에게 전화를 해 주길 바라는 건 아니죠?"

"해!"

"소리지르지 말아요."

"소리지르지 않았어."

몬태그는 침대에서 일어났다. 갑자기 얼굴이 확 달아오르고 분노가 치솟아 몸을 떨었다. 거실 벽들이 따뜻한 실내 공기 안에서 마구 소리 지르고 있었다.

"나는 전화를 할 수 없어. 아파서 못 나가겠노라고 내가 직접 얘기할 수는 없어."

"왜요?"

두렵기 때문이지. 몬태그는 생각했다. 꾀병을 부리는 어린아이와 마찬가지야. 직접 통화를 하게 되면 몇 마디 말이 오간 끝에 결국 이렇게 말하게 될 것이 뻔하니까. 알겠습니다, 서장. 지금은 많이 나아졌어요. 밤 10시까지는 나가겠습니다.

"당신은 아픈 것 같지 않아요."

밀드레드가 말했다.

몬태그는 다시 침대로 몸을 던졌다. 살며시 베개 밑으로 손을 넣어 봤다. 감춰 둔 책은 그대로 있었다.

"밀드레드, 저 내가 말이야, 당분간 일을 그만두고 좀 쉬면 어떨까?"

"모든 걸 포기하겠다고요? 그 동안 열심히 고생해 왔는데, 단지 하룻밤 일 때문에, 늙은 여자랑 그 여자 책들……."

"당신이 그 여자를 직접 봤어야만 했어, 밀리!"

"그 여잔 나하고는 아무 상관도 없어요. 애초에 책을 숨겨 놓질 말았어야지. 법을 지켜야 할 거 아냐. 당연히 그래야지. 그게 누구든 난 그 여자가 싫어요. 당신을 이렇게 만들고 이제는 우리 집과 일과 다른 모든 것을 뺏어 가려고!"

"당신은 그 자리에 없었어. 당신은 그 일을 보지 못했어. 책 속에는 뭔가 우리들이 상상조차 할 수 없는 게 들어 있어. 그 여자로 하여금 불타는 집 속에서도 빠져 나오지 않고 남아 있도록 만드는. 분명히 뭐가 있어. 그저 괜히 불타는 집에 남아 있었을 리가 없어."

"정신이 이상한 거예요."

"그 여자는 우리하고 하나도 다를 바 없이 온전한 정신을 가진 사람이야. 오히려 더 이성적일지도 모르지. 우리가 그 여자를 태워 버렸어."

"익사를 했으면 좀 덜 가슴 아팠겠군요."

"물이 아니야, 불이야. 당신은 집이 불타는 걸 본 적이 있어? 몇 날 며칠을 두고 연기가 그치질 않는다고. 어젯밤 일은 앞으로 평생토록 나를 따라다닐 거야. 맙소사! 나는 밤새도록 그 광경을 잊으려고 애를 썼어. 미칠 지경이었어."

"방화수가 되기 전에 그 정도는 각오했어야 하는 것 아니에요?"

"각오한다고? 나한테 선택의 여지가 있었는 줄 알아? 내 아버지도 할아버지도 모두 방화수였어. 나는 꿈에서조차도 그들을 따라다닌다고."

거실 벽들이 요란한 춤곡을 틀어 대기 시작했다.

"오늘 밤은 당신 교대 시간이 이른 날이죠. 벌써 두 시간 전에 출근

했어야 하는데. 지금 보니 그렇군요."

"꼭 어젯밤에 죽은 여자 때문만은 아니야. 간밤에 나는 지난 10년 동안 내가 불사르느라 뿌렸던 등유를 생각했어. 그리고 불태운 책들에 대해서도. 그리고 처음으로 깨달았지. 불에 타 없어진 하나하나의 책들마다 제각기 한 사람씩의 이야기가 있다는 사실을. 그게 누구든지 한 권의 책을 채우기 위해 그 모든 것들을 생각해 낸 거야. 책 한 쪽 한 쪽을 알맹이 있는 글로 채우기 위해 얼마나 많은 시간을 쏟았는지 알 수 없지. 전에는 결코 이런 생각을 해 보지 못했어."

그는 침대에서 나왔다.

"자신의 생각을 책으로 정리하기 위해 아마 일생을 바치다시피 한 사람도 있을 거야. 온 세상을 돌아다니고 온갖 사람들을 만나 보면서 이룩해 낸 업적을 나는 단지 일이 분만에 재로 만들어버리는 거야. 그리곤 모든 것이 끝장나는 거지."

"혼자 있게 해 줘요. 난 아무것도 몰라요."

밀드레드가 말했다.

"혼자 있게 해 달라고! 그래 좋아, 그렇지만 나는 뭐가 되는 거지? 우린 혼자 있으려고 애쓸 필요가 없어. 우린 적어도 가끔씩이나마 서로를 성가시게 해 줘야만 해. 우리가 정말로 상대방에게 진지하게 관심을 가져 본 게 도대체 얼마나 됐지? 정말로 중요하다고 느끼면서, 정말로 진지하게 말이야!"

그리고 몬태그는 입을 다물었다. 지난 주 밤의 일이 생각났기 때문이다. 깜깜한 암흑의 천장을 쳐다보고 있던 월장석 두 개, 전자 눈이 달린 뱀 같은 기계, 그리고 납빛 얼굴을 하고 입에 문 담배를 이리저리 굴리던 두 사람의 기술자. 그러나 그때의 밀드레드는 지금과는 다르다. 그때의 밀드레드는 지금 앞에 서 있는 밀드레드의 안쪽 깊숙이 꼭꼭 숨어 있다. 정말로 진지하게, 정말로 관심을 갖고 살펴봤지만 안타깝게도 두 밀드레드는 결코 만나는 법이 없다. 몬태그는 얼굴을 돌렸다.

밀드레드가 입을 열었다.

"결국 일을 내고야 마는군요. 집 밖에 누가 와 있어요. 누군지 보세요."

"신경 쓰고 싶지 않아."

"불사조 문양이 새겨진 차가 와 섰네요. 주황색 뱀 같은 휘장이 붙어 있는 검은 제복의 남자가 내려서 이 쪽으로 걸어오고 있어요."

"비티 서장이야?"

"비티 서장이에요."

몬태그는 가만히 있었다. 멍하니 앞쪽의 하얀 벽을 바라보고 있었다.

"가서 문을 열어 줘, 그리고 내가 아프다고 좀 말해 줘."

"당신이 말하세요!"

밀드레드는 안절부절못하며 이리저리 발걸음을 옮기다가 멈추어 섰다. 눈을 크게 뜬 채. 현관문이 부드러운 목소리로 그녀를 불렀다. 몬태그 부인, 몬태그 부인. 누가 왔습니다, 누가 왔습니다. 몬태그 부인, 몬태그 부인. 누가 왔습니다. 소리가 스러졌다.

몬태그는 베개 밑의 책이 안전하게 잘 감추어져 있음을 확인한 뒤 다시 침대로 슬그머니 올라와서 담요를 반반하게 잘 덮어썼다. 그는 담요를 가슴까지 끌어올리고 엉거주춤 앉은 자세를 취했다. 조금 뒤에 밀드레드가 침실 밖으로 나갔고 곧 이어 비티 서장이 주머니에 손을 넣은 채 성큼성큼 걸어 들어왔다.

"저 '친척'들 입 좀 다물게 해 주시오."

비티는 몬태그와 밀드레드만 제외한 채 집 안의 나머지 모든 부부을 휘둘러보면서 말했다.

밀드레드가 이번에는 재빨리 거실로 달려갔다. 거실에서 집 안으로 시끄럽게 울려 퍼지던 소리는 곧 조용해졌다.

비티는 그 불그스레한 얼굴에 평화로운 미소를 띠며 가장 안락한 의자에 털썩 앉았다. 그는 아주 천천히 놋쇠 파이프에 불을 붙이고는 이윽고 커다란 담배 연기를 뿜어 내었다.

"그저 지나다가 들른 걸로 알게. 마침 환자가 있으니 안부도 물을 겸."

"어떻게 알았죠?"

비티는 분홍빛 잇몸이 드러나도록 씩 미소를 지었다. 하얀 치아들은 작고 가지런했다.

"다 알고 있네. 오늘 밤은 쉬고 싶다고 말할 참이었지?"

몬태그는 침대에서 일어나 앉았다.

"그러면 오늘 밤은 쉬게!"

서장은 휴대용 점화기를 어루만졌다. 겉딱지에는 이런 문구가 새겨져 있었다. 품질 보증 : 100만 번 점화 가능. 서장은 별 생각 없이 점화기를 튕겨 불꽃을 냈다가는 훅 불어 꺼뜨리고, 다시 튕겨 불꽃을 냈다가 불어 꺼뜨리는 일을 되풀이했다. 찰칵, 훅, 찰칵, 훅, 몇 마디 애기, 찰칵, 훅, 그리고 몇 마디 얘기. 그는 물끄러미 불꽃을 바라보다가는 입으로 불어 꺼뜨렸다. 그리고 피어오르는 연기를 바라보았다.

"언제쯤이면 나을 것 같나?"

"내일이요. 아니면 모레 정도. 아무튼 다음 주 초엔 나가겠습니다."

비티는 파이프 담배를 뻐끔 빨았다.

"방화수라면 누구나 한 번씩은 겪게 되지. 도대체 이 일을 왜 하는지, 뭐가 어떻게 돌아가는 건지, 무척이나 회의가 생기지. 우리 직업의 내력도 궁금해지고. 고참들은 햇병아리 신참자들에게 잘 얘기해 주지 않으려 했지. 거참, 왜들 그랬는지."

뻐끔.

"그래서 지금은 최고참 서장 정도가 아니면 잘 모르지."

뻐끔.

"이제 내가 얘기를 해 주겠네."

밀드레드는 안절부절못하고 있었다.

비티는 1분은 족히 의자에서 앉음새를 고치다가 마침내 얘기를 시작했다.

"언제부터 시작되었는가? 우리들의 이 직업. 맨 처음에 어떻게 시작했는가? 언제, 어디서? 흐흠, 내가 알기론 옛날 남북전쟁이라는 사건으로 거슬러 올라가지. 우리들의 업무 지침서엔 그보다 더 오래 전이라고 나와 있지만 사실은 그렇게까지 올라가지는 않네. 사진이 발명되기 전까지는 모든 게 불확실했지. 그리고 활동 사진이 나왔네. 20세기가 막 동틀 무렵이었지. 또 라디오, 텔레비전. 그때부터 모든 것은 엄청나게 광범위한 영향력을 행사할 수 있게 되었다네."

몬태그는 침대에 앉은 채 꼼짝 않고 듣고 있었다.

"광범위한 영향력. 광범위한 대중들을 상대로. 그 때문에 모든 것은 갈수록 단순해졌네. 한때는 책이란 것도 이곳저곳 모든 사람들에게 대접받았지. 경제적인 부담이 적기도 하고. 세상은 아직 여러 모로 여유가 많았으니까. 그런데 갈수록 인구가 늘고, 대중의 규모도 커지고, 따라서 대중 매체도 변화하기 시작했네. 인구가 두 배, 세 배, 네 배로 계속 늘어났지. 영화와 라디오, 텔레비전, 잡지, 그리고 책들이 점점 단순하고 말초적으로 일회용 비슷하게 전락하기 시작했네. 내 말을 이해하겠나?"

"그런 대로요."

비티는 허공에서 시시각각 모양을 바꾸는 담배 연기를 물끄러미 바라보았다.

"상상을 해 봐. 자네가 영사기를 돌린다고 생각해 보게. 19세기 사람이 말과 개와 짐마차를 끌고 느릿느릿 꾸물거리던 광경을. 그 다음 20세기엔 화면이 좀더 빨라지지. 책들이 점점 얇아지기 시작했지. 요약, 압축, 다이제스트판, 타블로이드판. 그리고 내용들도 죄다 말장난 비슷하게 가볍고 손쉬운 것들로 변해 갔지."

"가볍고 손쉽게."

밀드레드가 끄덕거렸다.

"고전들이 15분짜리 라디오 단막극으로 마구 압축되어 각색되고 다시 2분짜리 짤막한 소개 말로, 결국에는 열 내지 열두 줄 정도로 말라비틀어져 백과 사전 한 귀퉁이로 쫓겨났지. 물론 내가 좀 과장하긴 했지만, 백과 사전은 원래 그렇게 보라고 만든 거 아닌가. 아무튼 예

를 들면 『햄릿』에 대해서 전문적인 지식을 가진 사람들은 차츰 줄어
들었네. 『햄릿』이란 제목은 자네도 알고 있을 거야. 부인도 아마 한
번쯤은 들어봤을 겁니다. 나중에는 '햄릿에 대한 모든 정보를 제공해
드립니다.' 해서 보면 기껏해야 한 페이지 정도 설명해 놓은 게 다가
되었지. 그러면서 광고엔 이렇게 나오고. 이제 당신은 모든 고전들을
완전히 통달할 수 있습니다. 읽으십시오! 시대를 앞서가는 사람이 되십
시오. 알겠나? 보육원을 나와서 대학에 들어갔다가는 다시 보육원으
로 돌아가는 거네. 지난 5세기가 넘는 기간 동안 사람들의 지적인 문
화 형태라는 건 그런 식이었네."

밀드레드가 자리에서 일어나 방 안을 돌아다니기 시작했다. 공연히
이것저것을 들었다놨다하며 까탈을 부렸지만 비티는 완전히 그녀를
무시한 채 얘기를 계속했다.

"영사기를 더 빨리 돌려 보게, 몬태그. 더 빨리. 찰칵, 그림, 시선,
눈, 지금, 철컥, 여기, 거기, 빨리, 질주, 위로, 아래로, 안으로, 밖으로,
왜, 어떻게, 누가, 뭘, 어디서, 응? 오! 펑! 휙휙! 철썩, 핑, 퐁, 쾅! 줄여
줄여, 짧게짧게, 간단간단, 정치? 칼럼 하나, 문장 두 줄, 됐어, 한 줄
짜리 헤드라인, 끝! 그러고는 허공으로 죄다 사라져 버리는 거야. 이
기적인 출판업자들의 손이 결국은 사람들의 마음을 마구 망가뜨려
놓는 거지. 방송인들? 재미없는 건 죄다 내팽개쳐 버리는 거야. '왜
쓸데없는 것에 시간을 낭비하지?' 그러면서."

밀드레드는 침대를 정돈하기 시작했다. 몬태그의 가슴이 쿵쾅쿵쾅
요동치기 시작했다. 밀드레드가 베개를 매만진다! 몬태그의 어깨를
밀치고는 베개를 끄집어내서 다독거리며 보기 좋게 정돈한 뒤에 다

시 몬태그에게 줄 것이다. 그러다가 놀라서 소리를 지르거나 아니면 그걸 덤덤하게 쳐다보면서 집어들고는 "이게 뭐예요?" 하고 물어 볼 것이다. 숨겨 놨던 책을 집어드는 그 손은 결백한 만큼 전혀 거리낌이 없을 것이다.

"학교 교육도 단순해져 갔지. 규율은 느슨해지고 철학과 역사와 언어는 비참하게 몰락하고 영어의 철자법은 갈수록 변질되어 갔지. 마침내 모든 것이 완벽하게 탈바꿈했네. 인생은 말초적이고 단순한 것으로, 일은 생존에 필요한 최소한으로, 그리고 눈 깜짝할 사이에 후딱 일을 끝내고 나면 그때부터 마냥 놀고 즐기는 시간이 시작되는 거지. 단추만 누르면, 스위치만 잡아당기면, 나사만 조이면 그만인데 그 밖에 뭘 더 배우고 일을 한단 말야?"

"당신 베개 좀 줘 봐요."

"안 돼!"

몬태그가 소리 죽여 말했다.

"사람들은 새벽부터 옷을 입고 나가며 오늘은 뭘 하고 놀까 궁리했지. 옛날에는 사색의 시간이었던 동틀 녘도 형편없이 모욕을 당하게 된 거야."

"베개 이리 줘 봐요."

"저리 가."

"인생 자체가 얼음판에서 엉덩방아 찧듯이 볼썽 사나운 희극으로 타락해 버렸어. 알겠나 몬태그? 모든 건 그저 펑, 쾅, 우와! 그리고 끝장나는 거야."

"우와."

밀드레드는 그러면서 베개를 휙 잡아 뺐다.

"맙소사, 제발 좀 가만 놔둬!"

몬태그는 격렬하게 소리쳤다.

비티가 눈을 크게 떴다.

밀드레드의 손이 베개 밑에서 굳어 있었다. 손가락이 책의 윤곽을 따라 훑으면서 차츰 생김새를 알아채게 되자 그녀의 얼굴은 놀라움으로, 다시 어리벙벙함으로 바뀌었다. 질문을 하려고 그녀의 입이 막 벌어질 찰나…….

"극장에는 어릿광대들만이 판을 치고 가정집 내부는 호화로운 유리 장식물들로 가득 찼지. 벽마다 마치 색종이를 뿌려 놓은 것처럼 갖가지 현란한 색깔들이 춤을 추고. 새빨간 핏빛, 아니면 포도주 빛이 여기저기서 넘쳐 났지. 자네 야구 좋아하나, 몬태그?"

"야구는 좋은 운동이죠."

담배 연기 때문에 비티의 얼굴이 흐릿하게 보일 정도였다. 연기 저편에서 목소리가 계속 들려 왔다.

"이게 뭐예요?"

밀드레드가 물었다. 기대에 부푼 음성이었다. 몬태그는 밀드레드의 손을 베개 밑에서 도로 빼내어 버렸다.

"그 안에 뭐가 들었어요?"

"앉아!"

몬태그가 소리쳤다. 놀라서 펄쩍 물러서는 그녀의 손엔 아무것도 들려 있지 않았다.

"지금 서장님 얘기를 듣고 있잖아!"

비티는 아무 일도 없었다는 듯 천연스럽게 애기를 계속했다.

"자네 볼링 좋아하나, 몬태그?"

"볼링, 좋지요."

"그럼, 골프는?"

"골프도 좋은 운동이죠."

"배구는?"

"좋은 운동이죠."

"당구는, 내기 당구는? 축구는?"

"다 좋은 게임입니다."

"좀더 많은 사람들을 위한, 집단 의식을 고양시키는, 함께 즐길 수 있는 것들이지. 그런 생각은 못 해 봤겠지, 자네? 조직하고 조직하고 또 조직하는 걸세. 집단 운동, 집단 의식. 책에는 좀 더 많은 만화를, 좀 더 많은 그림을 집어넣고. 머리로 가는 지식은 가면 갈수록 적어지는 거야. 점점 더 단순하고 말초적이 되어 가는 거지. 고속도로는 온통 어디로들 몰려다니는 사람들로 꽉꽉 메워졌네. 여기로, 저기로, 결국은 도착하는 곳도 없지. 가솔린 방랑자라고나 할까. 도시는 하나의 거대한 모텔로 변하고, 주민들은 마치 파도처럼 왔다가 밀려가는 방랑자들로 끊임없이 뒤바뀌지."

밀드레드는 문을 쾅 닫고 나가버렸다. 거실에서 '고모'가 '삼촌'과 뭐라고 웃고 떠드는 소리가 들려 왔다.

"자, 지금부터 우리 문명의 소수파들을 살펴보자고, 그래야겠지? 인구가 많아질수록 소수파도 늘어나지. 개나 고양이를 좋아하는 사람, 의사, 변호사, 장사꾼, 도둑, 모르몬교도, 침례교도, 일신론자, 중

국계 2세, 스웨덴 인, 이탈리아 인, 독일인, 텍사스 주 사람, 브루클린 사람, 아일랜드 인, 오리건이나 멕시코 출신 사람들. 이런 책, 연극, 텔레비전 연속극에 나오는 사람들이 실제의 화가나 지도 제작자, 수리공이나 정비사를 대표하는 건 아닐세. 몬태그, 시장이 넓어질수록 논쟁 거리는 점점 더 줄어드는 법이지. 명심하라고! 분명한 자기 특성을 가진 소수 중의 소수, 정말 소수들은 언제나 신성불가침의 영역으로 남을 거야. 작가들, 사악한 생각으로 가득 찬 작가들은 다른 사람들의 타자기를 굳게 잠가 버리지. 사실 그들은 그렇게 했다네. 잡지들은 썩 훌륭한 찌개 잡탕이 되어 버렸지. 책은 그 빌어먹을 속물 비평가들 말대로 싱거운 국이 되었고. 그 비평가 놈들은 책이 더 이상 팔리지 않는 건 전혀 이상한 일이 아니라고 떠들어 댔다네. 하지만 자신들이 원하는 걸 잘 아는 대중들은 재빨리 달려나가 만화책만은 살아 남도록 선처했지. 물론 3D 섹스 잡지들도. 몬태그, 자네도 그걸 가지고 있지 않나? 그건 정부의 뒷구멍에서 흘러 나온 게 아니라고. 처음부터 어떤 규제나 검열 따위는 없었지. 정말 전혀 없었어! 과학 기술, 대량 개발, 그리고 소수에 대한 압력이 계략을 꾸민 거지. 정말이지 주님의 은총이 아닌가? 오늘날 그것들 때문에 우리들은 언제나 행복하게 지낼 수 있는 거지. 만화책을 읽을 수도 있고, 이렇게 구태의연하지만 훌륭한 고백도 들을 수 있고, 또 잡지도 돌려 읽을 수 있다니 얼마나 행복한가."

"그렇군요. 그런데 방화수 이야기 좀 들려주시겠습니까?"

몬태그가 물었다.

"오호."

비티는 파이프에서 희미한 안개를 피워 올리며 몸을 앞으로 구부렸다.

"어떻게 더 쉽고 자연스럽게 설명할까? 지금 학교는 더 많은 야구 선수, 높이뛰기 선수, 레이서, 땜장이, 강도, 날치기꾼, 비행사와 수영 선수를 양산해 내고 있지. 연구원이나 비평가, 지식인, 그리고 상상력이 풍부한 창작가들 대신 말일세. '지성인'이란 말은 물론 들어도 마땅한 욕이 되었고. 자네는 늘 낯선 것을 두려워해 왔지. 틀림없이 기억날 걸세. 학교 다닐 때 자네 반에서 특별히 '총명'했던 친구, 다른 애들이 납인형처럼 멍하게 앉아 있을 때 열심히 손들고 대답하던 친구가 있지 않았던가? 다들 그 친구를 미워했겠지. 그래서 수업이 끝난 뒤에 몰려가서 때리고 짓밟았겠지, 그렇지? 그래, 물론 그랬어. 우리 전부가 똑같은 인간이 되어야 했거든. 헌법에도 나와 있듯 사람들은 다 자유롭고 평등하게 태어나는 거지. 그리고 또 사람들은 전부 똑같은 인간이 되도록 길들여지지. 우린 모두 서로의 거울이야. 그렇게 되면 행복해지는 거지. 움츠러들거나 스스로에 대립되는 판결을 내리는 장애물이 없으니까. 그래, 바로 그렇기 때문이야! 책이란 옆집에 숨겨 놓은 장전된 권총이야. 태워 버려야 돼. 무기에서 탄환을 빼내야 한다고. 사람들 마음을 파괴하는 거지. 다음엔 누가 박식한 인간으로 낙인찍힐까. 나? 아니, 난 책이라면 질색이야. 조금도 소화해 내지 못해. 자, 본론으로 돌아가자고. 마침내 전 세계 집들이 전부 불연성이 되자 예전처럼 불을 끄는 소방수란 존재가 필요 없게 되었지. 이건 지난 밤에 자네가 한 가정이 맞아. 그래서 그 사람들한테는 새로운 일거리가 할당된 거야. 우리 마음의 평화를 지키는 파수꾼으로. 열등한 인간이 된다는 두려움, 그 타당하고 정당한 두려움에 초점을 맞춘 거지. 정부 검열관이나 판사, 집행관 같은 파수꾼, 몬태그, 그게 바로 자네고, 나라는 존재야."

거실 문이 열리고 밀드레드가 두 사람을 들여다보았다. 비티를 한번 보곤 몬태그 쪽으로 눈길을 돌렸다. 밀드레드 뒤로 보이는 벽면에는 온통 녹색과 노란색, 오렌지색 불꽃이 작은북과 큰북, 심벌즈가 완벽하게 조화된 음악에 맞춰 혀를 날름거리며 타오르고 있었다. 밀드레드는 입을 열어 뭔가를 말했지만 음악 소리에 묻혀버렸다.

비티는 분홍색 손바닥에 파이프를 털어 재를 살폈다. 마치 분석 대상을 앞에 놓고 그 의미를 찾으려고 이리저리 뒤적거리는 것 같았다.

"우리 문명은 너무 광대하네. 그래서 소수파들을 뒤엎거나 흔들어놓을 순 없어. 자네는 이런 사실을 이해해야만 돼. 스스로한테 물어보게. 결국 우리가 이 나라에 바라는 게 뭔가? 사람들은 다들 행복해지길 원해. 내 말이 맞지 않은가? 여태까지 살아오면서 이런 말을 들은 적이 없나? 사람들은 말하지. 난 행복해지고 싶어라고 말야. 글쎄, 사람들은 불행한가? 우리는 사람들한테 감동과 즐거움을 제공했어. 우리가 살아가는 목적도 그게 전부고. 쾌락, 자극? 자네도 인정해야만 돼. 우리 문화는 이미 이런 것을 많이 제공했어."

"그렇습니다."

몬태그는 밀드레드가 문가에 서서 어떤 말을 하고 있는지 그 입 모양을 읽을 수 있었다. 그는 될 수 있으면 그 입을 안 보려고 애썼다. 비티가 고개를 돌려 알아차리는 게 싫었다.

"유색인들은 『꼬마 검둥이 삼보』를 싫어하지. 태워 버려. 백인들은

『톰 아저씨의 오두막』을 싫어하고. 그것도 태워 버려. 누군가가 담배와 폐암과의 관련에 대한 책을 썼다면? 담배 장사꾼들 분통이 터지겠지? 그럼 태워 버려. 안정과 평화. 몬태그, 자네의 골칫거리들은 죄다 소각로 속에 집어넣는 게 나을걸. 장례식은 원래 기분 좋은 일이 아니니까 통과 의례처럼 치르면 그만이야. 그럼 이교도는? 그것들도 없애 버려. 사람은 죽고 나서 5분 뒤엔 커다란 화관으로 들어가지. 헬리콥터가 전국 방방곡곡에 있는 소각로까지 운반해 주니까. 10분 뒤엔 검은 잿덩어리로 남고. 사람들에 대한 추억이 어떠니저떠니하는 쓸데없는 논쟁은 그만두세. 잊어버리라고. 모든 추억을 태워 버리고, 모든 걸 태워 버리는 거야. 불은 현명하고 깨끗하지."

밀드레드 뒤의 거실 벽이 꺼져버렸다. 동시에 밀드레드의 입도 닫혔다. 기적 같은 우연의 일치였다. 몬태그는 숨을 죽였다.

"옆집에 어떤 소녀가 살았습니다."

몬태그는 천천히 입을 열었다.

"그런데 지금은 없어요. 아마 죽었을 겁니다. 전 지금 그 소녀 얼굴조차 기억하지 못합니다. 하지만 그녀는 뭔가 달랐습니다. 어떻게, 정말 어떻게 그런 사람이 생겼을까요?"

비티는 웃었다.

"여기저기에서 그런 일은 일어나게 마련이지. 클라리세 매클런 말이지? 그 애 가족에 대한 보고서가 있어. 하나하나 신중하게 검토했지. 유전이나 환경은 참 재밌는 거야. 그 기묘한 특질은 그저 몇 년만 지나면 벗어 던질 수 있는 그런 게 아니라고. 집안 환경은 학교에서 배우는 많은 것들을 깡그리 없애 버릴 수도 있어. 그래서 유치원 입학

연령을 해마다 낮춰서 지금은 강보에 싸인 아기를 낚아챌 정도까지
이른 거야. 우리는 매클런 일가가 시카고에 살 때부터 경고했지. 책을
찾을 생각은 하지도 말라고 말야. 그 삼촌이란 자는 복잡한 기록을 갖
고 있어. 반사회적인 인간이지. 그 소녀? 그 앤 시한폭탄이었다고. 가
족들은 그 애의 잠재의식을 부추겨 왔던 게 틀림없어. 학교 기록을 보
면 확실하지. 그 앤 '어떻게?'가 아니라 '왜?'를 알고 싶어했어. 정말
골치 아픈 일이지. '왜?'라고 의문을 품고 그걸 고집할수록 불행해지
는 것은 자기 자신뿐이야. 그 불쌍한 애는 죽는 편이 훨씬 낫다고."

"그래요, 그리고 죽었지요."

"다행히 그런 별난 애는 흔하지 않아. 처음부터 싹을 없애 버리니
까. 못이나 나무 없이는 집을 지을 수 없지. 집을 갖고 싶지 않다면 못
이나 나무를 숨겨 버리면 돼. 마찬가지로 어떤 사람이 정치적으로 불
행해지는 걸 바라지 않는다면 양면을 가진 질문을 해서 그 사람을 걱
정하게 만들지 말고 대답이 하나만 나올 수 있는 질문만 던지라고. 물
론 아무것도 묻지 않는 게 제일 낫지. 전쟁 같은 일이 있다는 사실조
차 잊어버리게 하는 거야. 무능하고 불안하고 세금만 많이 걷는 정부
라고 해도 그나마 있는 편이 사람들이 걱정 근심에 싸인 것보단 나은
법이지. 몬태그, 평화라고. 경품 대회를 열어. 그래서 대중 가요 가사
나 수도 이름, 또는 아이오와에서 작년에 옥수수를 어떻게 재배했는
지를 잘 외우는 사람한테 상을 주는 거야. 사람들한테 해석이 필요 없
는 정보를 잔뜩 집어넣거나 속이 꽉 찼다고 느끼도록 '사실'들을 주
입시켜야 돼. 새로 얻은 정보 때문에 '훌륭해'졌다고 느끼도록 말이
야. 그리고 나면 사람들은 자기가 생각을 하고 있다고 느끼게 되고,

움직이지 않고도 운동감을 느끼게 될 테지. 그리고 행복해지는 거야. 그렇게 주입된 '사실'들은 절대 변하지 않으니까. 사람들을 얽어매려고 철학이니 사회학이니 하는 따위의 불안한 물건들을 주면 안돼. 그런 것들은 우울한 생각만 낳을 뿐이야. 지금의 대부분 사람들이 그렇듯이, 벽면 텔레비전이 달린 아파트를 가질 수 있는 사람들은 우주를 계산하고, 평가하고, 등식화하려는 사람보다 더 행복해. 뭘 평가하고 등식화한다는 것은 사람을 비인간적으로 외롭게 만드는 일일 뿐이라고. 난 그걸 잘 알지. 빌어먹게도 해 봤으니까. 그러니까 자네가 속한 클럽이나 모임, 자네의 곡예사나 마술사, 무모한 모험가, 제트카, 모터사이클 헬리콥터, 섹스와 헤로인, 또 그 밖에 자동적인 반사 행위와 관계된 모든 것들을 키워 나가라고. 만약 드라마가 나쁘거나, 영화가 아무 말도 하지 않거나, 연극이 공허하다면, 테르민(두 개의 진공관에 의해서 맥놀이를 일어나게 하여 소리를 내는 일종의 전자 악기 — 옮긴이)을 크게 틀어 날 괴롭히게나. 피부에 와 닿는 진동이 느껴지면 연주에 반응하는 거라고 생각할 테니까. 그래도 괜찮아. 난 몸으로 느끼는 오락을 좋아한다네."

비티는 일어났다.

"가 봐야겠어. 강의는 이제 끝났네. 알아듣기 쉽게 말했는지 모르겠군. 몬태그, 이거 하나만은 반드시 명심해 두게. 우리는 행복한 사람들, 행운아야. 자네와 나, 그리고 우리들 전부가. 우린 지금 아주 미미한 흐름, 헷갈리는 이론이나 사상으로 모든 사람들을 불행하게 만들고 싶어하는 자들의 흐름과 대면하고 있어. 우리 손가락을 제방에다 집어넣어 그 흐름을 막아야 돼. 그 침울하고 황량한 철학의 물길이 우리 세계를 집어삼키지 않도록 말이야. 우린 자네를 믿어. 지금 우리의 행복한 세계에서 자신이 얼마나 중요하고, 우리가 얼마나 중요한 존재인가라는 깨달음 따위는 얻지 않으리라 생각하네."

비티는 몬태그의 기운 없는 손을 잡고 흔들었다. 몬태그는 무너져 내리는 집 안에서 침대에 누워 꼼짝도 할 수 없는 사람처럼 앉아 있을 뿐이었다. 밀드레드는 이미 문에서 사라졌다.

비티가 덧붙였다.

"마지막으로 한 가지만. 최소한 이 직업에 들어선 방화수들한테는 전부 견디기 어려운 갈망이 하나 있어. 도대체 책에는 어떤 말이 들어 있나 하는 걸세. 자네도 그런 갈망도 풀고 싶겠지, 안 그래? 하지만 몬태그, 내 말 명심하게. 나도 젊었을 땐 몇 권 읽어본 적이 있지. 내가 하고 있는 일을 알고 싶어서 말이야. 그런데 책에는 아무것도 없었어. 정말 아무것도 없다고! 가르치거나 믿을 수 있는 건 아무것도 없어. 소설책에는 그저 상상으로 지어낸, 실재하지 않는 사람이나 이야기가 있을 뿐이야. 그리고 소설이 아니라면 그건 더 나빠. 어떤 교수는 다른 사람을 바보라고 하고, 또 어떤 교수는 다른 사람들 목구멍 속으로 비명을 지르더군. 그리고는 그저 이리저리 뛰어다니면서 별을 괴롭히고 태양을 식게 하려고 발버둥치는 거야. 자네는 책 속에 들어가는 즉시 길을 잃을걸세."

"그렇다면 만약 방화수가 우연히, 정말 자기 생각과는 달리 책을 집에 가지고 오면 어떻게 됩니까?"

몬태그는 몸을 부르르 떨었다. 열린 문이 그 커다랗고 공허한 눈으로 보고 있었다.

"자연스러운 실수일 뿐이야. 호기심이 유일한 이유지."

비티의 대답이었다.

"우리는 너무 지나치거나 광적인 걱정은 하지 않아. 그 방화수한테 24시간의 기회를 주지. 그러고 나서도 태워 버리지 않을 때는 대신 우리가 와서 태워 줄 뿐이야."

"물론이죠."

몬태그의 입안이 바싹 타들어 갔다.

"그건 그렇고 몬태그, 오늘 밤 교대 근무지? 오늘 밤 볼 수 있겠지?"

"잘 모르겠습니다."

"뭐라고?"

비티는 약간 놀랐다.

몬태그는 눈을 감았다.

"나중에 교대할 겁니다, 아마도."

"오늘 밤 나오지 않으면 다들 섭섭해할 거야. 틀림없이."

비티는 골똘히 생각에 잠긴 채 파이프를 주머니에 넣었다.

다시는 거기 가는 일이 없을 겁니다라는 말이 몬태그의 머리에 맴돌았다.

"아무쪼록 잘 있게나."

비티는 몸을 돌려 열린 문을 지나 밖으로 나갔다.

몬태그는 창가에 서서 밖을 내다보았다. 새까만 바퀴가 달린 노란 불꽃색 차를 타고 달려나가는 비티의 모습이 눈에 들어왔다.

길 건너편과 아래쪽으로 납작한 집들이 보였다. 어느 날 오후, 클라리세가 뭐라고 말했더라?

"어디에도 현관 포치가 없어요. 우리 삼촌이 그러는데 옛날에는 현관 포치가 있었대요. 밤이면 사람들이 거기에 모여 앉아 이야기도 나누고 즐겁게 놀기도 했대요. 또 그냥 앉아서 곰곰이 생각에 잠길 때도 있었고. 그런데 건축가들이 보기에 안 좋다고 현관 포치를 다 없애 버렸대요. 하지만 그건 그저 자신들의 의도를 합리화하는 데 지나지 않아요. 거기에 감춰진 진실은, 사람들이 그렇게 나와 앉아서 아무것도 하지 않거나, 멋진 시간을 보내거나 또 이야기를 나누는 게 일종의 잘못된 종류의 사회 생활이라고 생각했다는 거예요. 그 사람들은 정말은 그게 싫었던 거죠. 사람들이 너무나 말을 많이 한다. 그리고 생각할 시간도 있구나. 이렇게 생각하곤 달려 들어 포치를 다 없애 버린 거라고요. 정원 역시 같은 운명에 처했지요. 사람들이 둘러앉을 수 있는 정원은 이제 드물어요. 또 가구 좀 보세요. 흔들의자도 없어졌어요. 너무 편하다나요. 사람들을 일으켜 세워서 뛰어다니게 만들자. 우리 삼촌이 그러는데요……. 또……. ……우리 삼촌이……. 또……. ……우리 삼촌이……."

클라리세의 목소리는 점점 희미해졌다.

몬태그는 고개를 돌려 밀드레드를 바라보았다. 그녀는 벽면 텔레비전들의 한가운데 앉아 아나운서한테 이야기를 하고 있다. 순서가 바뀌어 이제 그 아나운서가 밀드레드한테 말을 건다.

"몬태그 부인."

아나운서가 말했다. 여기, 저기, 그리고 나머지 한 벽에서.

"몬태그 부인⋯⋯."

계속 누군가가 부르고 있다. 100달러나 들인 텔레비전 채널 변환기는 아나운서가 익명의 시청자들에게 적당한 음절을 채워 넣을 수 있는 빈칸을 남긴 채 말할 때마다 자동적으로 그 빈칸에 밀드레드의 이름을 되풀이하여 넣어 준다. 특수한 즉석 음성 변환기도 즉시 그 입술을 따라가서 그의 영상화된 이미지가 자음과 모음을 아름답게 발음하게끔 한다. 그 아나운서는 친구다. 한 치의 의심도 없이 아주 좋은 친구다.

"몬태그 부인⋯⋯ 이제 이쪽을 똑바로 보십시오."

밀드레드는 고개를 돌렸다. 분명히 듣고 있는 것 같지 않았는데도.

"오늘 일 나가지 않은 건 그저 시작일 뿐이야. 난 내일도 나가지 않을 거고, 앞으로 다시는 방화서에 나가지 않겠어."

"하지만 당신은 오늘 밤엔 나갈 거예요. 안 그래요?"

"아직 결정 못했어. 지금은 그저 뭔가를 박살내 죽여 버리고 싶은 끔찍한 충동밖에 없어."

"가서 드라이브를 하세요."

"싫어."

"차 열쇠는 침대 옆 탁자에 있어요. 나도 그런 기분이 들 땐 언제나 거리를 질주하고 싶어져요. 차를 타고 속력을 95까지 내면 기분이 좋아질 거예요. 내가 밤새도록 달리다가 돌아와도 당신이 알아차리지 못할 때가 종종 있더군요. 교외로 나가면 재미있을 거예요. 토끼를 치거나 개를 칠 때도 있고요. 어쨌든 한 번 달리고 오세요."

"아니, 아냐. 지금은 그러고 싶지 않아. 이번엔 이 재미있는 현상에 매달려 볼 작정이야. 맙소사, 너무하군. 도대체 뭐가 뭔지나 좀 알았으면 좋겠어. 빌어먹을, 난 불행해, 너무 엉망이야. 난 미쳤어. 더 미치겠는 건 왜 이런지 그 이유를 모르겠다는 거고. 엄청나게 체중이 늘어 아주 뚱뚱해진 것 같은 기분이야. 뭔가 많이 쌓아 둔 것 같은데 그게 뭔지도 모르겠고. 독서라도 시작해야 될까 봐."

"당신은 감옥으로 갈 거예요. 알고 있죠?"

밀드레드는 마치 유리벽 뒤의 사람을 보듯 몬태그를 쳐다보았다.

몬태그는 쉴새없이 방 안을 돌아다니면서 옷을 입기 시작했다.

"그래, 그건 좋은 생각같군. 내가 누군가를 해치기 전이니까. 당신은 비티가 하는 말을 들었어? 귀 기울였냐고. 비티는 모든 대답을 알고 있어. 그건 정답이기도 해. 행복은 소중한 것이고, 쾌락도 아주 중요해. 하지만 난 아까 거기 앉아 계속 이런 말만 되풀이했어. 난 행복하지 않다, 난 행복하지 않다."

"난 행복해요."

밀드레드의 입이 반짝 빛났다.

"그리고 그 사실이 자랑스러워요."

몬태그는 단호하게 말했다.

"난 뭔가를 해야겠어. 아직 그게 뭔지도 잘 모르지만, 어쨌든 뭔가 큰 걸로 한 건 하고야 말겠어."

"그런 시시한 이야기를 듣는 것도 이제 지겨워요."

밀드레드는 다시 아나운서 쪽으로 고개를 돌렸다.

몬태그는 벽에 붙은 음량 조절기를 건드렸다. 아나운서가 갑자기

벙어리가 되었다.

"밀리?"

그는 잠시 머뭇거렸다.

"여긴 내 집이기도 하고, 당신 집이기도 해. 지금 당신한테 이야기 하는 게 좋을 것 같군. 벌써 말했어야 하는데, 사실 나 자신조차 인정 하지 않고 있었기 때문에 주저했지. 당신한테 보여 주고 싶은 게 있 어. 오랫동안 이따금씩 모아서 숨겨 두었던 것이지. 내가 왜 그랬는지 는 모르지만 어쨌든 그렇게 했고, 당신한테는 한 마디도 안 했어."

몬태그는 등받이가 높고 곧은 의자를 끌어당겨 천천히, 그러나 망 설임 없는 태도로 앞문 가까이의 홀 가운데로 옮겼다. 그러고는 의자 위에 올라가 잠시 받침대 위의 조각상처럼 멈춰 섰다. 밀드레드는 다 음 순간을 기다리며 몬태그 밑에 서 있었다. 몬태그는 팔을 뻗어 환풍 기 구멍의 걸쇠를 끌어당겼고, 오른쪽 안으로 손을 더 깊숙이 집어넣 어 미끄러운 금속판을 하나 더 움직여 책 한 권을 꺼냈다. 그는 눈길 도 주지 않고 그 책을 바닥에 떨어뜨렸다. 몬태그는 손을 뒤로 넣어 두 권을 더 꺼낸 다음 역시 바닥에 떨어뜨렸다. 손은 계속 움직였고, 책은 계속 떨어졌다. 문고판 책, 꽤 큰 책, 노랗고 빨갛고 푸른 책, 책, 책, 책. 몬태그는 아래를 내려다보았다. 밀드레드의 발치에 대략 스무 권 정도의 책이 흩어져 있었다.

"정말 미안하군. 정말이지 생각지도 못했던 일이었어. 하지만 이렇 게 되고 보니 마치 우리 둘이 공범자 같군."

밀드레드는 마루 밑에서 튀어나온 쥐 떼와 마주친 양 화들짝 놀라 뒷걸음질쳤다. 그는 그녀의 숨소리가 점점 거칠어지는 것을 들을 수 있었다. 그녀의 얼굴은 백지장처럼 새하얗게 변했고, 눈동자 역시 휘둥그레졌다. 밀드레드가 그의 이름을 불렀다. 한 번, 두 번, 세 번. 그러더니 울부짖으며 달려와 책을 움켜쥐곤 부엌 소각로로 달려갔다.

몬태그는 비명을 지르며 밀드레드를 붙잡았다. 그녀는 그 손에서 벗어나려고 그를 할퀴며 발버둥쳤다.

"안 돼, 밀리, 안 돼! 기다려! 멈추라고! 제발. 당신은 몰라……. 제발 그만둬!"

몬태그는 밀드레드의 얼굴을 후려친 뒤 다시 그녀를 붙잡고 흔들었다.

밀드레드는 그의 이름을 부르며 울음을 터뜨렸다.

"밀리! 제발 내 말 좀 들어 봐, 잠시만. 우린 아무것도 할 수 없어. 이 책들을 태워선 안 돼. 읽고 싶단 말이야. 한 번이라도. 읽은 다음에 서장 말이 옳았다고 생각되면 그 때, 그 때 같이 태웁시다. 날 믿어 줘. 우리 둘이서 같이 태우자고. 당신은 날 도와줘야 돼."

몬태그는 밀드레드의 얼굴을 내려다보며 뺨을 어루만지곤 단호하게 잡았다. 그는 그녀의 얼굴만이 아니라 그 얼굴에 나타난 자신의 모습과 자신이 해야 할 일을 보고 있었다.

"이 상황이 맘에 들든 안 들든 어쩔 수 없어. 지금 우린 그 속에 있으니까. 난 여태까지 당신한테 뭘 요구한 적이 없어. 하지만, 하지만 지금은 당신한테 요구하고 있어. 아니, 사정하는 거야. 우린 여기서 다시 시작해야 한다고. 이렇게 혼란에 빠진 우리, 당신과 수면제와 차, 그리고 나와 내 일을 해결해야 한단 말이야. 밀리, 우린 지금 절벽으로 향하고 있어. 하느님 맙소사, 절벽이야. 난 거기에서 뛰어내리고 싶진 않아. 물론 쉬운 일은 아니겠지. 우린 여태까지 건강하게 일어선 적이 없어. 하지만 이젠 문제를 해결해 가면서 서로 도울 수 있을 거야. 지금, 바로 이 순간, 난 당신이 몹시 필요해. 조금이라도 날 사랑한다면 잠시만 참아 줘. 24시간, 아니 48시간, 이게 내가 원하는 전부야. 그러면 끝나. 약속, 아니 맹세할게! 그리고 만약 이 책 가운데 중요한 게 있다면, 이 엉망진창인 책 속에 단 하나라도 소중한 게 있다면, 그 땐 다른 사람들한테도 그걸 전해 줄 수 있을 테지."

밀드레드의 저항이 멈췄다. 몬태그는 손을 풀었다. 비틀거리며 물러나던 밀드레드는 벽에 몸을 기댄 채 바닥으로 미끄러졌다. 그녀는 하염없이 책을 바라보다가 발이 책에 닿자 몸서리치듯 발을 끌어당겼다.

"그 여자, 그날 밤에 타·죽은 그 여자. 밀드레드, 당신은 거기 없었지. 그래서 그 여자 얼굴도 못 보았고. 그리고 클라리세. 당신은 클라리세와 말해 본 적이 한 번도 없지. 난 그 소녀와 이야기를 나눴어. 비티 같은 사람들이 두려워하는 소녀. 난 이해할 수가 없었지. 도대체 왜 그런 소녀를 두려워할까? 그렇지만 난 어젯밤 그 소녀를 방화수들 옆에 둬 봤어. 그리고 갑자기 깨달은 거야. 난 저 방화수들을 싫어한다는 것을. 또 나 자신에 대한 애정도 더 이상 없다는 것과 방화수들을 전부 태워 버리는 것이야말로 최상의 선행일 것이다라는 걸."

"여보!"

현관문의 목소리가 부드럽게 불렀다.

"몬태그 부인, 몬태그 부인, 누가 왔습니다. 몬태그 부인, 몬태그 부인, 누가 왔습니다."

부드러운 목소리.

두 사람은 고개를 돌려 문을 흘끗 보았다. 여기저기에 흩어진 책들, 여기저기에 쌓여 있는 책 더미에서 두 사람의 눈길이 서로 얽혔다.

"비티예요!"

"그럴 리가 없어."

"비티가 다시 왔다고요!"

밀드레드는 목소리를 낮췄다.

현관문 목소리가 다시 부드럽게 불렀다.

"누가 왔습니다……."

"대답하지 맙시다."

몬태그는 몸을 벽에 붙인 채 천천히 웅크린 다음 엄지와 집게손가락으로 책을 밀어내기 시작했다. 와들와들 떨면서 책을 밀어내는 몬태그의 머리 속엔 다시 환기통 속으로 책을 집어넣어야 한다는 생각 외엔 아무것도 떠오르지 않았다. 그러나 비티를 대면하는 일이 다시는 없을 것이라는 예감만은 선명했다. 몬태그가 몸을 웅크리고 앉았을 때 현관문의 목소리가 다시 들려 왔다. 더 집요하게. 몬태그는 바닥에서 작은 책을 한 권 집어들었다.

"어디서부터 시작하지?"

그는 책 중간을 펼친 다음 뚫어지게 쳐다보았다.

"아마 제일 처음부터 시작해야 될 거야."

"비티가 들어올 거예요."

밀드레드는 겁먹은 목소리로 말했다.

"우리 두 사람을 이 책들이랑 같이 태워 버릴 거라고요!"

현관문 목소리는 마침내 사라졌다. 침묵. 몬태그는 누군가가 문 뒤에 서서 귀기울이며 기다리는 기척과 밖으로 나가 잔디밭을 가로지르는 발걸음 소리를 들을 수 있었다.

"자, 이 책 좀 봅시다."

몬태그는 자신도 모르는 사이에 목소리가 떨리고 말을 더듬었다. 그는 책 여기저기를 뒤져 열두 페이지 정도를 읽은 뒤 마침내 이런 문장을 발견했다.

달걀을 가로로 깨트리느니 차라리 죽음을 택한 사람들이 1만 하고도 1000명은 되는 것으로 추산된다.(조나단 스위프트의 소설 『걸리버 여행기』에 나오는 소인국 릴리푸트의 이야기. 달걀을 깨트리는 방법을 두고 두 편으로 갈려 심각하게 싸우는 소인국 사람들을 묘사하면서 사소한 정쟁을 일삼는 당시의 영국 정치를 풍자했다. 여기서 인용된 것은, 비합리적으로 보일지라도 개성과 소신을 굽히지 않으려는 사람을 부각시키는 의미이다—옮긴이)

밀드레드는 홀 건너 쪽에 앉아 있다.

"그게 무슨 소리죠? 아무것도 아니잖아요! 서장 말이 맞다니까요!"

"자 이제 여기서부터 다시 시작하는 거야. 제일 처음부터."

제 2 장

체, 그리고 모래

그들은 오후 내내 거실 가운데 앉아 책을 읽었다. 하늘에서 차가운 11월의 빗방울이 떨어져 침묵에 싸인 집 지붕을 때렸다. 세 벽면에서는 아무런 소리도, 아무런 빛도, 아무런 사람도 나오지 않았다. 텅 빈 잿빛 벽들만이 있었다. 빨갛고 파랗고 노란 색종이도, 우주 공간을 나르는 로켓도, 금실로 짠 치마를 입은 여인들도, 검은 우단 양복을 말쑥하게 차려입고 거꾸로 뒤집은 은빛 중절모 안에서 50킬로그램은 될 법한 토끼를 끄집어내는 사나이도 나오지 않았다. 텔레비전은 죽어 있었고 밀드레드는 멍하니 그 텅 빈 벽면을 바라보았다. 몬태그는 바닥에 쭈그리고 앉아 같은 구절을 열 번째 크게 소리내어 읽는 중이었다.

"'끈끈한 우정이 언제 어느 순간에 완전히 맺어지는가를 정확히 알 수는 없다. 거대한 배에 물이 한 방울 한 방울씩 스며들다가 마침내 마지막 한 방울이 더해짐으로서 가라앉기 시작한다. 마찬가지로 우정이란 것도 서로 주고받는 친절함이 계속된 끝에 어느 순간엔가 두 사람의 가슴이 하나로 만나는 것이다.'(18세기 영국 작가 제임스 보스웰이 쓴『새뮤얼 존슨의 생애』에서 ─ 옮긴이)"

몬태그는 앉은 채로 비오는 소리를 들었다.

"이웃에 살던 소녀와 당신의 관계도 그런 것이었나요? 어쩐지 이해하기 힘든 묘한 얘기군요."

"그 앤 죽었어. 우리 누구든 살아 있는 사람에 대해서 얘기합시다, 제발."

몬태그는 아내를 돌아보지 않고 거실을 나와 부엌으로 걸어갔다. 몸이 떨려 왔다. 그는 그 곳에서 창을 때리는 빗방울을 바라보며 격앙된 몸과 마음이 가라앉을 때까지 오랫동안 서 있다가 천천히 회색빛의 거실로 돌아왔다.

그는 또 다른 책을 펼쳤다.

"'가장 소중한 사람, 그것은 나 자신일지니.'(제임스 보스웰의 편지에서 ─ 옮긴이)"

그는 눈을 가늘게 뜨고 벽을 쳐다보았다.

"'가장 소중한 사람, 그것은 나 자신일지니.'"

"그건 무슨 말인지 알겠군요."

밀드레드가 말했다.

"그렇지만 클라리세에겐 가장 소중한 사람이 자기 자신이 아니었어. 세상 모든 사람들이었지, 나를 포함해서. 지난 몇 년 동안에 내가 진심으로 좋아하게 된 사람은 그 아이가 처음이었어. 내가 기억하는 한 진정으로 관심을 갖고 내 눈을 똑바로 쳐다보면서 얘기하는 사람은 그 애가 처음이었어."

그는 책을 두 권 더 집어 들었다.

"이 책을 쓴 사람들은 오래 전에 죽었지만 그들이 여기다 써 놓은 얘기는 어떻게든 이해할 수 있어. 클라리세도 마찬가지야."

비가 오고 있는 문 밖에서 희미하게 긁는 소리가 났다.

몬태그는 온몸이 얼어붙었다. 밀드레드가 벽 쪽으로 다가붙어서는 숨을 삼키는 모습이 보였다.

"누가……. 문에……. 왜 문이 아무 소리도 안 하지……?"

"내가 꺼 놨어."

문지방 아래서 천천히 쿵쿵거리는 소리가 들려 왔다. 낮게 웅웅거리는 전기 장치 소리도 들렸다.

밀드레드는 웃었다.

"개였군요. 놀랐잖아! 나가서 쫓아버릴까요?"

"거기 그대로 있어!"

침묵. 차가운 빗방울이 계속 떨어졌다. 잠긴 문 사이로 창백한 전기 냄새가 느껴졌다.

"책읽기를 계속합시다."

몬태그가 조용히 말했다.

밀드레드는 책을 발로 찼다.

"책은 사람이 아니잖아요. 당신이랑 나랑 암만 읽어봐야 그 누구도 나오지 않아요!"

몬태그는 저녁 어스름이 깔린 바다처럼 죽은 잿빛으로 침묵하고 있는 거실 벽을 바라보았다. 스위치를 올리기만 하면 저 컴컴한 바다에 환한 전기 태양이 떠오를 것이다.

"알겠어요? 내 친척들은 사람이라고요. 그들은 나한테 얘기를 하고, 나는 웃고, 또 그들도 같이 웃어요. 그리고 색깔이 있어요, 색깔이! 책에는 없지요."

"그래, 나도 알아."

"그리고 만약에, 이 책들이 숨겨져 있었다는 걸 비티 서장이 알고 있다면……"

밀드레드는 말을 맺지 못하고 얼굴이 놀라움으로, 이윽고 공포로 하얗게 질려버렸다.

"그는 우리 집을 태워 버릴 거예요. 친척들도 태워 버릴 거예요. 오 맙소사! 벽면 텔레비전에 들인 돈이 얼만데! 왜 우리가 이까짓 책 따월 읽어야 하죠? 도대체 뭣 때문에?"

"왜냐고! 뭣 때문이냐고! 난 며칠 전 밤에 세상에서 제일 밥맛 떨어지는 뱀을 봤어. 죽은 것도 아니고 산 것도 아니었어. 눈이 달려 있지만 안 달렸다고도 할 수 있는 놈이야. 그 뱀을 보고 싶어? 그럼 응급 처치 병원으로 가 봐. 거기에 그놈의 뱀이 당신 몸 속을 샅샅이 훑어서 알아낸 당신 몸의 모든 것이 자료로 정리되어 있어. 가서 그 자료를 직접 확인해 보고 싶어? 아마 '가이 몬태그' 항목 아래에서 찾을 수 있겠지. 아니면 '공포', 아니면 '전쟁' 항목 다음에서. 지난 밤에 우리가 불태웠던 집에 가 보고 싶지 않아? 잿더미를 헤쳐서 불에 타 죽은 그 여자의 뼈다귀를 찾아볼까? 자기 집과 자기 몸에 스스로 불을 당긴 그 여자를 말야! 클라리세 매클런을 찾아보는 건 어때? 어디서 찾을까, 신원 불명의 시체를 모아 놓은 공시소에서? 내 말 좀 들어 봐!"

폭격기들이 하늘을 가로질러 갔다. 지붕 위 하늘을 가로지르며 헐떡이고 울부짖고 웅얼거리고 휘파람 불며 엄청나게 큰 선풍기 날개처럼 빈 공간을 휘젓고 지나갔다.

"빌어먹을! 저놈의 하늘은 시간마다 요란 법석을 떠는군. 도대체 저 폭격기들은 왜 우리를 1초도 조용하게 놔두질 않는 거지? 왜 아무도 얘기를 않는 거야! 1990년 이후에만도 두 번의 핵전쟁에서 승리를 거두었잖아. 우리가 세상을 잊고 즐기며 놀 수 있는 것도 다 그 때문이 아니야? 우리가 이렇게 풍요로움을 누리면서 세계의 다른 곳에서는 헐벗고 굶주리건 말건 신경 쓰지 않는 것도 다 그 때문이 아니야? 난 소문을 들었어. 세상 사람들은 죄다 굶주리고 있고 오직 우리들만이 이렇게 잘 먹고 잘 산다는 거야. 정말일까? 세상 사람들은 모두 열심히 일하는데 우리만 진탕 놀고 즐기는 걸까? 그래서 우리들이 다른 나라 사람들한테 그토록 미움을 받는 걸까? 정말 그렇다고들 얘기하는 걸 들었어. 아주 옛날부터, 아주 오랜 옛날부터 그랬다고들 얘기하는 걸 들었어. 왜 그런지 알아? 난 모르겠어, 그건 확실해. 하지만 책을 읽으면 뭔가 알 수 있을지도 몰라. 이 캄캄한 동굴 같은 신세를 좀 벗어날지도 몰라. 너나없이 똑같이 이런 광기 어린 삶을 살아가는 운명에서 벗어나도록 해 줄지도 몰라. 난 저 벽면에서 밤낮없이 떠들고 노는 바보 같은 자식들 얘기는 듣지 않겠어. 제발 밀리, 모르겠어? 하루 한 시간씩만, 하루 두 시간씩만 이 책들을 읽으면, 어쩌면……."

전화벨이 울렸다. 밀드레드는 급히 수화기를 집어들었다.

"앤!"

밀드레드는 반색하며 반겼다.

"그래 맞아, 오늘 밤에 '하얀 어릿광대'를 한다 그랬어!"

몬태그는 부엌으로 걸어가서는 책을 바닥에다 집어던졌다.

그는 중얼거렸다.

"몬태그. 넌 정말 바보구나. 이제 더 이상 뭘 어떻게 한다는 거지?
책을 방화서에 반납하고는 없었던 일처럼 싹 잊어버릴까?"

밀드레드의 웃음소리를 들으며 그는 책을 펼쳐 읽기 시작했다.

불쌍한 밀리. 그는 생각했다. 불쌍한 몬태그. 너도 똑같다. 이제 와
서 무슨 도움을 기대하겠는가? 이제 와서 무슨 지푸라기나마 잡을 수
있겠는가?

잠깐. 그는 눈을 감았다. 그래, 물론 지푸라기는 있다. 그의 뇌리에
1년 전 공원에서의 일이 천천히 떠올랐다. 요즘 들어서 자주 회상했
던 그때의 장면이 다시 그려지기 시작했다. 푸른 잔디가 깔린 공원 구
석에서 검은 외투를 뒤집어쓴 한 노인이 황급히 무엇인가를 옷 속으
로 감추었다. 그리고는 뛰어갈 듯이 몸을 벌떡 일으켰다. 몬태그는 소
리쳤다.

"기다려요!"

"난 아무 일도 안 했소!"

노인은 몸을 와들와들 떨면서 고함쳤다.

"무슨 일을 했다는 게 아닙니다."

그들은 햇볕이 내리쬐는 부드러운 잔디밭에 한동안 아무 말 없이
나란히 앉아 있었다. 몬태그는 날씨 얘기를 꺼냈고 노인은 창백한 목

소리로 말을 받았다. 기묘하고 조용한 만남이었다. 노인은 퇴직한 영어 교수라고 자신을 밝혔다. 40년 전, 마지막으로 남아 있던 교양 학부 대학이 모자라는 학생과 재정 지원의 빈곤에 허덕이다 결국 문을 닫게 되었을 때 벌거숭이로 세상에 던져졌노라고 말했다. 그의 이름은 파버였다. 몬태그에 대한 경계심이 완전히 사라진 뒤, 파버는 하늘과 나무와 공원 이곳저곳을 돌아보면서 차분한 목소리로 얘기를 나누었다. 한 시간쯤 흐른 뒤 그는 몬태그에게 무언가를 말했고 몬태그는 그것이 시라는 것을 알아챘다. 운율이 없는 그 시를 한동안 읊던 노인은 좀더 과감하게 또 다른 시를 외었다. 천천히 시구를 외우는 파버의 손은 외투의 안쪽 주머니로 들어가 있었다. 저 손을 홱 잡아채면 분명 시집 한 권이 딸려 나오리라. 몬태그는 그렇게 생각했다. 그러나 그는 그냥 가만히 있었다. 그의 손은 마치 마비되어 쓸모 없게 된 것처럼 무릎에 가지런히 놓여 있었다.

"나는 지금 사물 자체를 얘기하고 있는 게 아닙니다, 선생."

파버가 설명했다.

"나는 사물의 의미를 얘기하고 있는 겁니다. 나는 여기 이렇게 앉은 채 내가 살아 있다는 사실을 느낍니다."

노인은 모든 것을 얘기했다. 한 시간 가까이 독백을 하다가 다시 시구절을 읽다가, 그리고 또 설명을 계속했다. 그리고는 몬태그가 방화수라는 사실을 알지 못한 채, 약간은 불안한 마음으로 몸을 떨면서도 종이 조각에 자신의 주소를 적어 주었다.

"혹시 기분이 나빴던 건 아닌지 모르겠소."

파버가 말했다.

"천만에요."

몬태그는 좀 놀라면서 대답했다.

밀드레드는 거실에서 깔깔거리며 웃고 있었다.

몬태그는 침실 벽장으로 가 서랍의 서류 뭉치 사이에서 종이 조각 하나를 끄집어냈다. 서류 뭉치의 제목은 이러했다. 미래의 조사 자료(?). 거기에 파버의 이름이 있었다. 그는 그 동안 그 쪽지를 다른 사람에게 주지도 그냥 버리지도 않았다.

그는 또 다른 전화를 들어 번호판을 눌렀다. 파버의 이름을 여남은 번은 부른 끝에 전화기의 저쪽 끝에서 마침내 희미한 대답이 들려 왔다. 몬태그가 자신이 누구라고 밝힌 후에도 한동안 침묵이 계속 되었다.

"네, 그런데요, 몬태그 씨?"

"파버 교수님, 좀 엉뚱한 질문을 하나 드리고 싶습니다. 우리 나라에 성경이 몇 권이나 남아 있습니까?"

"무슨 말씀을 하시는지 모르겠군요."

"저는 성경이 과연 단 한 권이라도 남아 있는지 알고 싶습니다."

"무슨 그런 허튼 함정 같은 질문을 하는 거요! 난 전화로는 아무런 얘기도 할 수 없소!"

"셰익스피어나 플라톤의 책은 얼마나 남아 있지요?"

"없소! 당신도 나만큼이나 잘 알고 있을 것 아니오. 그런 건 하나도 남아 있지 않소!"

파버는 전화를 끊었다.

몬태그는 수화기를 내려놓았다. 그런 건 하나도 남아 있지 않다. 방화서의 벽에 붙어 있는 목록대로라면 그건 사실이다. 그러나 몬태그는 파버 교수의 입으로 확인을 받고 싶었다.

거실에 들어서자 밀드레드가 잔뜩 상기된 표정으로 그를 맞았다.

"여보, 내 친구들이 오기로 했어요!"

몬태그는 책 한 권을 보여 주었다.

"이건 성경이오. 그리고……."

"제발 이제 그만 좀 해요!"

"어쩌면 이건 우리 나라에서 단 한 권밖에 남지 않은 건지도 몰라."

"이 책들 오늘 밤엔 죄다 방화서에 갖다 줄 거죠? 안 그래요? 비티 서장은 이미 알고 있어요. 그렇죠?"

"내가 무슨무슨 책을 갖고 있는지는 그 사람도 알지 못 할걸. 이걸 갖다 주면 어떡하란 말야? 제퍼슨이나 소로의 책을 갖다 줘 버려? 어느 책이 더 귀중하고 덜 귀중한지 어떻게 알아? 이걸 갖다 주는 대신 또 다른 책을 몰래 훔쳐 오면 당신은 마음이 놓이겠어? 천만에, 그렇게 했다간 당신 말대로 모든 걸 알고 있는 비티 서장은 내가 집에다가 도서관이라도 차리려는 줄 알 거야!"

밀드레드의 입이 실룩거렸다.

"당신이 도대체 무슨 짓을 하고 있는지 정말 모르겠어요? 당신은 우리들을 파멸의 길로 이끌고 있어요. 어느 쪽이 더 중요한가요? 나예요, 아니면 성경이에요?"

밀드레드는 마구 소리치면서 녹아 내리는 밀랍 인형처럼 주저앉았다.

몬태그의 귀에 비티의 목소리가 들려 왔다.

'자리에 앉게, 몬태그. 자 보게. 마른 꽃잎처럼 아주 조심스럽게 다뤄야 하네. 첫 장에 불을 붙이고, 그리고 두 번째 장에도. 종이쪽들이 하나씩 검은 나비로 변하고 있지? 어때, 아름답지 않나? 두 번째 장에서 옮아 붙은 불꽃이 세 번째 장으로 가고 있지? 그렇게 줄줄이 불타고 있지? 한 장 두 장, 제1부 제2부, 그렇게 허황한 의미들과 빗나간 약속들과 공허한 개념들과 쓸데없는 철학들이 불타 없어지고 있지 않나?'

비티가 얼굴에 송송 땀방울을 흘리며 책을 태우고 있다. 마루 바닥에 검은 재들이 흩어지고 있다.

밀드레드는 시작할 때와 마찬가지로 갑자기 소리지르는 것을 멈추었다. 몬태그는 듣고 있지 않았다.

그는 천천히 말했다.

"내가 할 일은 한 가지뿐이야. 오늘 밤, 비티에게 책을 갖다 주기 전에 책들을 복사해야만 해."

"오늘 밤엔 '하얀 어릿광대'가 나오는데, 그리고 친구들이 온다는데 집에 있을 거죠?"

밀드레드가 간절하게 소리쳤다.

몬태그는 현관으로 걸어나가다가 뒤를 돌아보았다.

"밀리?"

잠시 침묵.

"왜요?"

"밀리, 하얀 어릿광대는 당신을 사랑하고 있나?"

대답이 없었다.

"밀리, 하얀 어릿광대는……."

그는 혀로 입술을 축였다.

"당신 '친척'들은 당신을 사랑하고 있나? 당신을 아주 깊이 사랑하고 있나? 그들의 모든 마음과 영혼으로 당신을 진심으로 사랑하고 있나, 밀리?"

몬태그는 그의 등뒤에서 밀드레드가 눈을 끔벅거리고 있음을 알 수 있었다.

"왜 그런 바보 같은 질문을 해요?"

그는 갑자기 울고 싶어졌지만 그의 눈과 입에서는 아무런 일도 일어나지 않았다.

"밖에 그놈의 개가 아직도 있으면 발로 차서 쫓아 버려요."

몬태그는 망설이며, 가만히 문에 귀를 기울였다. 그는 문을 열고 밖으로 걸어 나갔다.

비는 그치고 깨끗한 하늘엔 태양이 떠 있었다. 거리와 잔디밭과 집집마다의 발코니는 텅 비어 있었다. 그는 깊은 숨을 들이켰다가 천천히 내쉬었다.

그는 세차게 문을 닫아 버렸다.

몬태그는 지하철을 타고 있었다.

내 몸은 마비되었다. 내 얼굴이 경직된 것은 언제부터일까? 내 몸이 경직된 것은? 한밤중에 컴컴한 침실에서 빈 수면제 병을 발로 찬 것처럼, 속에 금덩이가 든 돌멩이를 모르고 발로 차는 것처럼.

경직은 결국 풀릴 것이다. 시간이 걸리겠지만 난 할 수 있을 거야. 아니면, 파버 교수가 나를 좀 도와줄 수도 있고. 어느 곳에 있는 누군가가 옛날의 내 얼굴과 내 손을 있던 그대로 돌려놔 줄 것이다. 그리고 미소까지도. 화염 속에서 잔인하게 일그러지던 미소는 이제 사라질 것이다. 나는 불에 그을린 미소에서 해방되었다.

지하철이 그를 지나쳐 쏜살같이 달려간다. 우윳빛 타일, 새까만 암흑, 우윳빛 타일, 새까만 암흑. 숫자와 암흑. 몬태그는 그 자신이 암흑의 나락으로 빠져드는 듯한 느낌이 들었다.

어릴 적, 어느 무덥고 메마른 여름날에 바닷가의 모래사장에서 어떤 짓궂은 사촌 하나가 그에게 체를 주면서 말했다.

"이걸 모래로 꽉 채워 봐, 그럼 동전을 하나 줄게!"

빨리 부으면 부을수록 바짝 마른 모래알들은 금속성 휘파람을 불며 거침없이 체를 빠져나가 버렸다. 두 손이 기진맥진해지도록 타는 듯한 모래를 퍼담아 붓고 붓고 또 부었다. 그러나 체는 여전히 비어 있었다. 7월의 한가운데 타오르는 백사장에 앉아, 그는 양볼에 흘러내리는 눈물을 닦을 생각조차 하지 못 했다.

도시의 지하, 텅 빈 진공 속을 덜커덩거리는 지하철을 타고 통과하면서 몬태그는 어린 시절의 그 냉혹한 논리를 떠올렸다. 메마른 모래로는 절대로 채울 수 없는 체의 논리를. 그는 아래를 내려다보았다. 성경이 펼쳐진 채 손에 들려 있었다. 지하철엔 다른 사람들도 타고 있었지만 그는 개의치 않고 손에 든 성경을 쳐다보았다. 한 가지 바보 같은 생각이 났다. 이 책을 아주 빨리, 그리고 죄다 읽는다면 어쩌면 체에 모래가 담길지도 모른다. 그러나 제대로 읽어 내지 못한다면 그

때는 비티가 기다리고 있다. 결국 책을 그에게 넘겨주어야만 할 것이다. 그래 좋다. 이 책의 단 한 줄, 단 한 구절도 내 머리에서 빠져 나가지 못하도록 꼭꼭 씹어 읽자. 나는 해내고야 말겠다.

몬태그는 책을 쥔 손에 힘을 주었다.

확성기가 울렸다.

"덴햄 덴티프라이스(치약 — 옮긴이)!"

시끄러워. 몬태그는 생각했다. 들의 백합화가 어떻게 자라는가 생각하여 보라.(마태복음 6장 28~29절과 누가복음 12장 27절에 같은 구절이 나온다. "들의 백합화가 어떻게 자라는가 생각하여 보라. 수고도 아니하고 길쌈도 아니하느니라. 그러나 내가 너희에게 말하노니 솔로몬의 모든 영광으로도 입은 것이 이 꽃 하나만 같지 못하였느니라." — 옮긴이)

"덴햄 덴티프라이스!"

수고도 아니하고 길쌈도 아니하…….

"덴햄……."

들의 백합화가, 시끄러워, 시끄러워.

"덴티프라이스!"

몬태그는 책을 펼쳐 들고 페이지를 거칠게 넘겼다. 마치 장님인 것처럼 손으로 마구 종이를 더듬었다. 손가락으로 각각의 글자들을 느끼려고 애를 썼다.

"덴햄입니다. 디이……이이……엔……."

수고도 아니하고 길쌈도 아니하느니라.

텅빈 체를 빠져 나가는 뜨거운 모래알들의 휘파람 소리.

"덴햄! 효과가 있습니다!"

들의 백합화가, 백합화가, 백합화가…….

"덴햄 덴탈 디터전트(구강 세척제 — 옮긴이)입니다!"

"입 닥쳐, 입 닥치란 말야! 좀 조용히 해!"

탄원과도 같은 몬태그의 갑작스런 울부짖음은 너무 소름끼쳐서 이 시끄러운 차의 주민들은 깜짝 놀라 휘둥그레진 눈으로 벌떡 일어선 남자를 바라보았다. 승객들은 바짝 마른 입술에 메스꺼운 표정을 하고 영문 모를 소리를 외쳐 대는 이 미친 사나이에게서 슬금슬금 물러났다. 손에 너풀거리는 책을 든 사나이에게서. 조금 전까지 사람들은 덴햄 덴티프라이스의 광고 방송에 박자를 맞춰 발로 톡톡 장단을 두드리고 있었다. 덴햄의 댄디한 덴탈 디터전트입니다. 덴햄 덴티프라이스, 덴티프라이스, 덴티프라이스. 하나 둘, 하나 둘 셋. 하나 둘, 하나 둘 셋. 사람들의 입도 희미하게 실룩거리고 있었다. 덴티프라이스, 덴티프라이스, 덴티프라이스. 차내 방송이 계속 시끄러운 소리를 몬태그에게 토해 내고 있었다. 몬태그의 반발에 대해 앙갚음이라도 하려는 듯이. 양철과 구리와 은과 크롬과 놋쇠들의 거친 음악이 그의 귀를 쾅쾅 때렸다. 다른 승객들은 모두 고분고분 받아들였다. 그들은 도망가지 않았다. 도망갈 곳도 없었지만. 지하철은 승객들을 실은 채 지구의 중심으로 사정없이 떨어지고 있다.

"들의 백합화가…….'"

"덴햄."

"백합이라니까!"

사람들이 쳐다보았다.

"승무원을 불러요."

"저 남자 내려야……."

"산에 올라가서 내려다보란 말야!"

열차가 쉿쉿 소리를 내며 멈추었다.

"산에 올라가서 내려다봐!"

필사적인 외침.

"덴햄."

속삭임.

몬태그의 입이 가늘게 움직였다.

"백합화가……."

열차의 문이 열렸다. 몬태그는 가만히 서 있었다. 이윽고 문이 다시 닫히기 시작했다. 그 순간 그는 승객들 사이를 비집고 달려나가 막 닫히려는 문 사이로 빠져 나갔다. 가슴이 쿵쾅거렸다. 우윳빛 벽들 사이를 뛰어가 에스컬레이터는 아예 무시한 채 계단을 마구 뛰어 올라갔다. 그는 자신의 두 다리가 움직이는 것을 느껴 보고 싶었다. 두 팔이 흔들리는 것을 느껴 보고 싶었다. 허파가 헐떡이는 것을, 목구멍이 거칠게 공기를 들이마시는 것을 느끼고 싶었다. 공기에 찌그러진 목소리가 그를 끈질기게 따라왔다.

"덴햄, 덴햄, 덴햄."

열차는 뱀처럼 쉿쉿 소리를 내며 멀어져 갔다. 열차는 뱀 구멍 속으로 사라졌다.

"누구시오?"

"몬태그입니다."

"원하는 게 뭐요?"

"저를 들여보내 주십시오."

"난 아무 일도 하지 않았단 말이오!"

"저는 혼자입니다, 제발!"

"맹세할 수 있소?"

"맹세합니다!"

천천히 현관문이 열렸다. 파버가 의혹에 찬 눈초리로 밖을 내다보았다. 매우 늙고 매우 연약하고 매우 겁먹은 모습이었다. 몇 년 동안 집 밖으로 나가 보지도 않은 사람 같았다. 석고로 뒤덮인 그의 집 안 벽들처럼 그의 낯빛도 창백했다. 입술도 양볼도 머리도 창백한 하얀색이었다. 눈망울 가운데 아련하게 남아 있는 푸르스름한 빛을 제외하면. 파버의 눈동자가 아래로 내려가더니 몬태그의 손에 들린 책을 보았다. 갑자기 그의 눈에 생기가 돌았다. 갑자기 그는 그다지 늙어 보이지도 허약해 보이지도 않았다. 파버의 표정에서 천천히 공포가 사라져 갔다.

"미안하오, 워낙 못 믿을 놈의 세상이 돼 놔서."

파버는 몬태그의 손에 들린 책에서 눈을 떼지 않은 채 말을 계속했다.

"정말이구려."

몬태그는 집 안으로 걸어 들어갔고, 곧 문이 닫혔다.

"앉으시오."

그러면서도 파버는 잠시라도 책에서 눈을 떼면 그 순간 책이 사라져버릴까 봐 두려워하는 사람처럼 시선을 옮길 줄 몰랐다. 그의 등뒤로 침실 문이 열려진 채 방 안이 들여다보였는데, 책상 위에 기계 장치나 잡동사니 전자 부속품, 연장 따위가 널려 있었다. 몬태그의 주의가 딴 데로 향하고 있음을 눈치챈 파버는 즉시 몸을 돌려 침실 문을 닫았다. 문손잡이를 굳게 쥔 그의 손이 떨리고 있었다. 그는 무릎 위에 책을 올려놓고 얌전히 앉아 있는 몬태그를 불안한 표정으로 바라보았다.

"그 책, 그건 어디서……?"

"제가 훔쳤습니다."

파버는 눈썹을 들어올리며 처음으로 몬태그의 얼굴을 똑바로 쳐다보았다.

"당신은 용감한 사람이군요."

"아닙니다."

몬태그는 말을 계속했다.

"제 아내는 죽어 가고 있습니다. 친구는 이미 죽었고, 친구가 될 뻔한 사람은 불에 타 죽은 지 24시간도 안 됐습니다. 당신은 제가 아는 이들 중에서 저를 도와줄 수 있는 단 하나뿐인 사람입니다. 제가, 제가 깨달을 수 있도록……."

무릎 위에 놓인 파버의 손이 꿈지럭거렸다.

"그걸 좀 봐도……?"

"아, 네."

몬태그는 파버에게 책을 건네주었다.

"정말 오래되었구려. 나는 종교적인 사람은 아니오. 그렇지만 정말 오랜 세월이 흘렀구려."

파버는 책장을 넘기면서 이따금씩 멈추어 여기저기를 읽었다.

"역시 내 기억에 남아 있는 대로군. 정말 좋군. 맙소사, 벽면 텔레비전이 이 세상을 어떻게 비틀어 뭉개버렸지? 예수는 이제 한낱 오락 프로그램의 어릿광대로 전락했소. 그 요란한 의상을 멋대로 입혔다 벗겼다 해 놓은 모습을 보면 과연 하느님조차 자신의 아들을 알아볼지 의심스럽소. 이젠 박하사탕이나 다름없어졌지. 상업 광고 제품이나 마찬가지로 모든 숭배자들이 절대적으로 바라는 달콤한 은총을 노골적으로 언급하고 있으니."

파버는 쿵쿵거리며 책의 냄새를 맡았다.

"책의 냄새가 열대 지방의 나무나 아니면 다른 이국의 생소한 향료와도 같다는 걸 아시오? 나는 어릴 적부터 책 냄새 맡는 걸 좋아했소. 아아, 세상이 이 지경이 되기 전만 해도 얼마나 향긋한 책들이 많았는데."

파버는 책장을 넘겼다.

"몬태그 씨. 당신 앞에 있는 이 늙은이는 못난 겁쟁이라오. 나는 오래전 세상이 어떻게 변해 가는지 알면서도 보고만 있었소. 아무 말도 안 했소. 나는 소리 높여 외칠 수 있는 '결백한 사람들' 중 하나였음에도 불구하고, 남들이 '죄인'에겐 귀를 기울이려고 하지 않았지만 나는 결백했음에도 불구하고 말이오. 나는 아무 말도 하지 않았고 그 결과 나 자신도 죄인이 되었소. 마침내 저들이 방화수를 동원해 책을 불태우는 지경이 되도록 나는 그저 몇 마디 혼자 구시렁거리다 제풀에 수그러들었지. 그때까지 나와 함께 불평하거나 소리 질러 주는 사람이 그 누구도, 단 한 사람도 없었기 때문이라오. 이젠 너무 늦어 버린 것 같아."

파버는 책장을 넘겨보던 성경을 닫았다.

"자 그래, 무슨 일로 오셨는지 말씀해 주시려오?"

"아무도 제 얘기를 귀담아 듣지 않습니다. 혼자 떠들어 대는 벽을 보고는 얘기를 나눌 수가 없어요. 내 아내와도 얘기를 나누지 못합니다. 아내는 하루 종일 벽면 텔레비전만 상대합니다. 내가 해야만 될 얘기를 들어 줄 사람이 누구든 필요합니다. 충분한 시간을 갖고 찬찬히 들어 보면 내 얘기가 중요하다는 걸 알 텐데, 심각한 내용인데 말입니다. 그리고 교수님, 제가 읽은 것들이 과연 무슨 의미인지 교수님께서 좀 가르쳐 주셨으면 합니다."

파버는 갸름한 몬태그의 얼굴을 뚫어지게 쳐다보았다. 턱 주위에 면도한 자국이 시퍼랬다.

"당신은 어떻게 해서 마음에 갈등이 생긴 거요? 무엇이 당신의 마음에 불을 당기고 당신 손이 도둑질을 하게 만들었소?"

"모르겠습니다. 우리가 필요한 건 뭐든지 있고, 행복해지기 위해서 무엇 하나 모자란 게 없는 세상인데 우린 행복하지 않아요. 뭔가가 빠져 있어요. 주위를 둘러보았습니다. 제가 확실하게 알 수 있었던 단한 가지는 그 동안에 사라진 거라곤 지난 10년이 넘는 세월 동안 제가 불태워 없앤 책들, 책들이었습니다. 그래서 저는 책에 뭔가 해답이 있을 거라고 생각했습니다."

"당신은 구제 불능의 낭만주의자군. 심각하지만 않다면 꽤나 즐길 만할 텐데. 당신에게 필요한 건 책이 아니오. 지난날 한때 책 속에 들어 있었던 그 무엇이오. 똑같은 것을 요즈음의 벽면 텔레비전에서 얻

135

을 수 있어야 하는데. 그 엄청나게 많은, 자질구레한 이야기와 깨달음들이 라디오로, 텔레비전으로 세상 구석구석까지 퍼져 가야 하는데, 실제로는 그렇지 못하고 있소. 아아, 아무튼 아시겠소? 당신이 찾아 헤매는 건 책이 아니야! 당신은 낡은 축음기 음반에서, 낡은 영화 필름에서, 그리고 오래된 친구들에게서 책에서 구할 수 있는 것과 마찬가지 것들을 얻을 수 있지. 자연 속에서, 그리고 당신 자신 속에서 찾아보시오. 책이란 단지 많은 것들을 담아 둘 수 있는 그릇의 한 종류일 따름이니까. 우리가 잃어버릴까 봐 두려워하는 것들을 담아 두는 것이지. 책 자체에는 전혀 신비스럽거나 마술적인 매력이 없소. 그 매력은 오로지 책이 말하는 내용에 있는 거요. 우주의 삼라만상들을 어떤 식으로 조각조각 기워서 하나의 훌륭한 옷으로 내보여 주는지, 그 이야기에 매력이 있는 것이오. 물론 당신은 잘 몰랐겠지. 그리고 지금 내 얘기도 여전히 이해가 가지 않겠지만, 아무튼 당신의 직관은 옳았소. 중요한 건 바로 그 점이지. 자, 세상에 부족한 것은 세 가지가 있소.

우선 첫 번째, 당신은 이와 같은 책들이 왜 중요한지 알고 있소? 왜냐하면 이런 책들은 좋은 '질'을 갖고 있기 때문이지. 그렇다면 질이라는 건 과연 무슨 뜻인가? 내게는 짜임새를 의미하오. 책은 아주 세밀하게 짜여진 것이오. 아주 작은 숨구멍들이 셀 수 없이 많이 붙어 있소. 자기 나름의 뚜렷한 생김새를 지니고 있단 말이지. 현미경으로 들여다봐도 여전히 짜임새가 눈에 보일 정도로 아주 세밀하게 엮인 것이오. 현미경을 통해서 당신은 수많은 사람들의 삶을 발견할 것이오. 끊임없이 넘쳐 나는 이야기와 깨달음을 발견할 것이오. 그 현미경을 통해서 한 제곱 센티미터마다 얼마나 많은 숨구멍들이 보이는지,

책장 하나하나마다 진실한 삶의 이야기들을 얼마나 많이 얻을 수 있는지, 이것이 내가 내리는 '질'의 정의요. 그렇지만 질이 좋은 책도 읽는 사람을 잘 만나지 못하면 빛을 못 보지. 아무튼 내 생각은 이렇소. 세밀하게 이야기하라. 생생하게 이야기하라. 좋은 작가들은 진실한 삶의 이야기를 담지만, 그저 그런 작가들은 수박 겉핥기 식으로 쓱 어루만지고 지나갈 뿐이오. 아주 형편없는 작가들은 삶의 이야기를 제멋대로 농락한 뒤에 파리똥이나 쌓이는 신세로 내팽개쳐 버리지요.

이제 알겠소? 왜 책들이 증오와 공포의 대상이 되어버렸는지? 책들은 있는 그대로의 삶의 모습을, 숨구멍을 통해서 생생하게 보여지는 삶의 이야기들을 전해 준다오. 그런데 골치 아픈 걸 싫어하는 사람들은 그저 달덩이처럼 둥글고 반반하기만 한 밀랍 얼굴을 바라는 거야. 숨구멍도 없고, 잔털도 없고, 표정도 없지. 꽃들이 빗물과 토양의 자양분을 흡수해서 살지 않고 다른 꽃에 기생해서만 살려고 하는 세상, 그게 바로 지금 우리가 사는 세상의 참모습이오. 우리는 꽃에 물을 주면 그것이 저절로 자라는 줄 알지만, 현실의 진짜 모습은 그게 아니지. 헤라클레스와 안타이오스(바다의 신 포세이돈과 대지의 여신 가이아 사이에 난 아들 —옮긴이)의 전설을 아시는지? 거인 씨름꾼인 안타이오스는 어머니인 대지에 발을 딛고 서 있는 한 절대로 싸움에 지는 법이 없었다고 하는 얘기를 모르시오? 그러나 헤라클레스는 그를 번쩍 들어 두 다리가 땅에서 떨어지도록 한 뒤 손쉽게 제압했다고 하오. 오늘 이 도시에, 이 시대에 살고 있는 우리가 그 고대의 전설에서 뭔가 깨닫지 못한다면 나는 완전히 미쳐 버릴 것이오. 자, 아무튼 지금 우리에게 필요한 첫 번째가 무엇인지 말했소. 좋은 질, 정보의 짜

잎새가 얼마나 좋은가."

"그러면 두 번째는 뭡니까?"

"여가 시간이지."

"오, 그거라면 우리들은 근무 외 시간을 충분히 누리고 있지 않습니까?"

"근무하지 않는 시간? 그렇게 말한다면 그렇지. 그러나 생각할 시간이라면 어떻소? 당신은 시속 100마일을 즐기지 않는다면, 위험 외엔 도저히 다른 것을 생각할 수 없는 그런 때 말이오, 그러면 그 다음엔 가만히 앉아서 하릴없이 오락이나 즐기거나 거실에 앉아 토론 없이 일방적으로 벽면 텔레비전의 말에만 귀를 기울이고 있지. 왜 그럴까? 벽면 텔레비전은 '현실'이기 때문이지. 그건 즉각적, 말초적이고 다양한 차원을 지녔소. 당신이 생각할 것은 모두 벽면이 제공해 주지. 거기서 말하는 게 모두 옳은 것 같이 보이고, 모두 옳아야만 할 것 같고. 그것은 너무나도 깔끔하고 즉각적으로 결론을 내려 주니까 당신의 마음은 미처 생각해 보고 반박할 여유도 갖지 못하오. '세상에, 이런 어처구니없는 일이!' 하고 말이지."

"'친척'들만이 '살아 있는 사람들'이지요."

"예? 지금 뭐라고 했소?"

"아내가 말하길 책들은 '현실'이 아니라고 하더군요."

"그래서 신에게 감사해야 하는 거요. 당신은 책을 읽다가 잠시 덮어 놓고 잠깐 생각에 잠길 수도 있소. 현실에선 도저히 가질 수 없는 여유를 배려받을 수 있소. 그러나 당신이 벽면 텔레비전에 둘러싸여 땅에 꽃씨를 뿌린다고 칩시다. 과연 누가 당신의 그런 환상을 일깨워 줄 수 있겠소? 텔레비전은 뭐든 마음먹은 대로 당신의 모습을 그려 줍니다. 우리를 둘러싼 세상처럼 그것은 현실과 똑같은 환경으로 군림하고 있소. 그것은 점점 진리로 변해 가고, 마침내는 진리가 되어 있소. 책들을 불태워 없앨 만큼 정통성을 획득했지. 그러나 내 모든 지식과 회의에도 불구하고 100가지 악기의 오케스트라나 현란한 색깔들, 복잡한 차원들을 설복시킬 수도, 그것들에 어울릴 수는 없더군. 그 대단한 벽면 텔레비전도 결국 나를 홀리는 데는 실패한 셈이지. 보시다시피 내 집의 거실 벽들은 그저 희멀건 석고 덩이일 뿐이오. 그리고 여기."

파버는 조그만 고무 마개 두 개를 꺼내 보였다.

"난 지하철을 탈 땐 이걸 귀에다 꽂고 다닌다오."

"덴햄 덴티프라이스."

몬태그는 눈을 감은 채 조용히 중얼거렸다.

"우리는 지금 어디로 가고 있는 겁니까? 세상은 어떻게 되는 겁니까? 책들이 우리에게 도움이 됩니까?"

"세 번째 조건이 만족된다면. 첫 번째는 말했다시피 정보의 질이오. 두 번째는 그 정보를 소화할 충분한 시간이지. 그리고 세 번째는, 지금 말한 두 조건의 상호 작용으로 얻어지는 우리의 배움을 실행에 옮길 수 있는 권리요. 그렇지만 나는 늙은이와 방화수 둘이서 뭘 해 보기에는 너무 늦어버린 게 아닌가 하는 생각을 지울 수가 없소……."

"나는 계속 책을 훔쳐 올 수 있습니다."

"당신은 몹시 위험한 모험을 하는 거요."

"그렇게 최후를 맞는 것도 괜찮겠지요. 아무것도 잃을 게 없다면,

원하는 건 뭐든지 걸고 모험을 할 수도 있는 것 아닙니까."

"그런 얘기를 하다니 놀랍군요. 분명히 책에서 읽은 것은 아닐 텐데!"

파버가 웃었다.

"그런 말이 책에도 나옵니까? 전 단지 마음속에 떠오른 생각을 그냥 얘기한 건데요."

"좋은 징조요. 나나 그 밖의 다른 사람, 심지어 당신 자신에 대해서까지도 환상을 품어선 안 되는 법이지."

몬태그는 몸을 앞으로 수그렸다.

"오늘 오후에 생각한 겁니다만, 만일 책들이 정말 가치 있는 거라면 우린 어떻게든 인쇄기를 구해서 복사본을 만들어……."

"우리?"

"교수님과 저 말입니다."

"오, 그건 안 돼요!"

파버는 자리에서 일어섰다.

"그러지 마시고 제 계획을 좀 들어 보시……."

"꼭 말하기를 고집한다면, 그만 나가 달라는 말밖엔 할 수가 없소."

"하지만 당신은 관심이 없으십니까?"

"내 스스로가 연루되어 결국 불에 타 죽을 일이라면 관심 없소. 어떻게든 방화수들 조직 자체를 불태울 수 있는 일이라면 모르지만. 자, 당신이 만약 비밀리에 복사본 책들을 만들어서 전국 각지의 방화수들 집에다 숨겨 놓는다면, 그 때는 의혹의 불씨들도 모든 방화수들 사이에 번져 가겠지. 그래, 그것 괜찮구먼!"

"책들을 숨겨 놨다가 갑자기 경보를 울려서 결국 방화수들 집을 모두 불태운다, 이게 당신의 계획입니까?"

파버는 눈썹을 치켜 뜨면서 마치 낯선 사람을 대하는 듯한 표정으로 몬태그를 바라보았다.

"농담이었소."

"정말 그런 방법을 시도해 볼 만하다고 생각하신다면, 저는 농담으로 받아들이지 않겠습니다."

"그런 일은 함부로 얘기할 게 아니오! 결국 우리가 필요한 책을 죄다 구한다 해도, 그건 가장 높은 곳에서 추락하려고 깎아지른 벼랑을 찾아낸 꼴이 될 뿐이오. 우리는 정상적으로 숨쉬며 살아가야 하오. 우리는 지식이 필요하오. 한 1000년쯤 흐르고 나면 그 때는 뛰어내려도 별 탈이 없는 그런 벼랑에 서게 될지도 모르지. 우리가 얼마나 멍청이고 바보인지는 책이 일깨워 주고 있소. 고대 로마의 시가지를 행진하는 시저의 친위대들은 이렇게들 수군거렸지. '기억해라, 시저야. 너도 결국은 죽음을 피할 수 없다.' 우리들 중 대부분은 여기저기 멋대로 돌아다닐 수가 없소. 아무하고나 얘기할 수도 있고 이 넓은 세상에 얼마나 많은 도시들이 있는지도 알고 있지만, 그러나 시간도 없고 돈도 없고 친구들도 없어. 몬태그, 당신이 찾아 헤매는 건 이 세상 어딘가에 있소. 그러나 그런 것들 중의 99퍼센트는 보통 사람들이라면 누구나 책 속에서 발견할 수 있는 것이오. 정말이냐고 재우쳐 물어 볼 필요도 없소. 그리고 어느 것 하나도 장차 남아나리라고 기대하지 마시오. 사람도 기계도, 그리고 도서관도. 당신은 당신 몫만큼의 보존을 스스로 해내야만 합니다. 언젠가 물에 빠져 헤엄치다 지쳐 죽게 될지라도 적어도 그 때는 뭍 쪽으로 방향을 제대로 잡았다는 사실은 알고 죽는 거니까."

파버는 일어나서 침실 쪽으로 발걸음을 옮겼다. 몬태그가 물었다.

"그래서요?"

"당신은 정말로 진지한 거요?"

"정말입니다."

"좀 비겁한 계획이긴 하오만. 나 스스로 그렇게 말한다면 말이오."

파버는 불안한 눈초리로 침실 문을 흘끗 쳐다보았다.

"이 땅의 끝에서 끝까지 모든 방화서들이 불타오르는 광경을 본다……. 모든 파멸과 저주의 온상을 궤멸시킨다……. 샐러맨더가 제 꼬리에 불을 붙인다……. 허허, 신이여!"

"저는 각 거주 구역에 사는 방화수들의 주소를 죄다 갖고 있습니다. 무슨 지하 조직 같은 걸 이용하면……."

"사람들은 믿을 수가 없소. 그게 좀 더러운 거지. 당신과 나 그리고 또 누가 불을 놓지?"

"또 다른 교수나 작가, 역사학자, 언어학자였던 사람들이 없습니까?"

"모두 죽었거나 너무 늙었지."

"늙은 사람일수록 좋지 않습니까? 발각될 염려가 별로 없으니까요. 아는 사람들이 꽤 있는 모양이군요. 그렇지요?"

"오, 지난 몇 년 동안 피란델로(이탈리아의 극작가, 소설가. 1934년 노벨 문학상 수상―옮긴이)나 버나드 쇼나 셰익스피어를 연기해 보지 못한 배우들이 여럿 있지. 그들의 희곡이 세상에 대해 너무 많은 이야기를 하기 때문에. 그런 분노한 배우들을 이용할 수 있겠지. 또 지난 40년 동안 단 한 줄도 자기 손으로 기록해 보지 못했던 사학자들도 이용할 수 있겠고. 그렇군, 같이 생각하고 같이 책을 읽을 동아리를 만들 수도 있겠어."

"맞습니다!"

"그렇지만 그건 변두리를 맴도는 것에 불과하오. 거대한 흐름에는 아무런 영향을 끼칠 수가 없어. 뼈대를 완전히 녹여 버리고 다시 짜 맞추어야 하는데. 제기랄, 100년 전이라면 책 한 권을 몰래 뽑아 훔치는 것은 간단한 일이었는데. 아시겠소, 요즘은 방화수들이 별로 필요치 않아요. 대중들 스스로가 책 읽는 것을 거의 포기했소. 당신 같은 방화수들이 때때로 서커스하듯이 건물들을 폭파시킬 때면 군중들이 마구 몰려와서 현란한 불꽃 구경이나 즐기지. 그러나 그건 사실 사소한 문제에 불과하오. 이탈하지 않도록 통제하는 것조차 불필요할 지경이니까. 반사회적인 생각을 갖는 자들은 거의 생기지 않지. 그래서 나 같은 진짜들은 쉽사리 두려움에 사로잡혀 버리고. 당신은 '하얀 어릿광대'보다 더 빨리 춤을 출 수 있소? 벽면 텔레비전의 '친척'들보다 더 크게 소리지를 수 있소? 만일 그럴 수 있다면 당신은 승리할 거요, 몬태그. 아무튼 당신은 바보요. 사람들은 모두 마음껏 즐기고 있는데."

"자살하는 겁니다! 모두를 천천히 죽이고 있어요!"

그들이 얘기를 나누는 동안 내내 폭격기들이 동쪽으로 날아갔다. 두 사나이는 그제야 말을 멈추고 몸 속까지 떨리게 하는 제트기의 굉음을 들었다.

"인내를 가지시오, 몬태그. 전쟁이 마침내 벽면 텔레비전을 잠잠하게 만들도록 놔두시오. 우리의 문명은 스스로 산산조각나고 있소. 그 중심에서 한 발자국 물러나시오."

"누군가 대비를 하고 있어야 하지 않겠습니까?"

"무엇을? 밀턴의 말을 인용하려는 거요? 내가 소포클레스를 기억하던가? 구차스럽게 살아 남은 자들에게 인간은 모두 다 선한 면이 있다고 일깨워 준다고? 그들은 서로를 향해 집어던질 돌을 긁어 모을 뿐이오. 몬태그, 집으로 가시오. 가서 잠이나 자시오. 왜 자신이 우리 속에서 쳇바퀴 도는 다람쥐라는 사실을 거부하려는 거요?"

"그럼 더 이상 신경 쓰지 않겠다는 말씀인가요?"

"내 몸이 위험한 만큼은 신경 씁니다."

"절 도와줄 생각이 없습니까?"

"안녕히 주무시오, 안녕히."

몬태그의 손이 성경을 집어들었다. 그는 자신이 한 일을 문득 깨닫고는 놀란 듯했다.

"이걸 갖고 싶으십니까?"

"오, 그럴 수만 있다면 뭐든 할 거요."

몬태그는 그 자리에 가만히 서서 다음에 일어날 일을 기다렸다. 그의 두 손이 마치 두 사람이 서로 도와 일하는 것처럼 책의 낱장들을 한 장 한 장 찢어 내기 시작했다. 두 손은 부서진 낙엽처럼 첫 번째 장을 갈기갈기 찢더니 이내 두 번째 장을 뜯어냈다.

"바보같이, 무슨 짓을 하는 거요!"

파버가 어딘가 얻어맞은 것처럼 벌떡 일어났다. 그는 달려들어 몬태그를 말렸다. 몬태그는 파버를 피하며 계속 책을 찢어 댔다. 여섯 장의 종이가 갈가리 찢겨 바닥에 흩뿌려졌다. 몬태그는 그것들을 주 위 모으더니 파버가 보는 앞에서 둥글게 구기기 시작했다.

"제발, 오 제발, 그만두시오!"

노인은 안타깝게 소리질렀다.

"누가 날 멈출 수 있습니까? 저는 방화수입니다. 전 당신을 태워 버 릴 수도 있어요!"

노인은 가만히 서서 몬태그를 쳐다보았다.

"당신은 그럴 수 없어."

"난 할 수 있어요!"

"그 책. 더 이상 찢지 마시오."

파버는 다시 의자에 주저앉았다. 낯빛이 창백했다. 입술이 떨리고 있었다.

"더 이상 날 지치게 하지 마시오. 원하는 게 뭐요?"

"절 가르쳐 주세요."

"좋소, 좋아."

몬태그는 책을 내려놓았다. 둥그렇게 꾹꾹 구겨 뭉치던 종잇장들도 다시 풀어서 반듯하게 폈다. 노인은 그 광경을 피곤한 표정으로 바라 보았다.

파버는 마치 잠에서 깨어난 듯 머리를 흔들었다.

"몬태그, 당신 돈을 얼마나 갖고 있소?"

"어느 정도는. 사오백 달러쯤 됩니다. 왜 그러지요?"

"가져오시오. 50년쯤 전에 우리 대학의 교재를 인쇄하던 사람을 알고 있소. 바로 그 해였지. 새학기가 시작되어 강의하러 나가 보니 '에스킬루스(그리스 비극 시인 — 옮긴이)부터 유진 오닐까지의 희곡' 강좌에 수강 신청을 한 학생이 딱 한 명 있더군. 아시겠소? 태양 빛을 받고 순식간에 녹아 내리는, 눈부시게 아름다운 얼음 조각의 최후를? 나는 커다란 나방들처럼 비참하게 사라져 간 신문들의 종말을 기억하고 있소. 그 누구도 아쉬워하는 사람이 없었지. 그 누구도 그리워하는 사람이 없었어. 그리고 마침내 정부는 욕정에 불타는 입술과 위장 속의 주먹들로 다루는 것이 대중들에게 얼마나 효과적인지를 알고 나자 당신네 방화수들을 등장시켰소. 그래서, 몬태그, 이처럼 실직한 인쇄업자들이 생겨난 것이라오. 우린 조금씩 복사본을 만들어 가면서 전쟁이 터져 모든 것이 흔들리기를 기다릴 수 있겠지. 우리가 간절히 바라는 일이 일어날 때까지. 폭탄 몇 개면 언제나 시끄럽게 떠들어대던 저 얼룩 토끼 같은 모든 집들의 벽면들도 일순간에 잠잠해지겠지. 그리고는 침묵 속에서 조용히 우리의 무대가 등장하는 거야."

그들은 책상 위에 놓인 책을 바라보면서 그 자리에 가만히 서 있었다.

"저는 기억하려고 애썼습니다."

몬태그가 말했다.

"그런데 제기랄, 제가 머리를 돌렸을 땐 이미 사라지고 없었어요. 아아, 내가 서장한테 무슨 얘기를 하려고 했던 건지. 그는 많이 읽어서 아는 것도 많았고 그래서 해답도 모두 가지고 있었습니다. 적어도 제겐 그렇게 보였어요. 그의 목소리는 버터처럼 부드럽더군요. 저는 그가 저를 다시 이전처럼 되돌려놓을까 봐 두려웠습니다. 겨우 일주일 전만 해도 저는 등유를 마구 뿌리면서 생각했습니다. 이야, 얼마나 재미있고 신나는가!"

노인은 고개를 끄덕였다.

"건설적이지 않은 것은 모두 태워 없애야 한다. 역사에 항상 나오는 청소년 비행만큼이나 오래된 얘기지."

"제가 바로 그랬습니다."

"우리들 누구나 조금씩은 그런 생각을 하게 마련이오."

몬태그는 현관문 쪽으로 걸어갔다.

"오늘 밤 방화서장을 만날 예정인데 어떻게든 도와주시겠습니까? 저는 비를 피할 우산이 필요합니다. 그를 다시 만나면 빠져 나오지 못할 것 같아 미치도록 두렵군요."

노인은 아무 말도 없었다. 그러나 그는 침실을 향해 불안한 시선을 얼핏 던졌다. 몬태그가 그 모습을 보았다.

"무슨?"

노인은 깊은 숨을 들이쉬었다가 천천히 내뱉었다. 다시 숨을 들이켜며 눈을 감은 그는 굳어 있는 입술을 천천히 뗴었다.

"몬태그……."

노인은 단호하게 몸을 돌리더니 몬태그에게 말했다.

"이리 오시오. 당신을 곧 우리 집에서 나가게 해주겠소. 나는 겁 많고 늙은 바보라오."

파버는 침실 문을 열고 몬태그를 한쪽 구석으로 안내했다. 책상이 하나 놓여 있었는데 그 위에 몇 가지 금속 연장들이 가느다란 전선, 코일, 보빈(코일을 감는 틀 ─ 옮긴이), 수정 발진기들과 함께 어지러

이 널려 있었다.

"이게 뭡니까?"

"내가 지독한 겁쟁이라는 증거요. 난 혼자 살아온 지가 워낙 오래 되어서 벽에다 내 상상의 나래를 그대로 펼쳐 놓을 때가 많지. 전자 제품의 부속물들을 주물럭거리며 무선 송수신 장치를 조립했다 뜯었다 하는 게 내 취미라오. 음지에 숨어사는 한 불순한 반역자의 두려움 을 달래느라고 나는 이것을 만들게 되었소."

그는 아주 작은 초록색 금속 물체를 들어올렸다. 22구경 총탄만한 크기였다.

"난 이걸 만드느라고 막대한 돈을 들였소. 돈은 어떻게 벌었냐고? 물론 주식 시장에서지. 이 세상에 마지막 남은 불순한 지식인들의 도 피처지. 자, 난 주식 시장에서 돈을 벌어 이걸 만든 뒤 지금껏 기다려 왔소. 떨리는 가슴으로 인생의 절반을 허비하며 누군가 내게 얘기하 기를 바라며 기다려 왔소. 감히 내 쪽에서 먼저 얘기하지는 못했지만 말이오. 우리가 공원에서 처음 만난 이후, 나는 당신이 언젠가는 다시 나를 찾아올 거라는 사실을 알고 있었소. 화염 방사기를 들고 올지 우 정의 꽃다발을 들고 올지는 추측하기 어려웠지만. 지난 몇 달 동안 이 조그만 것을 잘 손질해 놨지. 그렇지만 난 당신을 그냥 보낼 뻔했소. 두려웠기 때문이오!"

"귀마개 라디오와 비슷하게 생겼군요."

"그것보다 더 좋은 게 있지! 이건 송신도 할 수 있소! 당신이 이걸 귀에다 꽂아 놓으면 말이오, 몬태그, 나는 집에 편안히 앉아 지친 내 몸을 따뜻하게 데우면서 방화수들의 모든 얘기를 듣고 그들의 세계를 분석할 수 있소. 아무런 위험 없이 그들의 약점이 무엇인가를 연구해 볼 수 있단 말이오. 벌집 깊숙이 들어앉은 여왕벌이나 다름없소. 당신은 수벌이 되어 이리저리 날아다니면서 내 움직이는 귀 노릇을 하는 거요. 나중엔 이 조그만 것을 시내 구석구석에 장치해 놓으면 온갖 사람들의 얘기를 죄다 듣고 분석할 수 있소. 만약 수벌이 죽더라도 나는 여전히 안전하게 집에 머물러 있소. 그저 내 공포를 최대한 줄이면서 안락함을 누리는 거지. 위험이 그만큼 적으니까. 내가 얼마나 겁이 많은지, 내가 얼마나 비열한지 이제 알겠소?"

몬태그는 녹색 귀마개를 귀에 꽂았다. 노인도 역시 비슷한 것을 자기 귀에 꽂은 다음 입술을 움직였다.

"몬태그!"

몬태그의 머리에서 목소리가 울렸다.

"들립니다!"

노인은 미소를 지었다.

"당신은 생각보다 민감하구려, 아주 좋아."

파버는 속삭이듯 말했지만 몬태그의 머리에 울리는 목소리는 또렷했다.

"시간이 되면 방화서로 출근하시오. 나는 당신과 함께 있을 거요. 비티 서장이 뭐라고 하는지 당신과 함께 들어보겠소. 그도 우리들과 뜻이 맞을지 누가 알겠소? 당신이 할 말은 내가 얘기해 주겠소. 서장에게 재미있는 쇼를 보여주게 되겠군. 이 겁쟁이 발명품 때문에 내가 경멸스럽지는 않소? 이 밤에 당신을 내보내고 나는 여기 편안히 앉아 당신이 하고 듣는 얘기를 모두 다 듣는다니, 당신 머릿속에서 이래라

저래라한다니 말이오."

"당연히 할 일을 하는 거지요."

몬태그는 대답하면서 노인의 손에 성경을 들려 주었다.

"여기 있습니다. 복사본을 만들어 보시지요. 내일이라도……."

"실직한 인쇄업자를 만나 보겠소. 그래, 그 정도가 내가 할 수 있는 일이지."

"안녕히 주무십시오, 교수님."

"안녕이 아니오. 나는 오늘 밤에도 여전히 당신과 함께 있을 거니까. 귀가 근질근질하면 곧 우리가 얘기를 나눈다는 신호요. 아무튼 잘 가시오, 행운을 빌겠소."

문이 열렸다가 다시 닫혔다. 몬태그는 다시 밤거리에 서 있었다. 세상을 바라보면서.

밤하늘을 보고 있으면 전쟁이 점점 더 가까워진다는 사실을 직감할 수 있다. 구름들이 갈라졌다가 다시 모이는 모양을 보면, 그 사이로 수백만 개의 별들이 반짝이는 모양을 보면, 마치 그것들이 죄다 적들의 공격처럼 보인다. 그리고는 갑자기 하늘이 백묵 가루로 변해 도시 위로 쏟아져 내리고, 달은 거대한 불덩이로 변해 버릴 것 같다. 밤하늘을 보고 있으면 그런 느낌들을 지울 수가 없다.

몬태그는 주머니에 돈을 집어넣은 채 지하철 역에서 걸어나왔다. 그는 오는 길에 은행에 들렀던 것이다. 은행엔 로봇 행원들이 밤이고 낮이고 쉬는 날 없이 24시간 근무를 하고 있다. 그는 걸으면서 한쪽 귀에서 들려 오는 소리에 계속 귀를 기울였다.

"우리는 100만 명의 병력을 동원했습니다. 일단 전쟁이 발발하기만 하면 그 즉시 승리는 우리의 것입니다……."

곧 이어 음악 소리가 요란하게 흘러 나왔고 목소리는 점점 작아지다가 이윽고 사라져버렸다.

"실제로는 1000만 명이 동원되었지."

파버의 목소리가 다른 쪽 귀에서 들려 왔다.

"그런데 말로는 100만 명이라고 하지. 그 편이 더 행복하거든."

"파버?"

"왜 그러오?"

"난 지금 아무런 생각을 하고 있지 않습니다. 그저 평소와 다름없이 얘기하고 행동하고 있어요. 당신이 돈을 찾으라고 해서 그렇게 했습니다. 내 스스로는 전혀 생각하지 않은 일이에요. 언제가 되어야 내 생각에 따라 행동하게 되는 겁니까?"

"당신은 이미 당신 생각에 따라 행동하고 있는 거요. 방금 당신이 한 말대로요. 내 말을 믿어야만 할 거요."

"나는 사람들을 믿습니다!"

"그래요, 그럼 지금 우리가 어디를 향하고 있는지 좀 생각해 보시오. 당신은 잠시 장님이 된 심정일 거요. 연결을 끊지 않고 계속 듣고 있겠소."

"계획을 바꿀 생각은 없습니다. 처음에 얘기했던 대로 하는 겁니다. 내 생각대로 한다고 해도 아무것도 바꿀 건 없습니다."

"당신은 이미 지혜를 얻었어!"

몬태그는 그의 집 쪽으로 향하는 보도로 들어섰다.

"얘기를 계속합시다."

"내가 책을 계속 읽어 줄까? 내가 책을 읽으면 당신이 듣고 나중에 기억해 낼 수 있겠지. 난 하루에 잠을 다섯 시간밖에 자지 않소. 아무것도 안 해요. 그러니 원한다면 밤마다 책을 읽어 드릴 수도 있습니다. 잠자는 동안에도 정보를 습득할 수가 있다고 했으니까, 누군가 당신 귀에 대고 계속 속삭이면 그렇게 되지 않겠소?"

"그렇군요."

"자, 그럼."

어둠에 뒤덮인 시가지 한구석에서 들릴 듯 말 듯 희미하게 책장 넘기는 소리가 났다.

"성경의 욥기를 읽어주겠소."

몬태그가 걸어가는 밤거리 위로 달이 떠 있었다. 그의 입술이 알 듯 모를 듯 달싹거렸다.

밤 9시. 몬태그는 간단하게 늦은 저녁을 먹는 중이었다. 문이 우당탕 열리면서 베수비우스 화산이 폭발한 것처럼 밀드레드가 거실로 뛰어들어갔다. 곧 이어 펠프스 부인과 보울즈 부인이 손에 마티니 칵테일 병을 들고는 화산 분화구같이 요란스런 소동이 벌어진 거실로 사라졌다. 몬태그는 식사를 멈추었다. 거대한 유리 샹들리에가 수천 번 계속해서 흔들리며 쨍강거리는 듯한 소리가 났다. 거실 벽에서 능글맞은 미소를 띤 얼굴이 보였다. 세 벽면의 인물들은 서로 귀를 찢는 듯한 소음 속에서도 목청을 높이며 뭐라고 지껄여 댔다.

몬태그는 입에 음식물을 머금은 채 거실로 향하는 문 앞에 서 있었다.

"다들 재미있으신가요?"

"재밌어요!"

"밀리, 좋아 보이는군."

"좋아요, 이제 괜찮아요."

"모두들 흥분한 것 아닌가요?"

"들떴지요!"

몬태그는 가만히 서서 그들을 바라보았다.

"참으시오."

파버가 속삭였다.

"난 여기에 오지 말았어야 했어요."

몬태그는 마치 자기 자신에게 말하는 듯이 속삭였다.

"돈을 가지고 다시 당신에게 돌아갔어야 했어요."

"내일도 시간은 충분하오. 신중하시오!"

"이 쇼 정말 굉장하지 않아요?"

밀드레드가 소리쳤다.

"굉장해요!"

한쪽 벽에서 여자 한 명이 웃으면서 동시에 오렌지 주스를 마시기 시작했다. 어떻게 저걸 동시에 할 수 있을까? 몬태그는 엉뚱한 의문이 생겼다. 다른 쪽 벽에는 엑스선에 비친 그 여자의 모습이 나타났다. 목으로 넘어간 음료수가 꿀럭거리는 식도를 따라 아래로 내려가는 장면이 적나라하게 드러났다. 여자의 위장이 환희에 차서 내려오는 음료수를 삼켰다. 갑자기 장면은 구름 속으로 솟아오르는 로켓의 모습으로 바뀌었다. 로켓은 곤두박질 치더니 짙푸른 바다 속으로 추락해 버렸다. 바다 속에선 청어처럼 푸른 물고기가 연어처럼 붉고 노란 물고기를 잡아먹고 있었다. 1분 뒤, 폭소의 도가니 속에서 만화 「하얀 어릿광대」의 주인공 세 명이 서로의 팔다리를 마구 잘라 내면서 등장했다. 다시 2분 뒤에는 경기장을 난폭하게 질주하며 서로 치고 받고 박살나는 제트카들의 난장판이 거실 세 벽면을 가득 채웠다. 하늘로 마구 튕겨져 나가는 사람들의 몸뚱이가 몬태그의 눈에도 보였다.

"밀리, 저것 봤어요!"

"봤어요, 보고 있다고요!"

몬태그는 거실로 들어가서 전원 스위치를 내려 버렸다. 미쳐 날뛰는 물고기들로 가득 찬 유리 그릇이 갑자기 넘어져서 물과 고기들이 죄다 흘러가버린 듯이 벽면의 영상들이 사라졌다.

거실에서 미친 듯이 깔깔거리던 세 명의 여자들이 천천히 몸을 돌려 몬태그를 쳐다보았다. 모두들 조바심과 분노를 숨김없이 노골적으로 드러내고 있었다.

"전쟁이 언제쯤 일어날 거라고 생각하세요? 남편 분들은 오늘 밤 여기에 안 오셨나 보군요?"

몬태그가 물었다.

펠프스 부인이 말했다.

"오, 그 양반들은 항상 왔다갔다 바쁘지요. 피네건은 집에 들락날락하고, 피트는 어제 군대에 불려 갔어요. 다음 주면 돌아올 거예요. 군에서 그랬어요. 전쟁은 금방 끝난다고. 48시간이 지나면 모두들 집으로 돌아가 있을 거라고 그랬어요. 군대에서 그렇게 말했어요. 금방 끝날 전쟁이라고. 피트는 어제 군대에 갔지만 다음 주면 돌아와요. 금방…….”

세 여자는 안절부절못하는 기색을 숨기지 않고 신경질적인 표정으로 텅 빈 회색빛 벽면들을 쳐다보았다.

펠프스 부인이 말했다.

“난 걱정하지 않아요. 걱정할 사람은 피트지요.”

그녀가 낄낄거렸다.

“나이 많은 피트가 걱정할 일을 죄다 떠맡는 거죠. 내가 아니에요. 나는 전혀 걱정할 일이 없어요.”

밀리가 받았다.

“그래요. 나이 많은 피트가 걱정할 일이죠.”

“누군가의 남편이 항상 죽는다고 하던데.”

“그렇긴 하지만, 실제로 전쟁에 나가서 죽었다는 사람 얘기는 들어보지 못했어요. 건물에서 뛰어내려 죽은 사람은 있죠. 그래요, 지난 주에 글로리아 남편이 그랬던 것처럼. 하지만 전쟁에선 아니에요.”

펠프스 부인이 말했다.

“그래요, 전쟁에선 아니에요. 아무튼 피트와 나는 항상 그래요. 쓸데없이 눈물을 글썽거릴 필요가 없잖아요. 우리 둘 다 세 번째 결혼이지만 서로에 대해서는 맺고 끊는 게 분명해요. 우린 항상 말하죠. 서로 독립적으로 살아가자. 피트가 말하길, 만일 자기가 죽으면 그건 운명이니까 울고짜고 할 필요가 없다고 그랬어요. 그리고 재혼을 하게 되면 더 이상 자기 생각을 하지 말라고.”

밀드레드가 말했다.

"그래요, 그 얘기를 들으니까 생각나는 게 있네요. 어젯밤에 한 프로그램 봤어요? 「클라라 도브의 5분짜리 사랑」 말이에요. 거기서 그 여자가⋯⋯."

몬태그는 멍하니 선 채 여자들의 얼굴을 바라보았다. 어릴 적에 우연히 들어가 보았던 어느 낯선 교회 안에서 성자들의 얼굴을 쳐다보았을 때처럼. 그 인형들은 몬태그에게 전혀 아무런 의미가 없음에도 그는 뭐라고 말을 걸며 오랫동안 교회 안에 머물렀다. 종교란 무엇일까를 생각해 보며, 어떻게 하면 자기도 종교적이 될 수 있을까 머리를 굴려 보며 교회 안의 생소한 향기와 먼지를 폐 속 깊숙이 들이마셨다. 그리고 나니 성자 인형들의 그 에나멜 광택 나는 눈동자와 피처럼 새빨간 입술들도 뭔가 어렴풋이 받아들여지는 것 같았다. 어린 몬태그는 뭔가 알 수 없는 것이 자신의 몸에 흐르는 피를 어루만지며 신기한 기운을 불어넣는 듯한 느낌을 받았다. 그렇지만 실제로는 아무것도, 아무런 일도 없었다. 관광 기념품 가게들을 돌아다니며 구경하는 것과 마찬가지로 그저 생소함, 신기함, 그리고는 쓸모 없는 것뿐이었다. 나무와 석고와 자기로 된 인형들을 손으로 쓰다듬어 봐도 이미 식어버린 호기심은 고개를 들지 않았다. 지금도 그렇다. 거실 한가운데서 의자에 앉은 채 몸을 비비 꼬고 있는 아낙네들이 그의 눈 아래 자리잡고 있다. 담배를 물고 연기를 뻐끔거리거나 햇빛에 그을린 머리를 매만지거나 날카롭게 손질한 손톱들을 쓰다듬고 있는 아낙네들은 마치 그가 바라보는 순간 불이 붙은 것처럼 침묵한 채 불안한 표정으로 바뀌어 갔다. 그들은 몬태그가 마지막으로 씹어 삼킨 음식물이 목으로 넘어가는 소리에 귀를 기울이는 듯 몸을 앞으로 숙였다. 그들은 몬태그의 불안정한 숨소리를 들었다. 거실의 세 벽면이 마치 꿈도 꾸지 않고 잠자고 있는 거대한 괴물의 창백한 눈썹처럼 여겨졌다. 몬태그는 생각했다. 만약 저 눈썹에 손을 대면 소금기가 충만한 눅진눅진한 땀방울이 손가락 끝에 묻을 것이다. 소리 없이 땀방울들이 모여 들릴 듯 말 듯 전율하며 하나로 뭉쳐서 저 긴장으로 바싹 마른 여인네들의 몸 속으로 퍼져 갈 것이다. 계속 쉭쉭거리며 기름이 끓듯이 부글거리다가 이윽고 한 순간에 폭발해 버린다.

몬태그는 입술을 움직였다.

"얘기를 합시다."

부인들은 움찔하고는 몬태그를 쳐다보았다.

"아이들은 잘 있나요, 펠프스 부인?"

"아시잖아요, 우리 집엔 아이들이 없다는 것을! 제대로 생각이 박힌 사람이라면 세상에 누가 아이를 낳아 길러요? 누구나 다 아는 일인데!"

펠프스 부인은 자신이 왜 이 남자에게 화를 내는지 딱히 알지도 못하면서 대답했다.

보울즈 부인이 입을 열었다.

"꼭 그렇지만은 않아요. 나는 두 아이를 제왕절개 수술로 낳았지요. 분만할 때의 그 고통을 감수할 필요가 전혀 없어요. 아시다시피 세상은 언제나 재생산, 순환의 연속이고 인류는 어떻게든 명맥을 이어나가야만 할 존재예요. 가끔 당신 같은 사람이 나오기도 하지만, 아무튼 좋다고요. 제왕절개 수술은 두 번 다 성공적이었지요. 오, 의사는 수술을 안 해도 된다고 하더군요. 출산 과정은 모든 게 다 자연스럽게 되는 일이니까 걱정 말라. 그렇지만 난 자연 분만을 않고 수술을 고집했지요."

"제왕절개 수술을 하건 말건 아이들이란 전혀 필요 없어요. 잘못 생각하는 거예요."

"나는 열흘이면 아흐레 정도는 아이들을 학교에다 맡겨 놓고 살아요. 그러니까 한 달이면 사흘 정도는 아이들한테 부대낄 수밖에 없는데, 뭐 그렇게 견디기 어려운 정도는 아니지요. 그저 거실에다 몰아넣곤 벽면 텔레비전 스위치만 켜 주면 그만이니까. 세탁기 돌려서 빨래하는 거나 마찬가지예요. 빨랫감들을 집어넣곤 뚜껑을 닫으면 그만이잖아요?"

보울즈 부인은 말하면서 킥킥 웃었다.

"아이들이 나한테 뽀뽀를 해 대면서 다시 나오려고 할 때도 있지만, 그래도 나는 기어이 거실 안으로 다시 몰아넣지요."

세 여자는 혓바닥을 드러내며 깔깔 웃었다.

밀드레드는 몬태그가 여전히 문간에 서 있는 모습을 보고 박수를 쳤다.

"우리 정치 얘기도 해요. 어때요, 여보?"

보울즈 부인이 말했다.

"좋지요. 지난번 선거에서 나도 남들처럼 투표를 했는데, 노블 대통령한테 찍었지요. 그이는 이제껏 대통령했던 사람들 중에서 제일 미남인 것 같아!"

"오, 그렇지만 그 사람은 반대자들도 많은 것 같던데."

"별로 안 많아요. 아무튼 그 사람은 몸집도 아담하고 가정적이고 면도를 너무 자주 하지도 않고 머리를 참 멋있게 빗어요."

"야당들은 뭘 봐서 호그를 선거에 뛰어들게 한 걸까? 애초에 그렇게 모자란 사람을 큰 인물하고 맞붙여 놓으면 안 되지. 게다가 그 사람은 말투가 우물거리잖아요. 난 그 사람이 말하는 걸 반은 못 알아듣겠더라. 또 알아들은 말은 무슨 뜻인지 모르겠고."

"뚱뚱하기도 하잖아요. 그걸 숨길 만큼 옷을 잘 입는 것도 아니고. 윈스턴 노블이 압승을 거둔 것은 별로 놀라운 일이 아니에요. 심지어 이름 덕도 만만치 않게 봤을걸요. 윈스턴 노블하고 허버트 호그하고 비교해 봐요. 10초만 생각해 봐도 결론은 뻔하잖아요?"

몬태그가 소리쳤다.

"제기랄! 당신이 호그나 노블에 대해서 뭘 안다고 그럽니까!"

"왜요, 그 사람들 벽면 텔레비전에 나왔다고요. 6개월도 안 된 일이에요. 한 쪽은 연신 콧구멍을 후비고 있더군요. 난 그것 때문에 무척 화났어요."

펠프스 부인이 말했다.

"그래요, 몬태그 씨. 우리가 그런 사람한테 표를 던져야겠어요?"

밀드레드가 웃었다.

"당신, 그렇게 문가에 서 있지 말고 이리 와요. 계속 우리들 신경 쓰이게 하지 말고요."

몬태그는 그러나 밖으로 나가더니 잠시 후 작은 책 한 권을 들고 다시 들어왔다.

"여보!"

"빌어먹을! 젠장, 제기랄!"

"뭘 가져오신 건가요? 그거 책 아녜요? 난 요즘은 모든 특별 교육은 영상으로 진행되는 줄 알았는데!"

펠프스 부인은 놀란 눈을 끔벅거렸다.

"방화수 교본을 읽으려는 건가요?"

"교본이라고? 쳇, 이건 시집이오."

"몬태그."

귀에서 속삭임이 들려 왔다.

"날 그냥 내버려 둬요!"

몬태그는 자신의 몸이 거대한 울부짖음으로 변해 마구 윙윙거리며 떨리는 듯한 느낌을 받았다.

"몬태그, 기다리시오. 제발……."

"당신도 들었지요? 이 괴물들이 괴물 얘기를 주고받는 걸 들었지요? 오 맙소사, 이 여자들이 사람들을 두고, 아이들을 두고, 자기 자신들을 두고 뭐라고 지껄여 대는지, 자기 남편이, 전쟁이 어떠니 얘기하는 걸 들었지요? 세상에, 내가 이렇게 여기 서서 들은 것이 믿어지질 않아요!"

"난 전쟁에 대해선 한 마디도 하지 않았어요. 잘 아시겠지만."

펠프스 부인이 말했다.

"시집이라니, 나는 시가 끔찍스럽게 싫어요."

보울즈 부인이 말했다.

"시를 들어 본 적이 있소?"

파버의 목소리가 몬태그의 귓속에 쨍쨍 울렸다.

"몬태그. 당신은 모든 걸 물거품으로 만들 셈이오? 제발 입 좀 닥쳐요, 바보 같으니!"

여자들 셋이 모두 자리에서 일어났다.

"앉으시오!"

그들은 자리에 앉았다.

"난 집에 가겠어요."

보울즈 부인이 떨리는 목소리로 말했다.

"몬태그, 몬태그, 제발! 지금 무슨 짓을 하려는 거요?"

파버의 목소리가 계속 귓속을 때렸다.

"그 책에서 아무거나 시 한 수만 읽어 주시지 않겠어요? 무척 재미있을 것 같군요."

펠프스 부인은 고개를 끄덕이며 말했다.

"안 돼요, 이런 짓을 하면. 이러면 안 된다고요!"

보울즈 부인이 울부짖다시피 간절하게 얘기했다.

"자자, 보울즈 부인. 몬태그 씨를 봐요. 저분이 그러고 싶다잖아요. 그는 그렇게 할 것이 틀림없어요. 우리가 재미있게 들어주면 저분도 행복하실 거고 그러면 우리도 우리가 원하는 다른 일을 할 수가 있겠지요?"

펠프스 부인은 그러면서 신경질적인 시선으로 거실의 세 벽면을 흘끗 쳐다보았다.

"몬태그, 당신 마음대로 한번 해 보시오. 나는 접속을 끊겠소. 나는 손 떼겠소. 어디 두고 봅시다, 당신 방법이 어떨지. 잘 해 보시오!"

귓구멍 속이 따끔거렸다.

"당신은 너무 겁이 많아요. 뭐가 그렇게 두렵습니까!"

밀드레드가 허공을 쳐다보면서 물었다.

"그런데 여보, 당신 지금 누구하고 얘기하는 거예요?"

바늘 하나가 따끔하게 그의 머리 속 한가운데를 관통하는 것 같았다.

"몬태그, 잘 들으시오. 혼자 농담한 것처럼 잘 넘겨야 하오. 절대로 이 장치가 발각되어서는 안 되오. 그리고 또 당신이 미친 사람으로 취급받아서도 안 됩니다. 자, 벽에 붙은 소각로로 가서 책을 던져 버리시오."

밀드레드는 이미 떨리는 목소리를 가다듬으며 사태를 수습하려 애쓰고 있었다.

"저, 있잖아요, 방화수들은 1년에 한 번씩은 책을 집으로 가져오는 게 허용이 된답니다. 옛날부터 그랬어요. 가족들에게 책이 얼마나 위험스럽고 어리석은 물건인지 보여 주려고, 그걸 읽는 게 얼마나 쓸데없고 미친 짓인지 보여 주려고 그러는 거예요. 이이가 오늘 밤에 이러는 것도 그런 걸 한꺼번에 다 보여 줘서 앞으로 다시는 우리들 중에 누구도 그런 일을 하지 않도록 하려는 거예요. 그렇죠, 여보?"

몬태그는 책을 손에 쥔 채로 구겨 버렸다.

"그렇다고 대답하시오."

몬태그의 입은 마치 파버의 입인 양 움직였다.

"그래요."

밀드레드는 웃으면서 책을 낚아채었다.

"봐요! 이걸 읽어 볼까? 아니, 이건 좀 있다가. 아, 이게 좋겠군요.

정말 우스꽝스런 거예요. 정말 재밌겠어요. 펠프스 부인, 보울즈 부
인. 당신들 아마 한 단어도 이해하지 못할걸. 그저 이렇노라 저렇노라
하고 끝이에요. 자 여보, 읽어 봐요. 여기 이것."

몬태그는 펼쳐진 쪽을 보았다.

그의 귓속에서 조그만 벌레 한 마리가 앵앵거리는 소리가 났다.

"읽으시오."

"제목이 뭐지요, 여보?"

"도버 해안.(영국의 시인이자 비평가, 교육자인 매튜 아놀드의
시 ― 옮긴이)"

그의 입이 마비된 것 같았다.

"자 이제 천천히, 그리고 또박또박 읽으시오."

방 안은 몹시 뜨거웠다. 몬태그는 타오르는 불꽃이자 냉랭한 얼음
덩이였다. 의자 세 개가 둘러 놓인 사막 한가운데 서서 그는 떨리는
몸을 가누며 옷의 주름을 펴는 펠프스 부인을, 머릿결을 매만지는 보
울즈 부인의 손이 내려오기를 기다렸다. 그 다음 그는 우물쭈물하며
낮은 목소리로 읽기 시작했다. 한 줄 한 줄 읽어 갈수록 그의 목소리
는 또렷하고 자신 있게 변해 갔다. 그의 목소리가 사막을 가로질러 눈
부신 모래언덕 너머로, 둘러앉은 세 여인들 너머로, 텅 빈 뜨거운 공
간으로 퍼져 나갔다.

"신념의 바다는
한때 이 지구상에 충만했다
모든 해안을 둘러쌌다

찬란한 빛을 발하며 층층이 깊이를 뿜내었다.
그러나 지금은
움츠러든 비탄의 울부짖음
우울한 울부짖음
구차하게 이어 나가는 흔적의 힘겨운 호흡
밤바람, 끝없이 황량한 해안에서
온통 벌거벗겨진 을씨년스런 세상에서."

세 여인들이 앉은 의자가 삐걱거렸다.
몬태그는 계속 읽었다.

"아, 사랑이여, 우리를 진실되게 하라
우리 서로를! 세상을
우리 앞에 놓인 환상의 거짓은
현란한 아름다움은, 새로움은
진실로 아무런 기쁨도, 사랑도, 은총도
확신도, 평화도, 그리고 고통을 막는 방패도
아닐지니
우리는 지금 이 어두컴컴한 대지에서
저항과 탈출의 혼란에서
무지와 맹목의 전쟁터에서
이 기나긴 밤에……."

펠프스 부인이 소리를 질렀다.

사막 가운데의 다른 사람들은 점점 크게 울부짖는 그녀의 얼굴이 일그러지는 모습을 바라보았다. 모두들 그녀의 반응에 당황한 표정을 감추지 못했다. 그녀는 주체할 수 없이 흐느껴 울기 시작했다. 몬태그는 어리둥절해졌다. 그의 가슴이 마구 요동을 쳤다.

"쉬, 쉬."

밀드레드가 달랬다.

"자 괜찮아요, 클라라. 그만 진정해요. 자 클라라, 왜 그래요?"

"나……, 난."

펠프스 부인은 계속 훌쩍거렸다.

"모르겠어요. 아아, 모르겠어요. 난 그저, 아아……."

보울즈 부인이 자리에서 일어나 몬태그에게 눈을 부라리며 말했다.

"보셨죠? 난 알고 있었어요. 이미 이렇게 될 줄 알았어요! 내가 항상 말했지만 시와 눈물, 시와 자살, 울음, 끔찍하고 비참한 느낌, 시와 질병! 죄다 쓸데없는 거예요! 이제 증명이 되었죠? 당신은 메스꺼운 인간이야! 몬태그 씨, 당신은 정말 더러워!"

파버가 말했다.

"이제……."

몬태그는 몸을 돌려 벽 쪽으로 갔다. 그리고는 소각로 틈 아래에서 기다리고 있는 게걸스런 불꽃 사이로 책을 던져 넣었다.

보울즈 부인이 내뱉었다.

"쓸데없는 말들, 어리석은 말들. 끔찍하고 해로운 말들. 왜 사람들은 서로를 못살게 굴지 못해 안달이지? 세상에 있는 것만도 부족해서, 당신은 이제 그 따위 것까지 들고 와서 우리를 괴롭히나요!"

밀드레드는 애원하다시피 펠프스 부인의 팔을 잡고 흔들었다.

"클라라, 자, 클라라. 자, 우리 기분을 바꿔요. 텔레비전을 봐요. 자, 어서. 우리 웃고 즐겨요, 행복하게. 울음을 그치고. 이제 파티를 열 거예요!"

보울즈 부인이 말했다.

"아니. 난 지금 곧장 집으로 가겠어요. 우리 집에 와서 같이 놀아도 좋아요. 그렇지만 이 미치광이 방화수 집에는 앞으로 절대 오지 않을 거예요!"

몬태그는 그녀를 똑바로 쳐다보며 조용히 말했다.

"집으로 가시오. 집으로 가서 생각해 보시오. 당신과 이혼한 첫 번째 남편을, 제트카를 타다 죽은 두 번째 남편을, 머리를 쏘고 자살한 세 번째 남편을. 집으로 가서 생각해 보시오. 당신이 저지른 여남은 번의 낙태를. 가서 그 잘난 제왕절개 수술도 생각해 보시오. 그리고 당신의 냉정함을 저주하고 있을 당신 아이들 생각도 해 보시오! 집으로 가서 그 모든 일들이 어떻게 일어난 건지, 그리고 그런 일을 막으려고 당신이 도대체 뭘 했는지 생각해 보시오. 자 집으로 가시오, 집으로!"

그는 마구 소리쳤다.

"당신을 두드려 패고 발로 차서 내쫓기 전에 어서 나가시오!"

문이 요란한 소리를 내며 닫힌 뒤, 이윽고 집은 텅 비었다. 몬태그는 한겨울의 삭풍이 몰아치는 가운데에서 칙칙한 회색빛 벽들과 함께 서 있었다.

욕실에서 물 따르는 소리가 들렸다. 밀드레드가 수면제를 입 속에 털어 넣는 소리가 들렸다.

"바보 같은 몬태그, 바보 같으니, 오 맙소사, 당신 어쩌면 어리석게도……."

"닥쳐요!"

그는 귓속에서 녹색 귀마개를 빼내어 주머니 속에 쑤셔 넣어 버렸다.

주머니 속에서 희미하게 칙칙거리는 소리가 계속되었다.

"……바보……. 바보……."

몬태그는 집 안을 샅샅이 뒤져 밀드레드가 냉장고 뒤쪽에 숨겨 놓은 책들을 찾아냈다. 몇 권이 모자랐다. 그는 밀드레드가 자신의 집 안에 다이너마이트를 하나하나 분산시켜 놓기 시작했다는 사실을 깨달았다. 하지만 이제는 화도 나지 않는다. 그저 피곤하고 당혹스러울 따름이었다. 몬태그는 그 책들을 뒤뜰로 가져가 울타리 옆 덤불 속에 숨겼다. 오늘 밤뿐이다. 밀드레드가 책을 더 태울 결심을 하는 경우에 대비하는 것이다.

몬태그는 집 안으로 들어왔다.

"밀드레드?"

그는 어두컴컴한 침실 문에서 밀드레드를 불렀다. 아무 대답도 없다.

몬태그는 밖으로 나와 정원을 가로질러 일터로 나가면서 고개를 돌리지 않으려고 애썼다. 완전히 암흑에 싸여 황폐해진 클라리세 매클런의 집을 보고 싶지 않았다.

시내를 걷는 몬태그의 가슴에 찬바람이 일었다. 완벽하게 혼자라는 느낌, 자신이 저지른 엄청난 실수, 어두운 밤에 울려 퍼지는 친밀하고 부드러운 목소리, 거기서 풍기는 낯선 따뜻함과 선량함에 대한 강렬한 욕구. 몇 시간 동안의 짧은 만남이었지만 파버는 평생 동안 함께한 친구 같았다. 몬태그는 이제 자신 속에 두 사람이 있다는 사실을 알고 있다. 하나는 아무것도 모르는, 자신이 바보라는 것조차 모르고 그저 두려워하기만 하는 몬태그. 그리고 또 하나는 그가 숨을 헐떡거리며 심야의 도시 한 끝에서 다른 끝으로 달려갔을 때 그에게 이야기를 해 주고 또 해 준 노인. 앞으로 다가올 날들, 그리고 달빛 없는 밤과 밝은 달빛이 지구를 비추는 밤에 이 노인은 이야기를 계속할 것이고, 이 이야기는 한 방울 한 방울 떨어지는 물이 되어 바위를 깨뜨릴 것이다. 그래서 그의 마음이 마침내 흘러 넘쳐 더 이상 몬태그이지 않아도 될 때가 오리라. 노인은 그에게 이야기하고, 확신을 주고, 약속했다. 그는 몬태그 더하기 파버, 불 더하기 물이 될 것이다. 그리고 언젠가는 모든 게 섞여 서서히 끓어 넘쳐 침묵 속에서 사라지고 난 뒤에는 더 이상 불도 아니고 물도 아닌 포도주가 되리라. 대립하는 두 분리물은 제3의 물질이 되리라. 그리고 언젠가는 자신이 바보였을 때를 회상하고 바보가 뭔지 알게 되리라. 바로 지금 그는 긴 여행을 시작했다. 예전의 자신에게 작별을 고하고 떠나는 것이다.

차가 웅웅거리는 소리도, 졸음에 겨운 모기들이 윙윙거리는 소리도, 노인의 연약하고 섬세한 우물거림도 다 듣기 좋았다. 노인은 처음에는 그를 꾸짖었지만 그 뒤 한밤중에 방화서로 향하는 지하철에서 나왔을 때는 그를 격려했다.

"불쌍한 몬태그, 가엾기도 하군. 사람들과 싸우거나 그들을 괴롭히지 마시오. 당신 역시 얼마 전까지는 그 사람들과 같지 않았소. 그들은 자신이 영원히 이대로 즐기며 살 거라고 굳게 믿고 있소. 하지만 결코 그렇게 되지는 않아. 사람들은 이런 삶이 엄청난 격변을 초래할 거대한 불덩이 운석이라는 사실을 모르고 있소. 그렇지만 언젠가는 떨어지고 말 것이오. 사람들은 그저 아련한 불꽃만을 볼 뿐이지. 당신조차도 그것의 실체는 모를 것이오.

몬태그, 집에 있는 노인들은 땅콩처럼 부서지기 쉬운 자신의 뼈를 지키는 데 급급해서 비판할 권리를 갖지 않는다오. 하지만 당신들은 처음부터 거의 모든 것을 죽였지. 자, 보시오! 나는 당신과 함께 있소. 이 사실을 명심하시오. 어떻게 이런 일이 일어났는지 이해하겠지. 당신의 맹목적인 분노가 나를 격려한다는 사실은 인정할 수밖에 없구먼. 오, 하느님, 내가 얼마나 젊은 힘을 느꼈는지 아십니까! 하지만 이제 당신이 더 원숙해져서 오늘 밤 내 비겁함이 당신 속에서 증발했으면 좋겠소. 조금 있다가 비티 서장을 보게 되면 조심스레 행동해서 나한테 그의 말을 들려주고, 상황을 알 수 있도록 해 주시오. 살아 남는 게 우리 목표니까. 그 불쌍하고 어리석은 여인네들일랑 잊어버리시오……."

"내 생각엔 그 여자들을 그 어느 때보다 더 불행하게 만든 것 같습니다. 펠프스 부인이 우는 모습은 충격이었습니다. 아마 그 사람들이 옳을지도 모릅니다. 사물을 직시하지 않고 그저 쾌락만 추구하는 게 최상의 길일 수도 있고요. 잘 모르겠습니다. 죄책감을 느낍니다……."

"아니, 그래선 안 되오! 만약 전쟁이 없다면, 만약 이 세상에 평화만 있다면 나도 기꺼이 말하겠소, 쾌락을 추구하라고 말이오! 하지만, 몬태그, 당신은 그저 한낱 방화수로 돌아가선 절대 안 되오. 세상은 지금 전부 잘못되어 있소."

몬태그는 땀을 흘렸다.

"몬태그, 듣고 있소?"

몬태그는 가까스로 입을 열었다.

"내 발이. 발을 움직일 수 없습니다. 이런, 바보같이. 발이 움직이지 않는다고요!"

노인은 부드럽게 말했다.

"자자, 진정하시오. 알겠소, 다 알겠소. 당신은 실수할까 봐 두려운 거요. 겁먹지 마시오. 실수란 놈한테서 도움을 얻기도 하니까. 봐요, 내가 젊었을 땐 난 내 무지를 다른 사람들 얼굴에 마구 던졌소. 사람들은 나를 막대기로 후려쳤지. 마흔이 되었을 즈음엔 더 이상 실수가 두렵지도 않았지만 실수를 저지르지도 않았소. 자신의 무지를 감춘다면 아무도 당신을 공격하지 않겠지. 그 대신 아무것도 배우지 못하게 되는 거요. 이제 일어나서 방화서로 들어가시오! 우리는 한 몸이오. 우린 더 이상 혼자가 아니오. 아무런 접촉도, 연결도 없는 남남이 아니오. 비티가 꼬치꼬치 캐물어 도움이 필요하다면 여기 당신 고막 속에 앉아서 주목하고 있다가 거들어 주겠소!"

몬태그는 오른쪽 발의 감각을 되찾았다. 그리고 왼쪽 발도. 마침내 그는 걸음을 내딛었다.

"교수님, 저와 함께 있어 주십시오."

로봇 사냥개는 없었다. 개집은 텅 비었고, 방화서는 회색빛 침묵 속에 잠겨 있고, 주황색 샐러맨더는 내장에 등유를 가득 채운 채 잠들어 있고, 커다란 점화기는 분사구 옆부분이 망가진 채 길게 누워 있었다. 몬태그는 침묵을 뚫고 들어가 놋쇠 기둥을 잡고 어둠 속에서 미끄러지듯 올라갔다. 텅 빈 개집을 돌아보는 순간 가슴이 거세게 방망이질했다. 파버는 귀 속에서 잠든 잿빛 나방이나 마찬가지였다.

비티가 기둥 구멍 옆에서 기다리고 있었다. 하지만 마치 기다리지 않았다는 듯 등을 돌리고 있었다.

"그래."

비티는 카드놀이를 하고 있던 사람들에게 말했다.

"여기 아주 별난 짐승이 오는군. 다들 입 모아 바보라고 부르는 짐승 말야."

비티는 한 쪽에다 손을 놓고 선물을 기다리며 손바닥을 벌렸다. 몬태그는 그 위에다 책을 놓았다. 비티는 제목도 보지 않고 쓰레기통에다 던진 뒤 성냥불을 켰다.

"'조금 똑똑한 사람이 가장 바보다.'(16~17세기 영국의 성공회 사제이자 시인 존 던의 시 「삼중바보」 중에서 — 옮긴이) 몬태그, 돌아온 것을 환영하네. 자네가 우리와 함께 일하기를 바라고 있었지. 이제 자네 열기도 다 사라지고, 열병도 다 나았군 그래. 앉아서 포커나 하는 게 어때?"

두 사람이 앉아 카드 패가 나누어졌다. 비티가 흘끗 쳐다보자 몬태그는 자신의 손이 저질렀던 죄를 느꼈다. 그의 손가락은 수많은 죄를 저지르고도 조금도 쉬지 않는 흰족제비 같았다. 그것들은 비티의 알코올 불꽃 같은 눈길 아래서 뭔가를 휘젓거나 집어 올리고 주머니에

감춘다. 만약 비티가 그것들을 비난한다면 힘없이 죽어 버려 다시는 깨어날 수 없게 되리라. 그래서 외투 소매 속에 파묻혀 평생을 보내게 되리라. 잊혀진 채. 자신의 것인 양 사용해 온 그 손은 그의 일부가 아니었다. 양심이 먼저 일어섰을 때에도 그 손은 여전히 책을 낚아채고, 성경이나 윌리엄 셰익스피어를 던져 버렸던 것이다. 방화서에 앉아 있는 지금 이 손들은 말라붙은 피딱지로 만든 장갑을 끼고 있다.

몬태그는 30분 동안 두 번이나 놀이판에서 일어나 화장실에 가서 손을 씻었다. 다시 자리에 앉았을 때는 탁자 밑으로 손을 감췄다.

비티가 웃었다.

"몬태그, 자네 손 좀 보자고. 자네를 못 믿어서가 아니야. 이해해 주게. 하지만……."

모두들 웃었다.

"자, 위기는 지나갔고, 이제 모든 게 다 잘되었어. 길 잃은 양이 우리로 돌아왔으니까. 우리 전부는 때때로 길을 잃고 헤매는 양 떼나 다름없어. 진실은 진실이라고 우리는 끝까지 외쳐 왔어. 그리고 그들은 고상한 사상과 함께니까 절대 혼자가 아니라고 스스로에게 소리쳐 왔고. '달콤하게 표현된 지식은 달콤한 양식'이라고 필립 시드니 경이란 자가 말했지. 하지만 다른 면에서 보면 '말이란 나뭇잎 같은 것이다. 잎이 많은 나무의 열매는 풍성하지 않다.' 알렉산더 포프의 말이야. 몬태그, 자넨 이 말에 대해서 어떻게 생각하나?"

"모르겠습니다."

"조심해."

파버였다. 저 머나먼 별세계에서 살고 있는.

"아니면 이런 말은? '약간 아는 것은 위험한 일이다. 깊이 들이마시거나 아예 뮤즈의 샘을 맛보지 말라. 한 모금의 술은 머리를 취하게 하고, 크게 들이켜는 술은 우리를 다시 깨운다.' 같은 에세이집에 있는 포프의 말이야. 자네는 어디쯤 놓여 있지?"

몬태그는 입술을 깨물었다.

"자네한테 해 줄 말이 있네."

비티는 웃으며 자신의 카드를 쳐다보았다.

"책은 자네를 잠깐 동안에 주정뱅이로 만들어 버릴 거야. 몇 줄만 읽고는 당장 절벽 끝으로 달려가게 되지. 큰소리를 치면서 달려가는 거야. 세상을 날려보내고, 머리를 잘라 내고, 여자들과 아이들을 쓰러뜨리고, 권위를 파괴할 준비를 하고 말일세. 내 생각엔 자넨 이미 이런 걸 경험했어."

"난 괜찮습니다."

몬태그는 신경질적으로 대답했다.

"계면쩍어 하지 말게. 난 지금 비꼬는 게 아니야, 정말일세. 자네가 알지 모르겠는데, 난 한 시간 전만 해도 꿈을 꾸고 있었어. 얼핏 선잠이 들었는데 꿈속에서 자네와 책에 대해 한 판 열띤 논쟁이 붙었지. 자네는 무척 흥분했다네. 책에 나오는 말을 이것저것 인용해 가며 내게 소리를 지르더군. 나는 하나하나 차분하게 받아넘겼지. '힘이다.' 나는 말했네. 그리고 자네는 존슨의 말을 인용했네. '지식은 물리력보다 뛰어나다!' 그리고 다시 내가 말했지. '존슨은 이런 얘기도 했다네, 친구. '불확실한 것을 위해 확실한 것을 포기한다면 더 이상 현명한 사람이 아니다.'라고 말이야.' 방화수로 남아 있는 게 제일 좋네, 몬태그. 다른 건 죄다 황량하고 어수선한 무질서에 지나지 않아!"

파버가 속삭였다.

"듣지 마시오. 당신을 혼란에 빠뜨리려 하고 있소. 아주 교활한 작자야. 정신 바짝 차려요!"

비티가 껄껄 웃었다.

"자네가 또 뭐라고 인용하더군. '진실은 드러나고야 만다. 살인은 영원히 감출 수 없다!' 나는 재미있는 말을 했지. '오 하느님, 그는 지금 자신의 나귀 얘기를 하고 있어요!' 그리고 또 말했지. '악마는 목적을 달성하기 위해서라면 성경 말씀도 인용한다.'(세 대사 모두 셰익스피어 희곡 「베니스의 상인」에서 인용 — 옮긴이) 자네가 또 외치더군. '누더기를 걸친 옛 성인들보다 요즈음의 멍청한 부잣집 아이들 생각이 더 낫다.'(16~17세기 영국 작가 토마스 데커의 희곡 「늙은 행운아들」에서 — 옮긴이) 난 점잖게 받았지. '반발이 심할수록 진리의 품위는 떨어진다.'(16~17세기 영국 극작가 벤 존슨의 희곡 「카틸리나의 음모」에서 — 옮긴이) 자네가 또 소리쳤어. '시체는 살인자가 나타나면 피를 흘린다.'(16~17세기 영국 목사이자 학자 로버트 버튼의 『우울의 해부』에서 — 옮긴이) 나는 자네 손을 토닥거리며 말했네. '이봐, 입을 하나 더 달아 줄까?' 자네는 그칠 줄을 모르더군. '아는 것이 힘이다!'(16~17세기 영국 철학자 프란시스 베이컨의 『배움의 진전』에서 — 옮긴이) 또 '거인보다도 그 어깨 위에 올라앉은 난쟁이가 더 멀리 본다.'(로버트 버튼의 『우울의 해부』 서문에서 — 옮긴이)고도 했네. 나는 여전히 침착한 채로 끝을 맺었지. '증거를 엉뚱하게 해석하는 우둔함, 당연하고 명백한 진리에 대해 장황하게 늘어놓는 반론, 그리고 스스

로를 현자인 양 여기는 착각, 이 모든 것은 우리의 타고난 운명이다.'
발레리가 한 말이지."

몬태그의 머리 속이 어지럽게 빙빙 돌았다. 눈썹을, 눈을, 코를, 입술을, 볼따구니를, 어깨를, 그리고 팔을 마구 두드려 맞는 것 같았다. 그는 소리치고 싶었다. '아니오, 입 닥쳐요! 혼란스럽게 만들지 말아, 그만둬!'

비티의 우아한 손가락이 뻗어 와서 몬태그의 손목을 잡았다.

"이런, 이거 왜 이리 맥박이 빨리 뛰나! 내가 이렇게 만들었나, 응, 몬태그? 맙소사, 마치 전쟁이 일어난 것처럼 맥박 소리가 요란스레 울리는구먼. 사이렌하고 종소리만 들리는 것처럼 말이야! 얘기를 계속해 줄까? 자네의 그 혼란스런 표정이 보기 좋구먼. 스와힐리어, 인도어, 영어, 나는 죄다 말할 수 있네. 저 유명한 신비의 이야기꾼, 셰익스피어도!"

몬태그의 귓속이 앵앵거렸다.

"몬태그, 정신차려요! 그자는 흙탕물을 마구 휘젓고 있소!"

"이런, 의기소침한 모양이군. 자네가 필사적으로 매어 달리는 책들을 하나하나 조목조목 반박했으니. 책이란 원래 그렇게 이율배반적일세. 자네는 책이 자네를 각성하게 해 주고 지혜를 주었다고 생각하겠지. 남들도 마찬가지로 책을 이용할 수 있는 거야. 자네는 황무지 한가운데 길을 잃고 명사와 동사와 형용사들의 덩굴 속에 갇혀 버린 걸세. 아까 내 꿈의 마지막 장면은 이랬다네. 방화차에 탄 채로 물어 보았지. '나와 함께 갈 텐가?' 자네는 차에 올라탔고, 우리는 말은 안 했지만 뿌듯한 기쁨이 감도는 침묵 속에서 방화서로 돌아왔네. 모든 골치 아픈 건 잊어버리고 말이야."

비티는 몬태그의 손목을 놓았다. 손은 맥없이 책상 위로 축 처졌다.

"끝이 좋으면 다 좋은 거야.(셰익스피어의 희곡 「끝이 좋으면 다 좋아」—옮긴이)"

침묵. 몬태그는 조각한 대리석처럼 가만히 앉아 있었다. 그의 머리를 내리쳤던 마지막 충격의 여운이 서서히 가라앉았다. 그 여파가 잠잠해지기를 파버는 끈기 있게 기다렸다. 몬태그의 혼란스런 마음이 진정되자 파버는 천천히 속삭이기 시작했다.

"좋소, 그자는 일단 할말을 다 한 것 같군. 당신은 진지하게 머릿속에 새겨 놔야 하오. 앞으로 나도 얘기를 할 테니까 그것도 귀 기울여 듣고 나서 당신 스스로 판단을 내려 보시오. 그리고 어느 쪽이 파멸의 길인지 스스로 결정하시오. 나나 방화서장의 판단이 아닌, 당신 스스로의 판단을 내리시오. 그렇지만 서장은 진리와 자유에 반하는 무리들의 일원이라는 사실을 잊지 말고. 대다수의 선량한 양떼 같은 사람들은 그들과 다르오. 오 하느님, 무지한 다수의 횡포란 얼마나 무서운 것인지! 우리는 최선을 다하고 있소. 자, 이제 당신이 어느 쪽에 귀를 기울일 것인지는 오로지 당신한테 달린 거요."

몬태그는 파버의 말에 대답을 하려고 입을 열었다가, 마침 방화서의 종이 울리는 바람에 그 아찔한 실수를 저지르지 않고 넘어갈 수 있었다. 천장에 매달린 경보기가 단조로운 목소리로 일이 생겼음을 알려 주었다. 건너편 방에서 자동 기록 전화기가 척척 주소를 찍어 내는 소리가 들려 왔다. 비티 서장은 한 손에 카드를 든 채 느릿느릿 과장된 걸음걸이로 전화기로 가더니 인쇄가 끝난 주소를 뜯어내었다.

그는 형식적으로 종이를 힐끗 쳐다보고는 곧 주머니에 쑤셔넣어 버렸다. 비티는 다시 돌아와서 자리에 앉았다. 모두들 그를 쳐다보았다.

"자, 정확히 40초 동안, 그러니까 내가 자네 판돈을 죄다 쓸어 갈 동안만 기다리게."

비티가 빙긋 웃으며 말했다.

몬태그는 카드를 내려놓았다.

"피곤한가, 몬태그? 게임 그만둘 텐가?"

"네."

"좀 기다려. 자 보라고, 금방 끝날 판이잖나. 카드를 그냥 엎어놓은 채로 지켜보기만 하게. 지금 판돈이 두 배로 뛰었는데."

비티가 다시 일어났다.

"몬태그, 몸이 별로 안 좋은 모양이군. 오늘 밤 일 나가면 또 열기를 쐴 텐데 괜찮겠나?"

"괜찮아질 겁니다."

"그래, 좋아질 거야. 오늘 밤은 좀 특별한 경우일세. 자, 나가자고!"

그들은 모두 달려가서 난파선의 뱃전을 위협하며 넘실대는 거대한 파도를 피할 마지막 도피처인 양 놋쇠 기둥을 붙잡았다. 기둥은 그들을 천천히 아래층 어둠 속으로 내려보냈다. 그들은 또 다시 불꽃과 광기와 혼돈의 난장을 벌이려 뛰어가고 있었다!

"어이!"

그들은 사이렌 소리를 요란하게 울리며 길모퉁이를 돌았다. 차바퀴가 일그러지고 고무 타는 냄새가 진동을 하고 번쩍거리는 청동 탱크 안의 등유가 거인의 위장 속에 담긴 음식물처럼 요동을 쳤다. 몬태그는 손잡이를 꽉 잡았다. 차창 안으로 몰아쳐 들어 온 차가운 밤바람이 그의 머리를 마구 헝클어뜨렸다. 이빨을 덜덜 떨면서 그는 그날 밤 자기 집 거실에 놀러 왔던 그 여자를 생각하고 있었다. 깔깔대며 웃고 즐기던 그 여자들을, 텔레비전을 끄고 책을 읽어 주었던 자신의 어리석은 행동을 생각하고 있었다. 물총을 가지고 불을 피우려는 것과 무엇이 다르냐. 얼마나 어리석고 바보 같은 짓이었냔 말이다. 한 사람이 화나면 곧 옆 사람에게도 전염된다. 계속 그러다가 나중에 무슨 일이 일어날지 모른다. 내가 정신을 차리고 그 미친 짓을 그만둔 것이 언제였더라? 정확히 언제 이성을 되찾았더라?

"자, 다 와 간다!"

몬태그는 고개를 들었다. 비티가 직접 운전을 하는 경우가 없었는데, 오늘 밤 그는 직접 핸들을 잡았다. 운전석에 바짝 당겨 앉은 채 샐러맨더 방화차를 거칠게 몰며 모퉁이를 도는 그의 모습은, 바람에 펄럭거리는 커다란 검은색 방화복 때문에 마치 박쥐 같았다.

"자, 몬태그. 세상의 행복을 지키기 위해 이렇게 우리가 가고 있네!"

비티의 번들거리는 양 볼따구니가 어둠 속에서 언뜻언뜻 번쩍거렸다. 그는 일그러진 미소를 짓고 있었다.

"다 왔다!"

방화차가 요란하게 멈추어 섰다. 모두들 날렵하고 사뿐하게 뛰어내렸다. 그러나 몬태그는 손으로 꽉 쥐고 있는 차가운 손잡이에 시선을 고정한 채 꼼짝도 하지 않았다.

난 할 수 없다. 어떻게 또 이 짓을 한단 말인가? 어떻게 그걸 불태운단 말인가? 난 할 수 없다.

그들이 휘저어 놓은 밤 공기의 냄새를 맡고 있던 비티가 몬태그의 팔꿈치를 잡았다.

"자, 괜찮나, 몬태그?"

방화수들은 거추장스런 방화복장 때문에 절름발이같이 엉기적거리며 거미처럼 소리 없이 달려갔다.

마침내 몬태그는 고개를 들고 몸을 돌렸다.

비티가 그의 얼굴을 보았다.

"왜, 뭐가 잘못됐나, 몬태그?"

"아아."

몬태그는 천천히 내뱉었다.

"여긴…… 우리 집이야."

제 3 장

타오르는 불꽃

불빛이 깜박거리고 거리의 집집마다 카니발을 구경하려고 문을 열었다. 당혹감에 어쩔 줄 모르는 몬태그의 눈길과 냉정한 만족감을 억누르고 있는 비티의 눈길이 곡예사가 횃불을 가지고 놀다가 불꽃을 먹어버리는 곡예를 펼칠 중앙 경기장에 꽂혀 있다.

"이봐, 자네는 그 짓을 저질렀지. 예전의 몬태그는 태양 가까이에서 날고 싶어했지만 지금 결과가 어떤가. 그 빌어먹을 날개만 태워 버렸을 뿐 아닌가. 그것도 이유도 모른 채. 자네가 있는 곳에 사냥개를 보냈던 것이 암시를 주려는 행동이라는 걸 몰랐나?"

몬태그의 얼굴은 완전히 마비되어 표정을 읽을 수 없었다. 몬태그의 머리가 석재 조각처럼 굳은 채 천천히 어둠 속에서 꽃으로 밝은 경계를 이룬 옆집으로 향했다.

비티가 경멸하듯 큰소리로 웃었다.

"아니, 아니라고! 이제 저렇게 사소한 바보들의 일상사엔 속지 않을 테지, 그렇지 않나? 꽃이니, 나비니, 나뭇잎, 또는 석양이니 따위의 감상적인 것들은 지옥에나 가라고 해! 그런 것들은 전부 그 여자애의 서류에 들어 있던 것이야. 정말 놀랐어. 나는 급소를 쳤던 거야. 자네 얼굴의 병색 좀 보게나. 풀잎 몇 개와 달 사 분의 일. 정말 하찮은 것들이지. 그 애가 그런 것들 가지고 한 일이 도대체 뭐가 있단 말인가?"

몬태그는 차가운 방화차 흙받이에 걸터앉아 머리를 왼쪽으로 까딱 움직였다가 다시 오른쪽으로 까딱 움직였다. 그리고 다시 왼쪽, 오른쪽, 왼쪽, 오른쪽……

"그 소녀는 모든 것을 보았습니다. 하지만 어느 누구에게도 해가 되는 행동을 하지 않았습니다. 그저 그대로 내버려 두었을 뿐."

"내버려 두었다고? 빌어먹을! 그 애는 자네를 갉아먹었어, 맞지? 그 빌어먹을 공상적 사회 개량가들은 구역질나도록 성인군자인 체하는 침묵으로 사람들을 갉아먹지. 그놈들이 가진 재주는 딱 하나뿐이야. 사람들로 하여금 죄의식을 느끼도록 만드는 거라고. 그래서 사람들이 잠자리에서 식은땀을 흘리게 만들려고 한밤중의 태양처럼 모습을 드러낸단 말이야!"

앞문이 열렸다. 밀드레드가 계단을 내려와 달렸다. 커다란 가방을 꽉 움켜쥔 주먹이 믿어지지 않을 정도로 비장함을 풍겼다. 모퉁이에선 딱정벌레 택시가 쉭쉭거리고 있었다.

"밀드레드!"

딱딱하게 굳은 몸, 분 바른 얼굴, 연지를 바르지 않은 꺼칠한 입술의 밀드레드는 계속 달렸다.

"밀드레드, 당신이 신고당한 게 아냐!"

밀드레드는 택시 안에 가방을 밀어 넣고 자리에 올라 중얼거렸다.

"가엾은 친척들, 불쌍한 친척들, 오, 모든 게 끝났어. 모든 게, 이제 모든 게 끝났다고……."

택시가 큰소리를 내며 출발하더니 시속 70마일의 속력으로 달려가 시야에서 사라져 버렸다. 비티가 그 모습을 하염없이 바라보던 몬태그의 어깨를 잡았다.

뒤틀린 유리나 거울, 수정 프리즘으로 만든 꿈 조각이 떨어지는 듯한 요란한 소리가 났다. 몬태그의 머리는 정처 없이 방황했다. 어떤 불가사의한 폭풍이 도끼를 휘둘러 창문을 박살내고 중간 환기구를 만드는 스톤맨과 블랙을 지켜보도록 자신을 돌려세운 것 같았다.

차가운 흑색 스크린에 붙어 있는 해골 나방의 털.

"몬태그, 나 파버요. 내 말 듣고 있소? 도대체 무슨 일이 생긴 거요?"

"올 게 오고야 말았군요."

비티가 말했다.

"정말 아찔할 정도로 놀랍군. 누구나가 알아야 할 사실이 하나 있지. 절대적으로 확실한 사실. 바로 나한테는 아무런 일도 생기지 않으리라는 착각이야. 다른 사람들은 죽지만 나만은 계속 살아간다. 그런 일도 없고, 또 남들의 일에 책임도 없다. 그러나 분명 누구에겐가는 일어나는 일이지. 하지만 그것에 관해선 더 이상 이야기하지 않기로 하겠네. 그 일이 자네에게 일어났을 때는 이미 늦은 거니까. 몬태그,

그렇게 생각하지 않나?"

"몬태그, 그곳에서 달아날 수 있겠소?"

파버가 물었다.

몬태그는 걸었다. 그렇지만 시멘트와 밤 풀을 밟는 발은 아무런 촉감도 느끼지 못했다. 비티가 옆에서 자신의 점화 장치를 깜박거렸다. 작은 오렌지색 불꽃이 황홀경에 빠진 비티의 눈을 드러내었다.

"불만큼 사랑스러운 게 어디 있을까? 남녀노소를 막론하고 누구나 끌어당기는 매력이 있는 게 말야."

비티는 불을 껐다가 다시 켰다.

"이건 영원한 움직임이지. 사람들이 그렇게 만들어 내고 싶어했지만 결코 해내지 못한 것. 또는 영원한 움직임에 가장 근접한 것이라고 할 수 있어. 만약 계속 타오르게 놓아둔다면 사람의 생애도 다 태워 버릴걸. 도대체 불이란 게 뭘까? 수수께끼야. 알아듣기 어려운 말만 써서 마찰이 어떻고 분자가 어떻고 하고 떠드는 과학자들도 사실은 잘 모르고 있다네. 불의 참된 아름다움은 책임과 결과를 없애 버린다는 데 있지. 견디기 힘든 문제가 있으면 화로에다 던져 버리면 돼. 몬태그, 이제는 자네가 바로 짐이라고. 그래서 불이 내 어깨에서 자네를 들어낼 걸세. 깨끗하고, 빠르고, 확실하게. 앞으로 그 어떤 것도 되돌려 놓지 못하도록. 아름답고 실제적인 항생물질이지. 불이란."

몬태그는 걸음을 멈추고 자신의 미심쩍은 집을 들여다보았다. 밤이란 시간이, 중얼거리는 이웃 사람의 목소리, 달가닥거리는 유리잔 소리가 이상한 느낌을 갖도록 만드는지도 모르겠다. 바닥에는 겉장이 떨어져 나가 백조의 깃털처럼 흩어진 수상한 책들이 널려 있다. 너무나 어리석어 보여 괴로워할 가치조차 없는 것들. 검은 활자와 누렇게 변한 종이, 그리고 헐거워진 제본.

밀드레드. 틀림없다. 그녀는 자신이 정원에 책을 숨기고 다시 들고 오는 것을 지켜보았으리라. 밀드레드. 밀드레드.

"몬태그, 나는 자네가 혼자서 이 일을 해내길 바라네. 등유와 성냥이 아니라 점화기로 하는 일상적인 자네의 직업으로 말일세. 자네의 집을 자네가 청소하게나."

"몬태그, 도망갈 수 없나? 빨리 달아나게!"

몬태그는 절망적으로 울부짖었다.

"아니! 저 사냥개! 저 사냥개 때문이야!"

파버와 비티도 개소리를 들었다.

"그래, 근처 어딘가에 사냥개가 있어. 그렇다고 해서 안 할 작정인가? 준비됐나?"

"예."

몬태그는 점화기의 안전 장치를 찰칵 풀었다.

"쏴!"

거센 불길이 솟구쳐 나와 책을 덮쳐 휘감아 벽에 내던졌다. 침실로 들어가 한 번 더 쏘자 침대가 쉿쉿 소리를 내며 타올랐다. 열기, 정열, 빛. 자신이 언제나 기대했던 것보다 더 큰 열기와 정열, 빛으로 타오르는 두 사람의 침대. 몬태그는 침실 벽을 태우고 화장대를 태웠다. 모든 것을 다 바꾸고 싶었다. 의자, 테이블, 그리고 식당의 은그릇과 플라스틱 접시들……. 모든 것, 이렇게 공허한 집에서 자신이 살았던 흔적, 내일이면 그를 잊어버릴, 아니 떠나는 순간 이미 그라는 존재를 깡그리 잊어버렸을 여자를, 그녀와 함께 살았던 흔적을 나타내는 모든 것을 태운다. 귀마개 라디오에 푹 빠져 시내를 가로지르고 있을 밀드레드. 혼자서. 몬태그는 예전처럼 태우는 일에 빠져들었다. 자신이 불길 속에서 분출해 불꽃과 어우러져 찢기고, 내동댕이쳐지고, 타오르는 듯한 쾌감을 느꼈다. 그래서 무의미한 문제에서 탈출하는 것이다. 해결책이 없다면, 이제 문제도 없다. 불이야말로 만병통치약이다!

"몬태그, 책을 태워!"

책은 펄쩍 뛰어올라 불붙은 새처럼 춤춘다. 붉고 노란 깃털이 달린 날개가 타오른다.

그 다음 그는 벽면 텔레비전으로 다가갔다. 하얀 생각과 눈에 덮인 꿈을 가진 진짜 멍청한 괴물이 누워 있는 곳. 몬태그는 공허한 세 벽을 향해 불길을 내뿜었다. 진공관이 그를 향해 터져 오른다. 텅 빈 벽은 더 텅 빈 소리와 무의미한 흐름을 만들었다. 아무런 가치도 없는 것들이 만들어지던 진공관을 생각해 내려고 애썼지만, 아무것도 생각할 수 없었다. 몬태그는 호흡을 멈추었다. 진공관이 허파에 파고들면 안 된다. 그는 그 끔찍한 여백을 잘라 내고 없애 버린 다음 거실에 거대한 노란 불꽃을 선물했다. 모든 물건들에서 불연성 플라스틱 덮개를 잘라 내자 집 전체가 불꽃으로 전율하기 시작했다.

비티가 뒤에서 속삭였다.

"작업이 다 끝나면, 자네는 체포될 거야."

새빨간 숯 더미와 시커먼 재만 남긴 채 집은 사라졌다. 마치 나른한 분홍빛 잿더미를 침대 삼아 잠들어 버린 것 같다. 연기가 뭉게뭉게

솟아올라 하늘에서 천천히 오락가락했다. 오전 3시 30분. 구경꾼들은 집으로 돌아갔고, 커다란 서커스단 천막은 숯 더미와 파편으로 무너져 내렸다. 이제 쇼는 끝난 것이다.

몬태그는 지친 손에 점화기를 들고 섰다. 땀이 비오듯 흘러 겨드랑이를 흠뻑 적셨고 얼굴은 검댕이투성이였다. 다른 방화수들은 뒤에서 기다리고 있었다. 어둠 속의 얼굴들이 연기에 싸여 희미하게 빛났다.

몬태그는 머뭇거리다가 마침내 자신의 생각을 내뱉었다.

"밀고한 사람이 바로 제 아내입니까?"

비티는 고개를 끄덕였다.

"하지만 부인 친구들이 한 걸음 빨랐지. 몬태그, 어떻든 간에 자넨 이렇게 해야만 될 운명이었어. 정말 어리석지 않나. 시구나 인용하면서 이렇게 자유롭고 쉬운 삶 주위를 어정거리다니. 정말 어리석고 쓸데없는 짓이지. 어느 누구한테고 시 몇 구절만 줘 보게. 아마 자신이 만물의 창조주인 양 으쓱거릴걸. 자넨 책만 가지면 물위를 걸어다닐 수도 있다고 생각하지. 글쎄, 과연 그럴까. 지금 세상은 책 없이도 모든 걸 잘 해내고 있어. 그것들이 자네를 어디로 몰아넣었는지 잘 보게나. 자네 입술까지 진흙이 차 있어. 이렇게 작은 손가락으로 휘젓기만 해도 자네는 금방 익사할 거라고!"

몬태그는 한 발자국도 움직일 수 없었다. 불과 함께 커다란 지진이 닥쳐서 저 집을 완전히 무너뜨리고 집 아래 어딘가에 숨어 있는 밀드레드와 자신의 인생 전체를 흔들어 움직일 수 없게 만들었다. 그 지진은 여전히 그의 몸 속에서 흔들리고 붕괴하고 떨고 있다. 그리고 그는 피로와 당혹과 분노에 짓눌려 무릎을 굽힌 채 비티가 내려치는 대로 몸을 맡기고 있다. 손가락 하나 꼼짝하지 못하고.

"몬태그, 이 어리석은, 이 빌어먹을 바보 자식, 정말이지 왜 그런 일을 했지?"

몬태그는 아무 말도 듣지 못했다. 자신의 마음이 가는 대로 저 멀리 달아나고 있을 뿐이다. 그는 사라졌다. 그 죽어버린 숯 검댕이 몸뚱이를 버려 두고 또 다른 바보 앞에서 흔들리기 위해.

"몬태그, 거기서 도망나와요!"

파버가 외쳤다.

그 소리를 듣는 순간, 몬태그는 비티가 휘두른 주먹에 머리를 세게 얻어맞고 뒤로 비틀거렸다. 파버의 목소리가 속삭이고 외치는 녹색 귀마개가 길 옆으로 떨어졌다. 비티가 이죽거리며 그 귀마개를 낚아 올렸다. 그리고 자신의 귀에 반쯤 집어넣었다.

몬태그는 멀리서 자신을 부르는 소리를 들었다.

"몬태그, 괜찮소?"

비티는 그 녹색 귀마개의 스위치를 끈 다음 주머니에 집어넣었다.

"흠, 여기엔 내가 생각했던 것보다 많은 게 있군. 난 자네가 뭔가를 들으며 고개를 기웃거리는 걸 봤어. 처음엔 자네가 귀마개 라디오를 듣고 있다고 생각했지. 아무튼 자네가 뒤에 좀더 현명해지면, 그렇게 될지 의문이지만, 이것을 추적해서 자네 친구를 처벌할 수 있지."

"안 돼!"

몬태그는 울부짖었다.

그는 점화기의 안전 장치를 잡아당겼다. 재빨리 몬태그의 손가락을 쳐다보던 비티의 눈이 휘둥그레지고 흐릿한 빛이 떠올랐다. 몬태그는 그 눈에 담긴 공포를 보았다. 그는 지금 어떤 새로운 일이 벌어지고 있는지 보려고 자신의 손을 내려다보았다. 나중에 생각해 볼 때 자신의 손과 그 손에 대한 비티의 반응 가운데 어떤 것이 살인의 마지막 동기가 되었는지는 정말 판단하기 어려웠으리라. 그 사태의 마지막 우레가 몬태그의 귀를 마비시켰지만 그를 건드리지는 못했다.

비티는 이를 드러내며 웃었다. 그가 만들 수 있는 가장 매력적인 미소였다.

"그래, 그런 식도 청중을 끌어 모을 수 있는 방법 가운데 하나지. 어떤 사람한테 총을 들이대고 자네의 말을 들으라고 협박하라고. 말은 사라졌어. 그렇다면 이번에는 또 뭔가? 셰익스피어를 인용해 보는 게 어때? 이 어설픈 성인군자야. '카시우스, 너의 협박쯤은 두렵지 않아. 난 정직으로 단단히 무장했기 때문에 그런 협박 같은 것은 게으른 바람처럼 내 곁을 스치고 지나가지. 난 협박 같은 것은 조금도 존중해 주지 않아!' 어떤가? 자, 계속해 보게. 어설픈 작가 지망생. 어서 방아쇠를 당기라고."

비티는 몬태그 쪽으로 한 걸음 다가섰다.

몬태그는 이렇게 되뇔 뿐이었다.

"우리는 절대 정의를 태우지 않았어요……."

"자 이봐, 그걸 끄라고."

비티는 기계적으로 웃으며 말했다.

그 다음 순간 비티는 찢어지는 듯한 비명을 지르며 불꽃이 되어 뛰어올랐다. 비티는 더 이상 사람이 아니었다. 마치 인체 해부도의 사진처럼 온몸을 펼치고 뜻 모를 말을 중얼거렸다. 몬태그가 액체 총탄

191

을 한 번 더 쏘자 불꽃 덩어리가 잔디밭 위에서 몸부림쳤다. 한 입 가
득 머금은 침을 벌겋게 달아오른 화덕 위에 뿜는 것 같은 쉭쉭 소리
가 났고, 온 몸뚱이는 괴상한 검정 달팽이한테 소금을 집어던져 거품
을 일으킨 것처럼 부글부글 끓어올랐다. 노랗게 끓어오르는 거품. 몬
태그는 눈을 감고 소리치고, 또 소리쳤다. 그리곤 두 손을 귀에 꽉 붙
인 채 그 소리를 듣지 않으려고 발버둥쳤다. 비티는 요란한 소리를 내
며 땅에 떨어졌다. 쿵. 쿵. 마침내 숯덩이가 된 왁스 인형처럼 몸을 한
번 뒤틀곤 그대로 잠잠해졌다.

다른 방화수 두 명은 그 자리에 얼어붙었다.

몬태그는 구역질이 가라앉을 때까지 기다린 다음 다시 점화기를 겨
누었다.

"뒤로 돌아!"

두 사람은 돌아섰다. 하얗게 질린 얼굴에 땀이 비오듯 흘러내렸다.
몬태그는 그들의 머리를 때려 헬멧을 벗기곤 쓰러뜨렸다. 바닥에 쓰
러진 두 사람은 누워서 꼼짝도 하지 않았다.

어디선가 날아온 가을 낙엽 하나.

고개를 돌린 몬태그 앞에 로봇 사냥개가 있다.

그늘 속에 숨어 있다가 잔디밭을 반쯤 가로질러 오는 중이었다. 너
무나 날렵하게 움직여 마치 침묵 속에서 불어온 검은 고체 연기 구름
같았다.

사냥개는 마지막 한 발자국을 옮긴 뒤 뛰어올라 몬태그의 머리에서
3피트 가량 되는 곳에서 그를 덮쳤다. 거미 다리를 뻗치고, 마취약으
로 가득 찬 바늘을 하나뿐인 성난 이빨로 문 채. 몬태그는 불꽃 한 방

으로 그 개를 붙잡았다. 놀라운 꽃 한 송이. 노란색, 파란색, 오렌지색 꽃잎이 사냥개를 휘감아 새 껍질을 입힌 다음 몬태그를 불총과 함께 10피트 밖의 나무 줄기로 내동댕이쳤다. 불길에 휩싸이기 전, 사냥개가 물고 할퀸 다리의 상처에 통증이 왔다. 공중에서 폭발해 버린 금속 뼈, 거리에 매달린 봉화처럼 흩어진 시뻘건 금속 내장. 몬태그는 누운 채 그 활기 없는 물체가 공중에서 버둥거리다가 죽는 장면을 지켜보았다. 당장이라도 다시 일어나 달려들어 그 바늘, 지금 한쪽 다리 살에서 효력을 발휘하는 그 주사 바늘로 찌를 것 같았다. 몬태그는 안도감과 공포가 뒤섞인 복잡한 감정을 맛보았다. 그건 시속 90마일로 돌진하는 차에 무릎이 부딪히기 직전에 몸을 빼낸 듯한 아찔함이었다. 일어나기가 두려웠다. 마취된 다리 때문에 걸을 수 없게 될까 봐 두려웠다. 마비 속으로 들어간 마비와 또 그 속으로 끌려가는 마비…….

그리고 지금은?

텅 빈 거리, 불타 버려 연극 무대의 배경처럼 폐허가 된 집, 암흑 속에 잠긴 다른 집들, 여기엔 사냥개가, 저기엔 비티가, 다른 두 방화수는 또 어딘가에, 그리고 샐러맨더 방화차는……? 몬태그는 거대한 차체를 물끄러미 바라보았다. 저것도 없애야만 한다.

그래, 지금 네 다리 상태가 얼마나 나쁜지 확인해 보자. 일어서는 거야. 쉬워, 쉽다고……. 저기까지.

몬태그는 한쪽 다리로 일어섰다. 다른 쪽 다리는 불타버린 통나무 같았다. 그는 우물쭈물했던 죄에 대한 벌이라며 자신을 위로했다. 그 다리에 무게를 싣자 마치 장딴지에 은빛 바늘이 한 움큼 날아와 꽂혀 다리가 무릎에서 잘리는 것 같았다. 몬태그는 이를 악물었다. 일어나!

일어나라고! 여기 있을 수 없단 말이야!

몇 집에서 다시 새어 나온 불빛이 거리를 비췄다. 방금 일어난 사건 때문인지 아니면 방화 뒤에 따르는 비정상적인 침묵인지 알 수 없었다. 몬태그는 절뚝거리며 폐허 주위를 걸었다. 그는 뒤처지는 상한 다리를 꼭 잡고 방향을 가리키며 말하고, 흐느끼고, 소리치고, 욕을 퍼붓고, 애원했다. 제발 자신을 위해 다시 살아나 달라고. 몬태그는 어둠 속에서 수많은 사람들이 울부짖는 소리를 들었다. 그는 뒤뜰로 가서 골목길로 접어들었다. 비티, 당신은 이제 문제가 아냐. 당신이 언제나 말했지. 문제에 직면하지 말고 그냥 태워 버리라고. 그래, 이제 난 두 가지 일을 다 해낸 거야. 안녕, 서장이여.

몬태그는 비틀거리며 골목길을 따라 어둠 속으로 사라졌다.

한 걸음씩 내려놓을 때마다 매서운 통증이 다리를 뚫고 지나갔다. 넌 바보야, 빌어먹을 바보 놈, 혐오스러운 바보, 멍청이, 끔찍한 멍청이, 빌어먹을 멍청이, 그리고 바보야, 빌어먹을 바보. 이 엉망진창인 상태 좀 보라고. 걸레는 어디 있지? 이 엉망진창인 상태 좀 봐. 도대체 넌 뭘 하고 있는 거야? 자부심, 빌어먹을, 그리고 평화, 넌 이미 그것들을 다 버렸어. 모든 사람들과 너 자신한테 불꽃을 퍼붓는 바로 그 순간부터. 그래 한꺼번에 전부, 아니 하나씩하나씩 전부. 비티, 여자들, 밀드레드, 클라리세, 모두들. 하지만 변명하지 마, 변명하지 말라고. 이 바보, 이 빌어먹을 바보, 네 자신도 포기해 버려!

아니, 할 수 있는 한 모두를 구해야 돼. 남아 있는 할 일을 해야 돼. 어쩔 수 없이 태워 버려야만 한다면 몇 권이라도 구해 내야 해. 여기에서!

　몬태그는 책을 기억해 내고 돌아섰다. 행여나 하는 기대감만을 붙잡고.

　그는 자신이 숨겨 놓은 곳에서 책 몇 권을 찾아냈다. 정원의 울타리 근처에서였다. 밀드레드가(그녀에게 신의 가호가 있기를.) 놓친 것이었다. 책 네 권이 그가 숨겨 놓은 곳에 얌전히 누워 있었다. 어둠 속에서 목소리들이 울부짖고 번득이는 섬광이 소용돌이쳤다. 멀리서 울부짖는 샐러맨더 방화차의 엔진 소리, 시내를 가로지르며 요란히 울어 대는 경찰 사이렌 소리가 어우러졌다.

　몬태그는 남아 있는 책 네 권을 들고 골목길 아래로 흔들리며 뛰어갔다. 그러다가 갑자기 머리가 잘려 몸뚱이만 남아 있는 것처럼 쓰러졌다. 내부의 뭔가가 그를 잡아당겨 멈추게 하고 쓰러뜨린 것 같았다. 몬태그는 쓰러진 자리에 누워서 흐느껴 울었다. 다리는 겹쳐지고, 얼굴은 짓눌려 눈앞이 캄캄했다.

　비티 자신이 죽기를 원했어.

　흐느껴 울면서 몬태그는 깨달았다. 비티는 죽기를 원했던 것이다. 그 사람은 거기 서서 자신을 구하려는 노력은 조금도 하지 않은 채 그저 농담하고 집적거리며 나를 자극했을 뿐이다. 이런 생각은 몬태그의 통곡을 그치고 냉정을 되찾게 해 주었다. 얼마나 이상한 일인가, 정말 이상하다. 그렇게 죽기를 바라다니. 무장한 사람이 앞에 있는데 입 다물고 살기 위해 발버둥치는 대신에 계속 큰소리치면서 그 사람을 놀려 대다니, 그래서 마침내 상대방이 미쳐 버리고, 그리고…….

　멀리서 누군가가 뛰는 발소리가 들렸다.

몬태그는 일어나 앉았다. 여기서 빠져 나가야 한다. 자, 일어나, 일어나라고, 앉아 있어선 안 돼! 그렇지만 다리는 말을 듣지 않았다. 자, 이쯤에서 끝내자고. 지금 빨리 도망가야 돼. 어느 누구도 죽이고 싶진 않았어. 물론 비티도. 자신의 살이 스스로를 잡아당겨 마치 산성 물질에 잠긴 것처럼 움츠러들었다. 견딜 수 없을 정도로 메스꺼웠다. 몬태그는 비티를 보고, 횃불을 보았다. 미동 없이 풀 위에서 펄럭이는 횃불. 그리고 손가락을 깨물었다. 미안해, 정말 미안해. 오, 하느님, 미안…….

몬태그는 부서진 조각들을 다 이어 맞춰 며칠 전까지의 평범한 생활로 되돌아가려고 애썼다. 이런 일들이 있기 전, 그 체와 모래, 덴햄 덴티프라이스, 나방 목소리, 개똥벌레, 경고와 탈선, 며칠 안 되는 짧은 시간 동안 일어난 너무나 많은 일들, 정말이지 일생에 비해 너무나 많은 일들.

발자국 소리가 골목길 끝에서 아련히 들려 왔다.

"일어나!"

몬태그는 자신을 채찍질했다.

"빌어먹을, 일어나지 못해!"

그는 자신의 다리를 향해 소리치며 일어났다. 대못으로 찌르는 듯한 통증이 무릎뼈를 엄습했다. 그리곤 바늘이, 다시 조그만 핀이 찌르는 것처럼 통증이 점점 줄었다. 한 발로 껑충거리며 쉰 걸음 가까이 뛰어가고 나니 누군가가 뜨거운 물을 다리에 뿜은 듯한 따끔거리는 통증을 마지막으로, 마침내 그 다리는 다시 몬태그 자신의 다리가 되었다. 느슨해진 발목이 부서질까 봐 달린다는 것은 생각도 못했지만 이제 입을 크게 벌리고 어둠이란 어둠은 전부 빨아들인 후 하얗고 창백한 숨으로 내뱉는다. 어둠은 그의 내부에서 무겁게 내려앉아 있고, 그는 천천히 달리기 시작했다. 손에는 책을 꽉 움켜쥔 채.

파버를 생각했다.

파버는 이름도 없고, 정체도 없는 김나는 타르 덩어리가 되어 거기에 있었다. 그것도 역시 태워 버렸으니까. 몬태그는 갑자기 소스라치게 놀랐다. 파버가 정말로 죽었다는 사실, 구운 고기처럼 타버렸다는 사실이 실감났기 때문이다. 이제는 아스팔트 힘줄에 매달린 해골에 불과한, 사람의 주머니에 쑤셔 박힌 작은 녹색 캡슐 속에서.

명심해야 해. 그들을 태워 버리지 않으면, 그들이 널 태워 버릴 거야. 그래, 바로 그 순간 그것은 너무나 명백한 사실이었다.

몬태그는 주머니를 뒤졌다. 한쪽 주머니엔 돈이 있었고, 다른 쪽 주머니에는 차갑고 캄캄한 아침 공기 속에서 그 도시가 중얼거리는 귀마개 라디오가 나왔다.

"경찰들은 경계를 게을리하지 말 것. 수배자가 있음. 도시 내에 도망자가 있음. 정부에 대항하는 살인과 범죄를 저지른 자. 이름은 가이 몬태그, 직업은 방화수, 마지막으로 목격된……."

몬태그는 골목길을 여섯 블록쯤 천천히 달렸다. 그러자 골목길이 끝나고 큰 도로가 나왔다. 골목길의 열 배쯤 되는 도로였다. 높이 걸린 새하얀 아크등이 모든 것을 적나라하게 드러내는 얼어붙은 강, 그것도 배 한 척 없는 강을 마주한 것 같은 암담함이 엄습했다. 건너기도 전에 빠져 버릴 거야. 너무나 넓고 탁 트여 있어. 아무런 배경도 없는 넓은 무대가 어서 건너라고 유혹하고 있었다. 저렇게 밝은 조명 아래서는 쉽게 눈에 띄고, 쉽게 잡히고, 쉽게 죽어 넘어지리라.

귀마개 라디오는 계속 윙윙거렸다.

"……도망가는 사람을 주시할 것……. 도망가는 사람을 주시할 것……. 혼자서 걸어가는 사람을 주시할 것……. 주시할 것……."

몬태그는 그늘 속에 몸을 숨겼다. 바로 앞쪽에 가스 충전소가 있다. 도자기처럼 하얗게 반짝거리는 은빛 차 두 대가 가스를 채우려고 주차하고 있다. 달리지 않고 당당히 넓은 도로를 걸어가려면 보기 흉한 몰골부터 깨끗이 해야 했다. 어디론가 가기 전에 세수를 하고 머리를 빗는다면 좀더 안전하겠지. 하지만 어디로?

그래, 지금 나는 어디로 달려가고 있는 거지?

아무 데도 없다. 사실 갈 곳도 없고, 찾아갈 친구도 아무도 없다. 파버만 빼곤. 몬태그는 자신이 본능적으로 파버의 집 쪽으로 달리고 있다는 사실을 깨달았다. 하지만 파버도 그를 숨겨 줄 순 없다. 숨겨 주려는 생각만으로도 자살감이다. 그렇지만 어쨌든 파버를 만나야 한다. 아주 잠시라도. 파버의 집은 지금 점점 빠르게 소진되는 그의 생존력을 회복할 수 있는 곳이 될 것이다. 이 세상에는 파버 같은 사람도 있다는 사실만이라도 확인하고 싶었다. 조금 전 자신이 불살라 태워 버린 몸뚱이가 아니라 살아 숨쉬는 인간을 보고 싶었다. 그리고 물론 파버한테는 몬태그가 달아난 뒤에 쓸 수 있는 돈도 있으리라. 아마 그 돈으로 다른 나라에 가서 강이나 고속 도로 근처의 평야와 언덕이 있는 곳에서 살 수 있겠지.

몬태그는 하늘을 올려다보았다. 윙윙거리는 큰소리가 들렸다.

경찰 헬리콥터가 저 멀리서 날아올랐다. 마치 누군가가 마른 민들레꽃의 잿빛 머리를 불어버린 것처럼. 수십 대의 헬리콥터가 3마일 밖에서, 가을이 오자 당황한 나비 떼처럼 우왕좌왕하고 흔들리며 머뭇거리고 있었다. 그리곤 갑자기 여기저기에서 먼지를 일으키며 하나하나 착륙했다. 땅에 내린 사람들은 차에 올라타 도로를 소란스럽게 질주하거나 다시 하늘로 날아올라 수색을 계속했다.

그리고 지금 눈앞에는 가스 충전소가 있고, 종업원들은 손님을 맞느라 부산했다. 몬태그는 뒷문으로 들어가 남자용 화장실로 들어갔다. 알루미늄 벽을 통해 라디오가 들렸다.

"전쟁이 선포되었습니다."

밖에서는 가스가 채워지고, 차 안의 사람들과 종업원들은 엔진이나 가스, 그리고 지불해야 될 요금에 대해 떠들고 있었다. 몬태그는 라디오에서 들려 온 조용한 선언이 주는 충격을 느끼려고 자신을 가다듬었지만 아무것도 느낄 수 없었다. 전쟁은 앞으로 한두 시간 뒤 각자 자신의 개인 서류 안에서 직면할 때까지 기다려야만 한다.

몬태그는 소리를 내지 않으려고 조심조심 세수를 한 뒤 수건으로 물기를 닦았다. 화장실 밖으로 나와 조심스럽게 문을 닫은 뒤 어둠 속을 걸어 다시 텅 빈 도로 가에 섰다.

바로 저기에 싸늘한 아침에 벌어지는 볼링 경기 같은 게임, 반드시 이겨야 하는 게임이 기다리고 있다. 도로는 조금 전까지 어떤 이름 없는 희생자와 이름 없는 살인자가 있던 원형 경기장처럼 말끔했다. 거대한 콘크리트 강 주위의 공기는 몬태그의 몸에서 뿜어 나오는 흥분된 열기로 떨렸다. 믿을 수 없는 일이다. 자신의 체온이 눈앞의 온 세상을 떨게 만들 수도 있다니. 나는 환한 인광을 발하는 목표물이다. 가슴으로 느끼고 머리로 알 수 있다. 그리고 지금은 조금씩이라도 걸음을 떼 놓아야 한다.

세 블록 저쪽에서 헤드라이트 몇 개가 반짝거렸다. 몬태그는 심호흡을 했다. 가슴속에서 불붙은 금작나무처럼 타오르는 허파. 말라붙은 입술, 피투성이 쇳가루로 가득 찬 목구멍, 녹슨 쇳덩이 같은 발.

저 불빛의 정체는 도대체 뭐란 말인가? 일단 걷기 시작했을 때 저 차들이 얼마나 빨리 여기까지 올 수 있는지 계산해야 한다. 그런데 다른 모퉁이까지는 얼마나 될까? 100야드 정도? 아마 100야드가 안 될 수도 있다. 하지만 일단 그렇게 어림잡자. 아주 천천히, 적당한 보폭으로 가면 약 삼사십 초 걸리는 거리. 저 차들은? 세 블록 뒤에서 출발한 차가 저 모퉁이까지 가는 데는 약 15초. 그렇다면, 중간 정도에서 뛰기 시작한다……?

몬태그는 오른쪽 발을 먼저 내딛었다. 다음엔 왼발, 오른발, 텅 빈 거리를 걷는다.

완전히 텅 비어 있는 도로라고 해도 무사히 건널 수 있다고 확신할 순 없다. 네 블록 위쪽에서 갑자기 차가 나타나 미처 숨 쉴 틈도 없이 스쳐 지나갈 수 있는 것이다.

몬태그는 자신의 걸음을 헤아리지 않기로 결심했다. 좌우도 돌아보지 않았다. 오른쪽 머리 위의 불빛은 한낮의 태양처럼 밝게 모든 것을 드러내고 있었다. 그리고 태양만큼이나 뜨거웠다.

오른쪽에서 두 블록 떨어진 곳에서 속력을 내서 달리는 차 소리가 들렸다. 앞뒤로 왔다갔다하는 이동식 헤드라이트가 갑자기 몬태그를 잡았다.

계속 걸어.

몬태그는 책을 꽉 움켜쥔 채 비틀거렸다. 침착해야 돼. 그는 본능적으로 빨라지는 걸음을 느꼈다. 안 돼. 느긋하게, 여유 있게 걸으라고. 이제 절반 정도 도로를 건넜다. 하지만 엔진이 우르릉거리는 소리는 차가 속력을 내면서 더 높아졌다.

물론, 경찰이겠지. 날 봤을 거야. 그렇지만 당황하지 말고 천천히, 아주 천천히, 고개 돌리지 말고, 돌아보지도 말고, 아무렇지도 않은 듯 의연하게 걸어. 걸어. 바로 그거야. 걸어, 걸으라고.

차가 돌진해 왔다. 요란하게 울부짖으며, 점점 더 속력을 낸다. 쌩쌩, 천둥소리. 날렵하게 미끄러진다. 보이지 않는 라이플 총에서 뿜어 나오는 탄알처럼. 시속 120마일. 아니 최소한 130마일은 되리라. 몬태그는 턱을 꽉 쥐었다. 달리는 헤드라이트에서 뿜어 나오는 열기가 뺨을 태우고, 눈꺼풀에 경련을 일으키고, 온몸에 시큼한 땀을 선사했다.

몬태그는 바보같이 발을 질질 끌며 걷기 시작했다. 그리고 뭐라 중얼거린 뒤 잠시 쉬었다가 뛰었다. 가능한 한 멀리까지 다리를 뻗어 내려놓고, 다시 멀리까지 뻗어 내려놓고, 뒤로 간 다리를 내밀어 내려놓고, 다시 내밀어 내려놓고, 내밀고, 내려놓고……. 하느님! 오, 하느님! 그는 책을 떨어뜨렸다. 달리기를 멈추고 거의 한 바퀴 돌았다. 마음을 바꾸고, 주저앉아 텅 빈 콘크리트를 향해 소리쳤다. 달리는 먹이를 쫓아 질주해 오는 경찰차. 200피트 밖, 100피트 밖, 90, 80, 70……. 몬태그는 숨을 헐떡이며 손을 도리깨질했다. 다리를 위로, 아래로, 밖으로, 점점 더 가까워진다, 점점 더, 경적을 울리며, 그를 부른다. 갑자기 번득이는 빛을 직면한 몬태그의 눈이 하얗게 타올랐다. 그 자체 빛 속에 삼켜진 차는 이제 눈앞에서 돌진해 오는 횃불일 따름이었다. 모든 소리, 모든 눈부신 빛이 이제 그를 집어삼키려고 하는 것이다!

몬태그는 비틀거리며 쓰러졌다.

할 수 없어! 이젠 끝이야!

그러나 추락이 기적을 만들었다. 그 순간 앞에서 돌진해 오던 사나운 차가 방향을 바꿔 사라진 것이다. 가 버렸어. 몬태그는 그대로 누워 버렸다. 머리가 바닥에 닿았다. 희미한 웃음과 절망적인 피로가 몰려왔다.

오른손이 머리 위쪽에 내밀어져 있다. 납작하게 된 채. 몬태그는 그 손을 들어 살폈다. 가운뎃손가락 제일 끝을 가로질러 차바퀴가 스치고 지나간 검은 흔적이 희미하게 남아 있다. 그는 일어서서 믿을 수 없다는 듯 그 검은 줄을 다시 들여다보았다.

경찰이 아니었어.

도로를 내려다보았다. 이제 아무것도 없이 깨끗하다. 열두 살에서 열여섯 살까지의 아이들 한 떼가 몰려나와 이상한 남자가 걸어오는 모습을 보고 휘파람을 불고, 소리치고, 소란을 피웠다. 그가 바로 수배자인 몬태그라는 사실도 모른 채.

"저 남자를 보러 가자."

수많은 아이들이 달빛 아래 몇 시간 동안 오륙백 마일이나 떨어진 곳에서 들려 오는 으르렁거리는 소리를 들으려고 나온 것이다. 바람을 맞아 얼음장처럼 차가워진 얼굴로. 새벽에 집에 오든 오지 않든, 살아 있든 죽어 버렸든, 그것은 모험이다.

몬태그는 저 멀리 있는 모퉁이까지 한 걸음 한 걸음 떼어놓았다. 때때로 떨어진 책을 주워 올리기도 했다. 하지만 언제 몸을 굽히고 책을 집었는지 도저히 기억나지 않았다. 그는 책을 마치 볼 수 없는 부지깽이 손잡이처럼 한 손에서 다른 손으로 옮겨 들었다.

그들이 클라리세를 죽인 자들일까?

몬태그는 걸음을 멈추었다. 그의 마음이 큰소리로 외쳤다.

"그들이 클라리세를 죽인 자들이 아닐까!"

그는 소리치며 그들을 쫓아가고 싶었다.

두 눈에 촉촉이 물기가 어렸다.

쓰러졌기 때문에 살아날 수 있었다. 그 차 운전수는 몬태그가 쓰러지는 모습을 보고 본능적으로 그렇게 높은 속도로 달리다가 누워 있는 사람을 친다면 차가 전복될 수도 있으리라 생각했을 것이다. 만약 쓰러지지 않고 똑바로 서 있는 목표물이었다면……?

몬태그는 숨이 막힐 것 같았다.

도로의 네 블록 아래쪽에 그 차가 두 바퀴로 천천히 방향을 틀고 있었다. 그리고 이제 도로 반대쪽으로 비스듬히 방향을 바꾸어 속력을 내며 달려왔다.

하지만 몬태그는 이미 그 자리를 떠났다. 이미 그전의 오랜 방랑 동안 익혀 온 골목길의 어둠 속으로 몸을 숨긴 것이다. 한 시간 전? 아니, 겨우 1분 전에 지나온 길이었나? 그는 어둠 속에서 와들와들 몸을 떨면서 그 차가 옆을 지나쳐 도로 가운데서 미끄러지는 모습을 지켜보았다. 웃음의 소용돌이가 허공 중에 맴돌다가 사라졌다.

어둠 속에서 움직이는 몬태그의 눈에 저 멀리서 땅으로 내려오는 헬리콥터가 들어왔다. 길고긴 겨울을 예고하는 첫눈처럼 떨어지는…….

고요한 집.

몬태그는 집 뒤쪽으로 가서 밤이슬에 촉촉이 젖은 나팔수선화와 장미, 젖은 풀잎 향기를 헤치고 기어갔다. 철망으로 된 대문을 더듬어 열려 있다는 것을 확인한 다음 미끄러지듯 포치를 가로질러 들어갔다. 그리고 귀를 기울였다.

블랙 부인, 거기에서 자고 있습니까? 당신한테 좋지 않은 일을 하러 왔습니다. 하지만 당신 남편은 다른 사람들에게 그런 짓을 했습니다. 아무런 의문도 없이, 아무런 의혹도 없이, 아무런 걱정도 없이 말입니다. 그리고 이제 당신은 방화수의 아내이고, 이 집은 당신들 집이고, 그리고 당신들 차례입니다. 당신 남편이 아무 생각 없이 태워 버린 수많은 집과 아무 생각 없이 해쳤던 사람들을 위해서.

아무 대답도 없이 침묵만 지키는 집.

몬태그는 부엌에 책을 숨긴 다음 그 집에서 빠져 나와 다시 골목 길로 들어섰다. 그리고 뒤돌아보았다. 여전히 어둠에 잠겨 고요히 잠든 집.

하늘에서 찢어진 종이처럼 펄럭거리는 헬리콥터와 함께 마을을 지나면서 몬태그는 방화서로 전화를 걸었다. 밤이라 문을 닫은 가게 밖에 외로이 서 있는 공중 전화 박스에서. 그리곤 차가운 밤 공기를 맡으며 서서 기다렸다. 멀리서 불 사이렌 소리와 샐러맨더가 달려오는 소리가 들렸다. 샐러맨더는 블랙 씨가 일 나가고 없는 동안 그의 집을 태우러 달려오는 것이다. 집 전체가 불길에 휩싸여 지붕이 무너지는 동안 그의 아내는 차가운 새벽 공기에 와들와들 떨고 있어야 하리라. 하지만 지금, 바로 지금 그 아내는 세상 모르고 잠들어 있다.

"파버!"

다시 문을 두드리고 소리쳤다. 오랫동안 아무 대답도 들리지 않았다. 몇 분 뒤, 파버의 작은 집 안에서 희미한 불빛이 깜박거렸다. 잠시 머뭇거리던 불빛이 문 쪽으로 오더니 문이 열렸다.

두 사람은 희미한 불빛 아래서 서로를 바라보며 섰다. 파버와 몬태그, 마치 서로 상대방의 실체를 믿지 않는 듯한 표정으로. 파버가 먼저 정적을 깨고 손을 내밀어 몬태그의 손을 잡고 안으로 끌었다. 몬태그를 앉힌 다음 다시 문으로 돌아가서 귀를 기울였다. 멀리서 아침 사이렌이 길게 꼬리를 늘이고 사라졌다.

"바보 같은 짓을 저질렀습니다. 오래 있을 수 없어요. 지금 아무도 모르는 곳으로 가는 중입니다."

"최소한 옳은 일을 하는 바보지. 난 당신이 죽었다고 생각했소. 당신한테 준 귀마개 캡슐이⋯⋯."

"타 버렸습니다."

"서장이 당신한테 하는 말을 듣고 있는데 갑자기 끊어졌소. 그래서 당신을 찾으러 나갈 참이었지."

"서장은 죽었어요. 서장이 귀마개를 발견해서 교수님 목소리를 들

205

었습니다. 그걸 추적하겠다고 했어요. 그래서 점화기로 불태워 죽여 버렸습니다."

파버는 가만히 앉아 침묵을 지켰다.

"하느님 맙소사, 어떻게 이런 일이 일어났을까? 모든 게 다 잘 되었던 것은 단 하룻밤뿐이고. 제가 아는 그 다음 일은 제가 물에 빠져 있다는 것뿐입니다. 도대체 인간은 몇 번이나 침몰한 상태에서 다시 살아날 수 있을까요? 한때 친구였던 비티가 죽었고 밀리도 가 버렸지요. 밀리를 내 아내라고 생각했는데, 지금은 잘 모르겠습니다. 집은 전부 타 버렸고, 직업도 사라지고, 보시다시피 쫓기는 몸이 되었고. 여기 오는 길에 방화수의 집에 들러 책을 숨겨 놓고 왔습니다. 하느님 맙소사, 이 일주일 동안 내가 저지른 일이라니!"

"당신은 스스로 해야만 할 일을 한 거요. 오랫동안 계속 별러 온 일이었지."

"그래요, 그렇다고 믿습니다. 그 외엔 믿을 게 아무것도 없다면. 바로 제 속에서 축적되어 왔던 일입니다. 오랫동안 뭔가를 쌓아 간다는 사실을 느끼고만 있었지요. 그래서 일 따로 느낌 따로의 생활을 했다고요. 오, 하느님, 그런데 그 모든 일이 한꺼번에 일어난 겁니다. 비계 덩어리처럼 알 수 없는 불가사의한 일이죠. 그리고 이제 여기 와서 교수님 생활까지 망쳐 놓으려 하고 있습니다. 그놈들은 이곳까지 나를 쫓아올 테죠."

"몇 년만에 처음으로 내가 살아 있다는 느낌이 드는군. 아주 오래 전에 해냈어야만 할 일을 지금 하고 있는 것 같소. 난 조금도 두렵지 않소. 올바른 일을 하고 있기 때문일 거요. 또 내가 성급한 일을 했고,

당신한테 겁쟁이로 보이고 싶지 않기 때문이기도 하고. 앞으로 자신을 드러내면서 더 난폭한 일도 해야 할 거라고 생각하오. 다시는 실패하지 않고 두려움에 떨지 않기 위해서 말이지. 그런데 앞으로 어떻게 할 셈이오?"

"도망가야지요."

"전쟁이 시작된다는 소식 들었소?"

"들었습니다."

노인이 웃었다.

"하느님 맙소사, 웃기는 일 아닌가? 전쟁이 아주 멀리 떨어진 곳의 일 같다니. 우리 문제만으로도 벅차기 때문이겠지."

"생각할 시간이 없었습니다."

몬태그는 100달러를 꺼내 놓았다.

"이건 교수님이 가지고 계십시오. 제가 가고 난 뒤 어떤 일이든 도움이 되는 일에 쓰시고요."

"하지만……."

"전 아마 정오까지 살아 있지 못할 겁니다. 선생님이 쓰십시오."

파버는 고개를 끄덕였다.

"할 수만 있다면 강으로 가요. 강을 따라 가다가 시골로 향하는 옛날 철로를 만나면 그 철로를 따라가시오. 사실 요즘은 비행기를 타는 게 일반화되어서 철로는 거의 없어졌지만 철도 레일만은 녹슨 채 남아 있지. 내가 듣기론 전국 여기저기에 부랑자 캠프가 있다고 하던데. 보통 걸어다니는 캠프라고 부르지. 이곳과 로스앤젤레스 사이의 길 위엔 늙은 하버드 출신자들이 많다고 하더군. 대부분 도시에서 수

배받고 쫓기는 사람들이지. 아마 여전히 살아 남아 버티고 있을 거요. 또 정부가 위험하다고 생각하는 인물은 절대 아니지만 그 속에 들어가 있는 사람도 있지. 수배자들을 추적하려고 말이오. 잠시 그곳에 숨어 있다가 세인트루이스에서 나와 만납시다. 오늘 새벽 5시에 은퇴한 인쇄업자를 만나려고 그곳으로 갈 예정이니까. 마침내 나란 존재를 드러내는 거지. 이 돈은 잘 쓰겠소. 정말 고맙소. 신의 가호가 있을 거요. 잠시 눈 좀 붙이겠소?"

"아닙니다. 일어나야죠."

"좀 살펴봅시다."

파버는 몬태그를 침실로 데리고 갔다. 사진틀을 옆으로 밀어 놓으니 엽서 크기만한 텔레비전 화면이 나타났다.

"난 늘 아주 작은 것을 원했지. 손안에 감추고 걸을 수 있게 말이오. 너무 크고 위압적인 것은 싫어. 자, 이걸 보시오."

파버는 스위치를 켰다.

"몬태그……."

텔레비전에서 목소리가 흘러 나오며 불이 켜졌다.

"엠……오오……엔……티이……에이……지이."

그 목소리는 몬태그의 이름 철자를 또박또박 불렀다.

"가이 몬태그는 여전히 달아나고 있습니다. 경찰 헬리콥터가 수색에 나섰고 다른 구역에서 사냥개도 데려왔습니다."

몬태그와 파버는 서로를 마주 보았다.

"로봇 사냥개는 절대 실패하지 않을 겁니다. 그 신기한 발명품은 사냥감 추적에서 한 번도 실수하지 않았으니까요. 오늘 밤, 우리 방송국은 영광스럽게도 카메라 헬리콥터로 그 사냥개를 따라갈 기회를 얻었습니다. 목표물을 향해서 출발하자마자……."

파버는 위스키 두 잔을 따랐다.

"우리 두 사람한테는 이게 필요하지."

두 사람은 단숨에 들이켰다.

"사냥개의 코는 1000명이나 되는 사람들의 체취를 기억하고 식별해 낼 정도로 아주 예민하답니다!"

파버는 몸을 떨며 자신의 집 안을 돌아보았다. 벽, 문, 손잡이, 몬태그가 앉아 있는 의자. 몬태그도 재빨리 집 안을 돌아보았다. 콧구멍이 팽창하는 것 같았다. 그는 자신의 흔적을 뒤쫓았다. 방 안 공기에 남아 있는 돌아다닌 흔적. 손잡이에 묻어 있는, 눈에 보이진 않지만 작은 샹들리에에 박힌 보석처럼 수많은 땀 냄새를 맡을 정도로 코가 예민해졌다. 자신은 빛을 발하는 구름이었고, 두 번 다시 숨쉴 수 없는 유령이었다. 파버가 유령을 자신의 몸 속으로 끌어들였다는 두려움으로 호흡조차 멈춰 버리는 모습이 눈에 들어왔다. 환상에 들뜨고 도망자의 체취로 더럽혀진 유령.

"로봇 사냥개는 이제 화재 현장에 도착, 헬리콥터에서 내리고 있습니다."

작은 화면에 불타는 집과 구경꾼들, 그리고 기묘한 꽃잎이 날아 내리듯 하늘에서 헬리콥터가 펄럭거리며 내려오는 광경이 비추어졌다.

자, 이제 게임을 시작하겠지. 서커스는 계속되어야 한다. 한 시간 안에 전쟁이 시작된다고 해도…….

몬태그는 화면 속으로 빠져들었다. 눈을 돌리고 싶지 않았다. 자신과는 동떨어진 별나라를 보고 있는 듯했다. 따로따로 떨어진 연극, 지켜보기 어색할 정도로 이상한 즐거움을 주는 연극. 오, 하느님, 저것은 다 나의 일입니다. 저기에서 일어나는 게 전부 내 일이라고요.

자신을 추적하는 과정이 저렇게 빠르게 진행되는 동안 이곳에서 이렇게 편히 좀더 눌러앉아 있으면, 골목길을 내려가고, 길을 건너고, 텅 빈 도로를 달리고, 공터와 운동장을 가로지르고, 생필품을 사러 잠깐 멈추기도 하고, 블랙네 집을 불태우려고 계곡을 올라가기도 한 뒤 마침내 도착한 이 집에서 파버와 함께 앉아서 이렇게 여유 있게 술을 마시고 있으면, 이제 저 로봇 사냥개가 죽음을 의미하는 침묵 속에서 마지막 흔적을 냄새 맡고 저 창문 밖에서 미끄러지듯 멈추겠지. 그러면 나는 한쪽 눈은 텔레비전 화면에서 떼지 않은 채 창문으로 걸어가 창문으로 몸을 내밀고, 뒤돌아보는 거야. 환한 텔레비전 화면에서 자신이 극적으로 표현되고, 바뀌고, 묘사되어 객관적으로 시청될 드라마를 말이다. 집집마다 응접실에서 지켜볼 실물 크기로, 총천연색으로, 사면에서 비치는 드라마! 두 눈 부릅뜨고 보면 자신의 모습, 사람들의 뇌리에서 잊히기 전 한 순간 응접실 벽을 흔드는 광란적인 사이렌 소리에 깨어나 굉장한 게임, 사냥, 한 남자의 카니발을 보려고 응접실에 앉은 수많은 사람들을 위해 구멍이 뚫리는 자신의 모습을 한 순간이나마 볼 수도 있으리라.

한 마디라도 말할 수 있는 기회가 주어질까? 수천만 명이 지켜보는 가운데 사냥개한테 물리는 순간 자신의 일생을 한 문장이나 한 마디 말로 정리할 수 있을까? 사냥개가 달려들어 금속 턱으로 나를 꽉 물고 어둠 속으로 달릴 동안, 저 멀리서 카메라가 그 신기한 창조물이 점점 사라지는 모습을 지켜보는 동안, 그래서 마침내 화려한 파국이 진행될 동안 말이다! 저 사람들의 얼굴을 전부 마비시키고 일깨우려면 어떤 한 마디 말, 아니 몇 마디 말이 필요할까?

"저기……."

파버가 속삭였다.

헬리콥터에서 뭔가가 미끄러져 내렸다. 기계도 아니고, 동물도 아닌, 죽은 것도 아니고 살아 있는 것도 아닌, 연녹색 발광체. 그 발광체는 연기에 휩싸인 몬태그의 폐허 옆에서 멈췄다. 그러자 사람들이 불타 버린 몬태그의 점화기를 가져와 그 코밑에 들이대었다. 윙윙, 찰칵찰칵, 쿵쿵.

몬태그는 머리를 흔들며 일어나 남은 술을 들이켰다.

"때가 된 것 같군요. 정말 미안합니다."

"뭐한테? 나한테? 우리 집에? 그런 소리 마시오. 나야말로 지금 일어나는 모든 일에 책임이 있소. 제발 어서 도망가시오. 아마 내가 그 사냥개를 여기서 좀 붙잡아 둘 수 있을 거요."

"아니, 교수님은 노출되면 안 됩니다. 내가 떠나자마자 내가 건드린 이 침대 시트를 태우세요. 벽난로에다 거실의 의자도 태우시고요. 알코올로 가구와 손잡이를 닦고, 응접실 양탄자도 태워 버리십시오. 방마다 공기 조절 장치를 틀고, 뿌리는 나방약이 있으면 그걸 방마다 뿌리고, 정원의 물뿌리개 호스를 도로까지 끌어가서 이리저리 뿌리십시오. 운이 좋다면 이곳에 남은 제 흔적을 없애 버릴 수 있을 겁니다."

파버는 머리를 흔들었다.

"그렇게 하겠소. 행운을 비오. 우리 두 사람 다 무사히 살아 남는다면 다음 주에 세인트루이스의 우체국에서 만납시다. 이번엔 귀마개로 당신과 함께 가지 못해 섭섭하구먼. 그건 우리한테 썩 쓸모가 있었는데. 하지만 이젠 더 이상 만들어 놓은 게 없소. 당신도 알다시피 그걸 쓰게 되리라곤 상상도 못했지. 나는 정말 어리석은 늙은이야. 그런 일 하나 생각하지 못하다니. 바보, 멍텅구리 늙은이 같으니라고. 당신 귀에 꽂을 그 녹색 귀마개는 이제 더 없다오. 자, 어서 가시오!"

"마지막으로 하나만. 빨리요. 가방 하나만, 아주 더러운 옷으로 채운 낡은 가방 말입니다. 더러우면 더러울수록 더 좋습니다. 셔츠나 고무창 달린 신발이나 양말도⋯⋯."

안으로 들어간 파버는 서둘러 나왔다. 두 사람은 그 여행 가방을 투명 테이프로 단단히 봉했다.

"물론 이 속엔 늙은이 파버의 체취가 있을 거요."

파버는 땀을 뻘뻘 흘리며 말했다.

몬태그는 가방에다 위스키를 쏟아 부었다.

"그 사냥개가 한꺼번에 두 가지 냄새를 맡게 하고 싶진 않습니다. 이 위스키 가져가도 되겠습니까? 나중에 필요할 겁니다. 부디 무사하십시오."

두 사람은 다시 악수를 나누고 텔레비전을 흘끗 보며 밖으로 나왔다. 달리는 사냥개 위로 헬리콥터의 카메라가 쫓아간다. 조용히, 조용히, 그 거대한 밤바람 속을 쿵쿵거리며 달리는 사냥개. 첫 번째 골목길을 달려온다.

"잘 가시오!"

몬태그는 뒷문을 소리 없이 빠져 나와 절반쯤 빈 가방을 들고 달렸다. 뒤에서 정원 물뿌리개가 작동되는 소리가 들렸다. 물뿌리개는 캄캄한 공기를 부드럽게 적시며 천천히 물을 뿜어 마침내 인도와 골목길로 흘러내리고 있다. 몬태그의 얼굴에도 몇 방울 떨어졌다. 잘 가라고 외치는 소리가 어슴푸레 들렸다.

몬태그는 이를 악물고 그 집을 벗어나 강을 향해 달렸다.

몬태그는 달리고 또 달렸다.

사냥개를 느낄 수 있다. 가을처럼 서늘하고 건조한 흐름, 풀잎 하나 건드리지 않고, 창문을 덜커덩거리지도 않고, 하얀 도로의 낙엽 그림자조차 스쳐 지나가는 바람. 그 사냥개는 이 세상의 털끝 하나 건드리지 않는다. 죽음 같은 침묵을 싣고 달리는 사냥개는 마을을 지나는 동안 뒤에서 엄습해 오는 압력으로 다가올 뿐이다. 이제 그 압력이 점점 더 강하게 눌러 온다. 몬태그는 달렸다.

강으로 가는 도중 몬태그는 잠시 서서 호흡을 가다듬었다. 잠이 깬 집에서 흘러 나오는 희미한 불빛이 눈길을 끌었다. 거실 벽면으로 방송되는 추격전을 지켜보는 사람들 그림자가 어른거린다. 그 벽에는 로봇 사냥개가 네온 증기를 내뿜으며 날렵하게 달리고 있다. 어디에선가 멈춰 섰다간 다시 달리고, 멈춰 섰다간 다시 달린다! 이제 느릅나무 테라스, 링컨 센터, 너도밤나무 공원을 지나 파버의 집으로 향하는 골목길로 들어섰다.

지나가, 서지 말고 지나가라고, 고개도 돌리지 마!

밤 공기를 출렁거리며 물뿌리개가 돌아가는 파버의 집이 응접실 벽에 나타났다.

사냥개가 잠시 머뭇거리며 몸을 떤다.

안 돼! 몬태그는 창틀을 꽉 움켜잡았다. 이리 와! 바로 여기라니까!

마취약 바늘이 찰칵거리며 드러났다 사라지고, 드러났다 사라진다.
사냥개의 코끝에서 사라지는 바늘에서 꿈결에서 보는 것 같은 깨끗
한 물방울이 하나 똑 떨어졌다.

몬태그는 제대로 숨을 쉴 수 없었다. 꽉 쥔 주먹이 가슴에 들어앉은
것 같았다.

로봇 사냥개는 파버의 집에서 고개를 돌려 다시 골목 아래로 돌진
했다.

몬태그는 고개를 들어 하늘을 보았다. 헬리콥터가 점점 다가온다.
시뻘겋게 이글거리는 벌레 하나.

몬태그는 자신을 진정시키려고 발버둥쳤다. 이건 지어낸 이야기가
아니다. 강으로 도망치는 나를 따라오는 저 카메라도 드라마 속의 카
메라가 아니다. 이 모든 게 실제 상황이다. 내가 감당해 내야 하는 체
스 게임, 두 눈 똑바로 뜨고 지켜보는 체스 게임, 다음 차례가 점점 옥
죄어 오는 체스 게임이다.

몬태그는 지금 머물고 있는 이 낯선 집의 창가로 점점 다가오는 위
기를 느끼며 가슴속으로 소리쳤다. 미친 듯 진행되는 황홀한 유령들
의 축제. 빌어먹을! 빨리 달아나라고! 골목길, 도로, 골목길, 도로, 그
리고 작은 강. 다리를 쭉 뻗고, 내려놓고, 쭉 뻗고, 내려놓고. 이제 카메
라는 2000만 명의 몬태그가 달리는 모습을 잡을 것이다. 2000만 명의
몬태그가 달리고 달린다. 옛날에 사라진 키스톤 코미디(무성영화시대
의 코미디 시리즈. 경찰과 범죄자의 추격전이 주된 내용이다 ─옮긴이)

처럼, 경찰, 강도, 추적자와 피추적자, 사냥꾼과 사냥감이 달리고 달리는, 수천 번이나 본 그 코미디처럼. 이제 내 뒤에는 2000만 명이 조용히 사냥개를 쫓아 응접실을 스쳐 지나고, 오른쪽 벽에서 가운데 벽을 지나 왼쪽 벽으로 사라지고, 또 오른쪽 벽, 가운데 벽, 왼쪽 벽으로, 그리고 마침내 영원히 사라질 것이다!

몬태그는 귀마개 라디오를 귀에 집어넣었다.

"경찰에서 느릅나무 단지에 사는 모든 주민들에게 말씀드립니다. 모든 도로의 모든 집, 모든 주민들은 앞문이나 뒷문을 열거나 창문을 통해 보십시오. 모든 사람들이 집에서 내다본다면 그 도망자는 절대 달아날 수 없습니다. 준비!"

물론 그렇고말고! 왜 진작 그러지 않았을까! 그렇게 오랫동안 이 게임이 지루하지 않았던 걸까! 그래, 다들 일어나 내다보라고! 그래, 발각되지 않을 수 없겠지! 한밤중에 혼자서 달려가는 사람, 다리를 내밀어 힘껏 달려가는 사람인데 말야!

"이제 열까지 세겠습니다! 하나! 두울!"

도시 전체가 일어난다.

"세엣!"

온 도시가 일어나 문으로 향한다.

더 빨리!

"네엣!"

사람들이 몽롱한 상태에서 복도를 걷고 있다.

"다섯!"

문 손잡이를 잡는다!

강에서 서늘하고 고체 비 같은 냄새가 풍겨 왔다. 달려오는 동안 불붙은 듯 타오르는 목구멍과 말라붙은 눈. 몬태그는 마치 자신을 마지막 100야드 밖으로 날려보낼 듯한 소리로 울부짖었다.

"여섯, 일곱, 여덟!"

500개의 문 손잡이가 돌아간다.

"아홉!"

몬태그는 마지막 주택가를 빠져 나와 단단하게 움직이는 암흑으로 향하는 비탈길에 들어섰다.

"여얼!"

문이 열린다.

수천 개의 얼굴이 정원을 내다보고, 골목길을 내다보고, 하늘을 올려다본다. 커튼에 가려진 창백하게 질린 얼굴, 전자 우리에 갇힌 잿빛 동물 같은 얼굴, 몽롱한 회색 눈동자의 얼굴, 잿빛 혀와 마비된 얼굴 근육을 통해 드러나는 잿빛 생각을 가진 얼굴, 얼굴, 얼굴.

하지만 지금 몬태그는 강에 있다.

만져 본다. 이게 꿈일까 생시일까. 강을 건너면서 옷을 벗는다. 온몸에 물을 튀긴다. 팔, 다리, 머리를 신선한 물방울로 적신다. 마시고, 쿵쿵거리며 냄새 맡는다. 낡은 파버의 옷을 입고 신을 신는다. 강물에 던져 버린 옷이 떠내려간다. 그리고는 가방을 들고 강바닥이 안 보일 때까지 걸어 어둠 속으로 사라진다.

사냥개가 강에 도착했을 때 몬태그는 이미 300야드 아래쪽에 있었다. 머리 위에서 헬리콥터의 프로펠러가 요란하게 돌아갔다. 환한 불빛이 강 위로 쏟아지고 몬태그는 태양이 구름을 산산이 부서버린 것 같은 조명 아래서 헤엄쳐 간다. 강물이 그를 점점 더 먼 곳으로 잡아당겨 어둠 속으로 끌고 가는 것 같다. 불빛이 육지로 돌아가고 헬리콥터도 다시 도시 쪽으로 방향을 돌린다. 다른 흔적을 발견한 것일까? 모두 가 버렸다. 사냥개도 가 버렸다. 이제 갑작스러운 평화 속에서 차가운 강물엔 몬태그만 떠내려간다. 이 도시와 불빛, 추적, 그 모든 것에서 벗어나 하염없이 떠내려가는 것이다.

몬태그는 자신이 무대와 많은 배우들을 남겨 놓고 떠나는 듯한 착각에 빠졌다. 풍성한 축제와 투덜거리는 유령들을 남겨 놓고 떠난다. 완전히 새롭기 때문에 비현실적인, 현실 세계를 위협하는 비현실의 세계를 떠난다.

먹빛 육지가 미끄러지듯 펼쳐진다. 몬태그는 언덕 사이의 마을로 들어선다. 10여 년 만에 처음으로 바로 머리 위에서 쏟아지는 별들을 올려다본다. 빙글빙글 도는 거대한 불의 행렬. 엄청난 파괴력을 지닌 별 무리가 우르르 쏟아져 내려와 금방이라도 산산조각 낼 듯 위협한다.

물에 퉁퉁 불어난 가방이 가라앉을 때마다 몬태그의 몸이 둥실 떠올랐다. 강은 부드럽고 한가롭게 흐른다. 아침으로 그림자를 먹고, 점심으로 증기를 먹고, 저녁으로 수증기를 먹는 사람들에게서 떠나는 것이다. 강은 몹시 현실적이다. 몬태그를 편안하게 둥둥 띄워 주면서 천천히 이 달과 올해와 생애를 생각할 시간을 주었다. 몬태그는 자신의 가슴이 뛰는 소리가 점점 가라앉는 것을 느꼈다. 쾅쾅 요동치던 심장과 함께 걷잡을 수 없이 혼란스럽던 생각도 차츰 진정이 되었다.

낮게 떠 있는 달. 달은 저기에 있다. 달빛은 어떻게 생길까? 물론 태양 때문이지. 그렇다면 태양 빛은 어떻게? 이글거리는 불에서지. 태양은 날마다 뜨고 진다. 타고 또 타오른다. 태양과 시간. 태양과 시간과 불. 불. 물결이 부드럽게 넘실거린다. 불. 태양과 지구 위의 모든 시계. 그 모든 것들이 함께 떠올라 마음속에서 하나가 된다. 육지에서 도망 다녔던 오랜 시간과 강물에 떠내려가는 짧은 시간이 지나면 밝혀지리라. 자신이 왜 앞으로 다시는 불태우는 일을 하지 않을 것인지.

태양은 날마다 타오른다. 시간을 태운다. 이 세상은 축을 중심으로 빙빙 돈다. 그리고 시간은 세월을 태우고, 사람들을 태운다. 몬태그 · 자신이 돕지 않아도 된다. 그래서 만약 그가 방화수들과 함께 사물을 태우고 태양이 시간을 태운다면, 모든 게 타버리는 셈이 되는 것이다!

누군가가 태우는 것을 멈추어야 한다. 태양은 멈출 수 없다. 무엇보다 분명한 사실이다. 그래서 몬태그와 또 몇 시간 전까지 함께 일했던 사람들이 막아야 한다. 어디에선가 은닉과 보관을, 누군가가 그것을 다시 시작해야만 한다. 책이나 기록, 사람들의 머리, 그 무엇이든 숨겨야 한다. 좀이나 녹, 곰팡이, 그리고 무엇보다도 성냥 든 사람한테서 안전하게 살아 남을 수 있도록 숨겨야 한다. 이 세상은 다양한 형태의 방화범들로 가득 차 있다. 이제 불연성 섬유 판매점이 즉시 문을 열어야 한다.

발꿈치가 돌출한 땅을 딛는다. 자갈과 바위와 모래 더미를 밟는다. 강물이 그를 강가로 데려온 것이다.

몬태그는 눈도 없고, 빛도 없고, 형태도 없고, 오직 천 마일이란 길이가 있을 뿐인, 잠시도 멈추지 않는 그 거대한 검은 창조물을 들여다본다. 그리고 자신을 기다리는 언덕과 숲을 바라본다.

그는 그 편안한 물의 흐름을 떠나기 싫어 머뭇거렸다. 바로 저기에 사냥개가 버티고 있을 것 같다. 갑자기 헬리콥터에서 불어오는 강한 바람이 나무를 불어 넘어뜨릴 것 같다.

하지만 그를 기다리고 있는 것은 강을 스쳐 가는 평범한 가을 바람뿐이었다. 그 사냥개는 왜 추적을 멈추었을까? 왜 육지로 추적 방향을 틀었을까? 몬태그는 귀를 기울인다. 아무 소리도 들리지 않는다. 아무 소리도.

밀리. 여기가 바로 시골이야. 들어봐! 아무 소리도 들리지 않아, 아무 소리도. 이렇게 깊은 침묵을 당신은 어떻게 받아들일까? 소리를 지를 건가? 아니, 입 닥쳐, 입 다물라고! 밀리, 밀리. 슬픔이 몰려온다.

밀리도 여기 없고, 사냥개도 여기 없다. 그저 저 먼 풀밭에서 날아온 마른 풀잎 냄새만이 육지라는 사실을 일깨워 준다. 아주 어렸을 적에 찾아갔던 농장이 떠오른다. 드문 기회였다. 일곱 겹으로 휩싸인 비현실의 베일 저편에, 응접실 벽면 저쪽에, 도시의 작은 호수 저편에 소가 풀을 뜯고, 돼지가 오후 햇살을 받아 따뜻한 연못가에 앉아 있고, 개들이 언덕에서 양 떼를 쫓으며 짖는 곳이 있다는 사실을 알았던 행운의 기회.

이제 마른 풀잎 냄새와 물이 흐르는 소리가, 시끄러운 고속 도로에서 떨어진 외딴 헛간의 신선한 건초 더미 속에서 잠들고 싶다는 욕망을 불러일으킨다. 조용한 농가 뒤, 머리 위로 흐르는 세월의 소리처럼 돌아가는 물레방아 아래, 헛간의 높은 다락에서 밤새도록 멀리서 들려 오는 동물과 벌레 소리, 나무 소리, 졸졸거리는 물소리 따위의 활기찬 소리를 들으리라.

문득 발걸음 소리가 다락 아래서 들려 오는 것 같아 빳빳이 긴장되어 일어나기도 하겠지. 하지만 그 소리는 곧 사라지리라. 다시 누워 다락의 창밖을 내다본다. 아주 늦은 밤, 농가에서 불이 꺼진다. 저 불 꺼진 창가에서는 아름다운 젊은 처녀들이 머리를 빗고 있으리라. 그 처녀의 얼굴은 실제 볼 수 없지만 머리 속에 떠올릴 수 있다. 아주 오래 전, 지금은 과거의 시간 속으로 흘러가 버린 그 옛날, 날씨를 알고, 반딧불은 결코 뜨겁지 않다는 것을 알던 그 소녀, 턱 끝에 문지른 민들레꽃의 의미를 알던 바로 그 소녀의 얼굴과 비슷하리라. 이제 그 처녀는 따뜻한 창가를 떠나 달빛이 교교히 흐르는 자신의 방으로 올라오겠지. 이제 헛간 다락에 안전하게 숨어서 저 죽음의 소리, 수평선 위의 하늘을 우울하게 두 조각으로 자르며 날아가는 제트기 소리를 듣고 지구 둘레를 오가는 낯선 새 별들을 바라보고 달콤하게 감싸 오는 새벽녘의 햇살을 받을 것이다.

아침이 되어도 잠들 필요가 없으리라. 완벽한 시골의 밤에서 풍기는 따뜻한 향기와 정경은, 눈과 입을 크게 벌리고 있어도 마치 잠든 것처럼 편안한 휴식을 안겨 주기 때문에. 그래서 꿈인지 생시인지 확인해 보고 싶어하는 자신의 생각을 알아차리곤 빙그레 웃기도 하겠지.

건초 다락의 계단 아래쪽에서는 믿을 수 없는 일이 기다리고 있으리라. 이른 아침의 어슴푸레한 빛 속을 뚫고 조심조심 계단을 내려가면 그 작은 기적을 만날 수 있고, 마침내 몸을 굽혀 그 기적을 잡는 것이다.

계단 아래 놓인 신선하고 차가운 우유 한 잔과 사과와 배 몇 알.

그 기적이야말로 지금 몬태그에게 무엇보다 필요한 것이다. 그리고 광활한 이 세상이 자신을 받아들이고 모든 일을 곰곰이 생각해 볼 수 있는 시간을 주는 신호가 되리라.

한 잔의 우유와 사과와 배.

몬태그는 강에서 걸어나왔다.

육지는 커다란 해일이 되어 그에게 달려들었다. 어둠과 시골의 정경, 그의 몸을 동결시킨, 바람에 실려 온 수천 가지 향기들이 그를 짓눌렀다. 몬태그는 어둠과 소리와 냄새라는 찌그러진 곡선 아래로 떨어졌다. 그의 귀가 울부짖었다. 현기증이 났다. 사방이 빙글빙글 돌았다. 별들이 타오르는 유성처럼 머리 위에 쏟아진다. 다시 강물 속에 몸을 담그고 어디론가 떠내려가게 내맡기고 싶었다. 이 어두운 육지는 어린 시절 수영을 하다 휩쓸려 들어갔던 커다란 파도를 생각나게 한다. 어디선가 밀려와 그를 덮쳐 짭짤한 진흙과 녹색 어둠 속에 내동댕이치고는, 불타는 입과 귀에 물을 퍼붓고 위장을 다 게워 내고서 깔깔거리며 비웃는 커다란 파도 같다. 너무 많은 물!

너무 많은 땅.

눈앞의 검은 벽에서 속삭임이 들린다. 형체도. 그 형체 안에서 이글거리는 두 눈. 밤이 그를 지켜본다. 숲이 그를 감시한다.

사냥개!

그 사냥개에게서 벗어나려고 땀에 흠뻑 젖은 채 그렇게 힘들게 달리고 달려 왔는데, 거의 빠져 죽을 뻔한 상황도 넘기고 여기까지 왔는데, 그래서 이제는 안전하다고 생각해 안도의 한숨을 내쉬며 육지로 나왔는데, 결국 만난 게…….

사냥개!

몬태그는 필사적으로 마지막 울부짖음을 토했다. 어느 누구도 감당하기 힘겨운 형벌 앞에 서서 절규하는 울부짖음이었다.

그 형체가 폭발해 버렸다. 눈동자도 사라졌다. 건조한 소나기 속에서 낙엽 더미가 흩어져 올랐다.

황량한 벌판에 몬태그만 홀로 남았다.

사슴. 몬태그는 피와 고무 냄새와 진동하는 동물의 숨결이 혼합된 향수같이 진한 사향 냄새를, 이끼 냄새를, 돼지풀 냄새를 맡는다. 이 거대한 밤, 그의 시야 저 너머의 심장 박동처럼 나무들이 달려들었다가 달아나고, 달려들었다간 달아난다.

땅 위에는 몇 십 억이나 되는 나뭇잎이 있으리라. 그는 그것들, 그 따뜻한 상록수들과 따뜻한 흙 냄새가 나는 말라붙은 강을 건넌다. 그리고 다른 냄새도 물론! 땅에서 캐낸 감자, 밤새도록 달빛을 받아 싱싱하고 차갑고 새하얀 감자 냄새가 솟아오른다. 저녁 식탁의 오이절임 냄새, 희미하게 섞인 노란 겨자 냄새, 옆집 정원에서 날아오는 카네이션 냄새도 어우러져 있다. 몬태그는 손을 내밀어 잡초를 만지작거린다. 아이들 숨결이 스쳐 지나가는 것 같은 촉감. 손가락이 감초 냄새를 맡는다.

몬태그는 심호흡을 하며 일어섰다. 땅을 딛고 심호흡을 할 때마다 그의 몸은 하나씩 땅 위의 온갖 것들로 채워졌다. 이제 텅 빈 몸이 아닌 것이다. 그를 채울 수 있는 것들은 여기에 아직 너무나 많이 있다. 앞으로도 언제까지나 충분히 남아 있으리라.

몬태그는 얕은 나뭇잎의 물결 속을 걸었다. 비틀거리며.

그리고 낯설고 서먹서먹한 곳 한가운데서 떠오른 친밀감.

발끝에 채는, 둔탁하게 울리는 어떤 물체.

몬태그는 땅을 만졌다. 이쪽으로 1야드, 저쪽으로 1야드.

철도 선로.

도시에서 뻗어 나온 철로는 녹슨 채 이 땅을 가로지르고 있다. 강변의 숲과 나무를 지나, 이제는 버려진 철로.

가고자 하는 곳이 어디든 그곳으로 안내할 길을 발견한 것이다. 이 낯선 곳에서 단 하나 친숙한 것, 덤불 사이를 지나면서 발 밑에서 느껴지는 감촉과 낙엽의 속삭임 속에서 냄새 맡고, 느끼고, 만지면서 그에게 필요한 마법의 매력을 주는 길이 드디어 나타난 것이다.

몬태그는 철로 위를 걸었다.

그리고 갑자기 소스라치게 놀랐다. 그가 증명해 보일 수 없는 어떤 확실한 사실이 머리 속을 꿰뚫고 지나갔던 것이다.

언젠가, 오래 전 언젠가 클라리세도 이곳을 걸었으리라. 바로 지금 내가 걷고 있는 이 길을.

30분 뒤, 몬태그는 철로 위를 한 걸음 한 걸음 조심스럽게 걷고 있다. 암흑으로 채워진 자신의 몸과 얼굴, 입, 눈, 소리가 가득 찬 귀, 나무줄기와 쐐기풀에 찔려 따끔거리는 다리를 생생히 느끼며. 앞에서 불빛이 보였다.

그 불빛은 깜박거리는 눈처럼 나타났다가는 사라지고 또 다시 나타났다. 몬태그는 걸음을 멈추었다. 마치 자신이 숨을 내쉬어 꺼버린 것 같았다. 하지만 그 불빛은 저 멀리 있었다. 몬태그는 조심스레 다가갔다. 15분 정도 걸어 바싹 다가갔다. 그리고 멈춰 서서 차근차근 살펴보았다. 하얗고 빨간색의 작은 움직임, 불꽃이었다. 그전의 불과는 다른 의미로 다가오는, 몹시 기묘한 불꽃이었다.

타오르는 불이 아니었다. 따뜻한 불이었다.

따뜻한 그 불의 혜택을 받고 있는 수많은 손들. 어둠에 숨겨진 팔 없는 손들. 그 손 위로 불빛을 받아 앞뒤로 흔들리거나 깜박거릴 뿐인 정지된 얼굴들이 나타났다. 불이 이렇게도 보일 수 있다니. 태워 버리는 기능 외에 이렇게 따뜻함을 주는 기능도 갖고 있다니. 그런 생각은 평생 해 보지 못했다. 냄새조차 다르다.

얼마나 오래 서 있었는지 모른다. 하지만 몬태그는 자신이 불 옆에 던져진 한 마리 들짐승 같다는, 어리석지만 유쾌한 기분을 맛보았다. 꼬리와 맑은 눈, 털과 주둥이, 날카로운 뿔과 발을 가진, 땅 위에 쏟아부으면 가을 향기가 물씬 날 피를 가진 한 마리 들짐승. 몬태그는 오래오래 그곳에 서서 따뜻한 불이 딱딱 타오르는 소리를 들었다.

주위엔 온통 침묵뿐이다. 침묵과 불길이 사람들의 얼굴 위로 겹쳐진다. 그리고 시간이 있다. 나무 아래의 녹슨 철로 옆에 앉아 마치 세상이 이 모닥불 한가운데에 놓인, 이 사람들이 마음대로 주무를 수 있는 금속 조각인 양 바라보고 하나하나 헤쳐 볼 수 있는 충분한 시간이. 다른 것은 불길만이 아니었다. 침묵도 달랐다. 몬태그는 이 세상의 모든 일과 관련된 그 특별한 침묵을 향해 다가갔다.

말소리가 들리기 시작했다. 사람들이 이야기를 하고 있다. 어떤 말을 하고 있는지는 들리지 않는다. 하지만 나지막하게 울리는 그 목소리들은 세상을 돌아보고 점검하고 있다. 땅을 알고, 나무를 알고, 강변의 도시를 알고 있는 목소리. 모든 것에 대해 말하고 있는 목소리. 그 억양과 움직임과 그들 사이에서 일어나는 끊임없는 호기심과 의혹의 소용돌이를 통해 충분히 알 수 있다.

그들 가운데 하나가 올려다보고 몬태그를 발견했다. 처음으로, 아니 일곱 번째였는지도 모르지만, 누군가가 그를 불렀다.

"괜찮으니까 이제 나오십시오!"

몬태그는 어둠 속으로 한 발짝 물러났다.

"괜찮다니까요. 우리들은 당신을 환영합니다."

몬태그는 천천히 불 쪽으로 걸음을 옮겼다. 거기에 앉아 있던 다섯 노인은 전부 감청색 데님 바지와 외투, 셔츠를 입고 있었다. 도대체 어떤 말을 해야 하나.

"앉으시오."

그 작은 모임의 지도자인 듯한 사람이 말했다.

"커피 들겠소?"

조립식 양철 컵에 따른, 김이 무럭무럭 나는 액체가 몬태그 손으로 넘어왔다. 몬태그는 아주 조심스럽게 한 모금씩 마셨다. 모두의 눈에 호기심이 가득했다. 입술을 데었지만, 괜찮았다. 그를 둘러싼 얼굴들은 모두 턱수염을 기르고 있었다. 하지만 그 수염은 깨끗하고 말끔했고, 그 사람들의 손 역시 깨끗했다. 손님을 환영하는 뜻으로 일어났던 그들은 이제 다시 앉았다. 몬태그는 커피를 조금씩 마셨다. 그리고 입을 열었다.

"고맙습니다. 정말 고맙습니다."

"몬태그, 당신을 환영합니다. 내 이름은 그레인저요."

그는 작은 병에 담긴 투명한 액체를 건네주었다.

"이것도 마시구려. 당신 몸에서 나는 땀의 화학 성분을 바꿔 주니까. 이제 30분 뒤면 당신 몸에서는 두 사람 냄새가 날 거요. 사냥개가 추적할 때 가장 좋은 방법은 바로 뒤집기거든."

몬태그는 그 쓴 액체를 마셨다.

"이제 당신은 시라소니처럼 악취를 풍길 거요. 하지만 그건 아무래도 좋지."

그레인저가 말했다.

"선생님은 제 이름을 알고 계시군요."

그레인저는 불 옆의 휴대용 텔레비전을 향해 고개를 끄덕였다.

"우린 추적 장면을 다 지켜보았소. 당신이 방향을 돌려 강을 따라 남쪽으로 가리라고 짐작했지. 그래서 당신이 마치 취한 사슴처럼 숲속으로 들어왔을 때도 우린 으레 그렇듯이 몸을 숨기지 않았던 거요. 헬리콥터 카메라가 다른 도시로 날아갔을 때 당신은 강물 속에 있었겠지. 하지만 저기에서는 아직도 웃기는 일이 벌어지고 있소. 추적이 계속되고 있다고. 다른 방향으로."

"다른 방향이라니?"

"어디 한 번 지켜봅시다."

그레인저가 텔레비전을 켰다. 화면 위로 압축된 악몽이 나타났다. 숲 속에서 쉽사리 이 손에서 저 손으로 옮아가는 악몽. 윙윙거리는 현란한 색과 불빛. 소리가 들렸다.

"지금 추적은 이 도시의 남쪽에서 계속되고 있습니다! 경찰 헬리콥터들이 87번 가와 느릅나무 숲 공원에 집결되어 있습니다!"

그레인저가 고개를 끄덕였다.

"저것들은 다 엉터리야. 당신은 강에서 추적을 따돌렸어. 저들은 그 사실을 받아들일 수 없거든. 자신의 관중들을 오래 붙잡아 놓고 싶은 게지. 이 쇼는 일시적인 결말이라도 내야 할 거요. 그것도 빠른 시간 안에! 그런데 만약 강을 전부 뒤지려고 한다면 밤새도록 해야 한단 말이야. 그러니까 바람직한 결말을 위한 희생양을 찾고 있는 거지. 잘 보시오. 저들은 앞으로 5분 안에 몬태그를 붙잡을 거라고!"

"하지만 어떻게……."

"일단 보시오."

헬리콥터 내부에 장치된 카메라가 이제 텅 빈 도로를 따라 내려가고 있다.

그레인저가 속삭였다.

"저걸 봐요. 저 사람이 당신이지. 저 도로 끝에 서 있는 사람이 바로 우리의 희생양이오. 카메라가 어떻게 다가가는지 보이오? 장면을 하나하나 의도적으로 연출하면서 긴장감을 조성하고 있다오. 오랫동안 멀리서 겨냥하면서. 지금 바로 어떤 불쌍한 사람이 산책하려고 집을 나서고 있지. 보기 드문, 이상한 사람이지. 경찰들이 별난 사람들의 습관을 모른다고 생각하진 마시오. 아침 산책을 위해서나 불면증 때문에 새벽에 나서는 습관 말이오. 어쨌든 경찰은 몇 달, 아니 몇 년 동안이나 저 사람의 기록을 만들고 있었을 테니까. 그런 정보가 언제 유용하게 쓰일지는 몰랐겠지만. 그런데 바로 오늘 그 정보가 썩 긴요하게 쓰이는 거지. 체면치레가 된단 말씀이야. 오 하느님, 저길 좀 봐요!"

불가의 사람들이 전부 몸을 앞으로 기울였다.

화면에 모퉁이를 도는 어떤 남자가 나타났다. 로봇 사냥개가 갑자기 달려들었다. 헬리콥터들이 현란한 빛 기둥을 수십 개나 쏘아 내려 그 사람 주위에 우리를 만들었다.

목소리가 소리쳤다.

"저 사람이 바로 몬태그입니다! 추적은 성공리에 끝났습니다."

그 무고한 남자는 어리둥절한 표정으로 서 있다. 손에서 담배가 타 들어 간다. 그는 사냥개를 쳐다보았다. 그 정체도 모르면서. 그리고 하늘을 올려다보았다. 사이렌 소리가 요란하게 들린다. 카메라가 아래로 내려간다. 율동감 있게 공중으로 뛰어오른 사냥개가 한 순간 아름답게 비친다. 이빨을 내민다. 공중에서 잠시 머뭇거린다. 마치 많은 관중들한테 모든 것을 감상할 시간을 주듯. 희생양의 생생한 표정과 텅 빈 거리, 목표물을 냄새 맡는 금속 동물의 코⋯⋯.

"몬태그, 움직이지 마!"

하늘에서 던지는 소리다. 카메라가 희생양한테 밀어닥친다. 사냥개처럼. 둘이 동시에 덮친다. 사냥개와 카메라가 희생양을 단단히 물고 흔든다. 희생양이 비명을 지른다! 울부짖는다! 절규한다!

중계 정지.

침묵.

암흑.

몬태그는 소리 없이 울부짖으며 고개를 돌렸다.

침묵.

그리고 그 다음, 사람들이 다시 표정 없는 얼굴로 불가에 둘러앉아 있을 때 캄캄한 화면에서 아나운서의 목소리가 들렸다.

"추적은 끝났습니다. 몬태그는 죽었습니다. 사회에 대한 범죄가 처벌받은 것입니다."

암흑.

"이제 여러분을 새벽이 오기 전 30분 동안 럭스 호텔의 스카이 룸으로 모시겠습니다. 프로그램……."

그레인저는 텔레비전을 껐다.

"그 사람의 얼굴에 초점을 맞추지 않았어. 그 사실을 알아차렸소? 당신의 가장 친한 친구라도 그 사람이 바로 당신이었다고는 말 못하오. 보는 사람이 속게끔 마구 휘저어 버렸다니까. 빌어먹을……."

그레인저가 내뱉었다.

"빌어먹을."

몬태그는 아무 말도 할 수 없었다. 그저 몸을 떨며 앉아서 그 텅 빈 화면에서 눈을 떼지 않았다.

그레인저가 몬태그의 팔을 잡았다.

"죽음에서 탈출한 당신을 환영하오."

몬태그가 고개를 끄덕였다. 그레인저가 계속 말을 이었다.

"우리들을 전부 소개하지. 이쪽은 프레드 클레멘트, 오래 전 캠브리지가 원자력 공학 학교로 바뀌기 전에 토마스 하디 강좌를 맡고 있었소. 이쪽은 UCLA에서 온 시몬스 박사, 오르테가 이 가세트(스페인의 철학자이자 문예 비평가—옮긴이)를 연구했소. 그리고 여기 웨스트 교수는 오래 전 콜롬비아 대학에서 지금은 고대 학문이 된 윤리학에 큰 공헌을 하신 분이오. 여기 파도버 목사님은 30년 전엔 설교를 많이 하셨지만 일요일과 일요일 사이에 신도들을 다 잃어 버려 지금은 우리와 함께 방랑 생활을 하고 계시지. 나, 나는 『장갑 속의 손가락』, 『개인과 사회의 올바른 관계』란 책을 썼소. 그리고 지금은 이렇게 이곳에 있지. 환영하오, 몬태그!"

몬태그는 마침내 천천히 입을 열었다.

"전 여러분들 틈에 끼여들 자격이 없습니다. 전 여태까지 어리석은 짓만 해왔습니다."

"우리 역시 다 그렇소. 우리 전부는 실수를 저질렀다오. 그렇지 않다면 여기에 있지도 않았을 거요. 우리가 개인으로 분리되었을 때 우리한테 남는 것은 분노뿐이라오. 난 몇 년 전에 내 서재를 태우러 온 방화수를 두들겨 팼지. 그 뒤로 계속 도망 다니는 신세가 되었고. 몬태그, 우리와 어울리고 싶소?"

"그렇습니다."

"뭔가 우리한테 줄 건 없소?"

"없습니다. 전도서 가운데 일부를 가지고 있었지만. 아마 요한계시록일 겁니다. 하지만 지금은 없습니다."

"전도서라니, 아주 좋아. 그런데 그 책이 어디에 있었소?"

"바로 여깁니다."

몬태그는 머리를 가리켰다.

"오호."

그레인저는 웃으며 고개를 끄덕였다.

"뭐가 잘못되었습니까? 틀린 말입니까?"

"아니, 아니오. 잘못되다니. 완벽하오!"

그레인저는 목사를 돌아다보았다.

"우리한테 전도서가 있습니까?"

"딱 한 권. 융스타운의 해리스라는 사람한테."

그레인저는 몬태그의 어깨를 힘있게 잡았다.

"몬태그, 조심해서 걸으시오. 건강에도 신경 쓰고. 해리스한테 무슨 일이라도 생기면 당신이 바로 전도서가 되는 것이오. 이제 당신이 얼마나 중요한 사람이 되었는지 아시구려!"

"하지만 잊어버렸습니다!"

"아니오. 아무것도 잊어버리지 않았을 거요. 당신 머릿속에 가로놓인 벽돌은 흔들어 떨어뜨릴 방법이 있소."

"하지만 지금까지 기억해 내려고 얼마나 발버둥쳤는지 모릅니다!"

"그럴 필요 없소. 우리가 필요할 때마다 기억나게 될 거니까. 우린 다들 아주 정확한 기억력을 갖고 있소. 하지만 우리는 평생을 실제 그 기억력 속에 들어 있는 사물을 방해하는 법만 배우며 낭비할 뿐이오. 여기 계신 시몬스 박사가 20년 동안 그걸 연구해서 우린 이제 어디에서건 즉시 불러와 읽을 수 있는 방법을 갖게 되었다오. 몬태그, 플라톤의 『국가』를 읽고 싶지 않소?"

"물론 읽고 싶지요!"

"내가 바로 플라톤의 『국가』라오. 마르쿠스 아우렐리우스는? 시몬스 박사가 바로 마르쿠스라오."

"안녕하시오."

시몬스 씨가 말했다.

"안녕하십니까."

"사악한 정치 소설인 『걸리버 여행기』를 쓴 조나단 스위프트를 소개합니다. 이 사람은 찰스 다윈이고, 이 사람은 쇼펜하우어이고, 이 사람은 아인슈타인, 그리고 여기 바로 이 사람은 아주 관대한 철학자인 앨버트 슈바이처입니다. 몬태그, 여기 있는 우리 전부가 아리스토파네스, 마하트마 간디, 석가모니, 공자, 토마스 러브 피콕, 토마스 제퍼슨, 링컨입니다. 그리고 마태, 마가, 누가, 요한복음이기도 하고."

다들 조용히 웃었다.

몬태그는 어리둥절했다.

"어떻게 그럴 수가 있지요."

그레인저가 빙긋 웃으며 대답했다.

"우리는 책 방화수이기도 하지. 일단 읽은 책은 태워 버립니다. 발각되면 안 되니까. 축소 필름도 소용없지요. 늘 돌아다녀야 하는 신세라 어딘가에 묻어 두었다가 다시 찾는 일은 하고 싶지 않소. 발각될 위험은 언제나 따라다니지. 늙은 머릿속에다 감춰 두는 게 제일 안전하오. 다른 사람이 보거나 의심할 여지가 없으니까. 우린 역사와 문학, 그리고 국제법 덩어리들이라오. 바이런, 톰 페인, 마키아벨리, 또 예수가 바로 여기에 있소. 그리고 시간은 없고, 전쟁은 시작되었고, 우리는 지금 이곳에 있고, 도시는 저기에 있소. 수천 가지 색깔로 포장된 채. 몬태그, 뭘 생각하시오?"

"내가 얼마나 눈이 멀었던가를 생각했습니다. 방화수 집에 책을 감춰 놓고 신고하다니."

"당신은 당신이 해야만 할 일을 한 거요. 전국적인 규모로 이루어진다면 아주 멋진 일이 될 텐데. 하지만 우리 길은 단순하지만 더 낫다고 생각하오. 우리가 하고 싶은 일은 필요하다고 생각하는 지식을 원래대로 안전하게 보관하는 일이라오. 우린 여태껏 누구를 자극하거나 화나게 하는 일을 하지 않았소. 우리가 죽는다면 지식도 영원히 사라져 버리기 때문이지. 우리는 우리 나름대로의 독특한 방식으로 모범적인 시민이오. 우리는 낡은 철로를 따라 걸어다니면서 밤이면 언덕에서 잠들지. 그리고 도시민들은 우리를 내버려 두고. 때때로 발길을 멈추고 우리를 유심히 살피는 사람들도 있긴 하오. 하지만 우리를 고소할 근거는 아무것도 없어. 조직 자체가 유연하고 아주 느슨하고 단편적이니까. 우리들 가운데는 얼굴이나 지문에 플라스틱을 넣는 수술을 받은 사람도 있소. 지금 당장은 아주 비참한 일을 하고 있는 거지. 그래서 전쟁이 시작되어 빨리 끝나기를 바랄 뿐이오. 좋은 일은 아니지만 우리가 지배하지 못한다면 어쩔 줄 몰라 울부짖는 별난 소수에 불과한 신세가 되니까. 전쟁이 끝나면 우린 아마 이 세상에 유용한 존재가 될 것이오."

"그 때엔 그들이 귀기울일 거라고 생각하십니까?"

"그렇지 못할 땐, 또 다시 기다릴 수밖에. 우리 아이들에게 입으로 책을 전해 기다리게 하고, 또 그 아이들이 다른 사람에게 전하고. 물론 그런 과정에서 잃는 것도 많겠지. 하지만 사람들이 강제로 듣게 만들 순 없소. 자신들이 필요할 때 와야 하오. 도대체 어떤 일이 일어났고, 왜 세상이 날아가 버렸는지 궁금해하면서. 결코 오래 걸리진 않소."

"그런 사람이 몇 명이나 됩니까?"

"오늘 밤 길 위나 버려진 철로를 오가는 수천 명이 밖에서 보면 부랑자지만, 안은 도서관이라오. 처음에는 계획적이지 않았소. 기억하고 싶은 책이 있는 사람들 각자가 그렇게 했지. 그 뒤 20여 년이 지나서로 만나서 돌아다니다가 경계가 허술한 곳에 모여 계획을 세웠다오. 우리가 명심해야 될 가장 중요한 사실은 우리가 결코 중요한 존재도, 박식한 사람도, 이 세상 어느 누구보다 잘난 인물도 아니라는 거지요. 우린 그저 책을 보관하는 지저분한 책덮개일 뿐 그 이상도 그 이하도 아니오. 작은 마을에서 살고 있는 사람도 있소. 소로의 『월든』 제1장은 그린 리버, 제2장은 메인 주의 월로 농장에 살고 있지. 메릴랜드 주의 아주 작은 마을, 폭탄이 건드릴 위험이 없는 겨우 스물일곱 명이 살고 있는 그 마을은 바로 버트런드 러셀이라는 사람의 완벽한 수필집이오. 한 번 그 마을을 집어서 페이지를 넘겨 보시오. 한 사람마다 수많은 페이지를 담당하고 있소. 앞으로 언젠가, 어느 해인가 전쟁이 끝나면 책은 다시 쓰여질 것이고, 그 때 사람들은 하나하나 호출되어 자신들이 알고 있는 것을 암송하겠지. 그러면 우리는 또 다시 암흑 시대가 도래해서 이 빌어먹을 일들을 다시 시작해야 될 때까지 책을 만들어 낼 것이오. 하지만 이건 인간만이 할 수 있는 훌륭한 일이지. 인간은 용기를 잃거나 비겁해져서 이런 일을 포기하지는 않을 것이오. 아주 중요하고 가치 있는 일이라는 것을 잘 아니까."

"오늘 밤은 어떤 일을 합니까?"

몬태그가 물었다.

"기다릴 거요."

그레인저가 대답했다.

"그리고 천천히 강 하류로 내려갈 거요. 만일에 대비해서."

그레인저는 불에다 재를 뿌리기 시작했다.

다른 사람들이 그를 도왔고 몬태그도 어리둥절한 상태에서 재를 뿌렸다. 다들 부지런히 손을 움직여 불을 껐다.

그들은 별빛을 받으며 강가에 서 있다.

몬태그는 방수 시계에서 빛나는 눈금판을 보았다. 5시. 오전 5시. 한 시간 한 시간 순조롭게 시간은 흐른다. 그리고 새벽은 저 멀리 있는 방파제 뒤에서 기다리고 있다.

"나를 믿는 이유가 뭡니까?"

몬태그가 물었다.

어둠 속에서 누군가가 움직였다.

"당신 얼굴이 신용장이오. 요즘 거울에 비친 자신의 얼굴을 본 적이 없겠지. 또 그밖에, 정부는 이번에 당신을 찾으려고 한 것처럼 용의주도하게 추적해서 우리를 괴롭히는 일 따위는 하지 않았소. 머리 속에 시구를 담아 둔 괴짜 몇 명은 자신들도 건드릴 수 없으니까. 그들도 알고, 우리도 알고, 모두가 알고 있는 현실이지. 대부분의 사람들이 마그나 카르타나 헌법 인용에 대해 의문을 갖지 않는 한 별 문제가 없으니까. 방화수들은 때때로 이런 사실을 점검하니까 잘 알겠지. 아니, 도시들은 우리를 괴롭히지 않소. 그리고 지금 당신은 악마처럼 보이오."

그들은 방파제를 따라 남쪽으로 움직였다. 몬태그는 그 노인들의 얼굴을 자세히 보려고 애썼다. 불빛에서 본 그 얼굴, 주름지고 피곤에 지친 그 얼굴들. 그는 그 얼굴에서 지혜와 의지, 내일에 대한 승리를 찾고자 했다. 하지만 거기에선 아무것도 볼 수 없었다. 그들의 머리 속에 든 지식으로 내부에서 빛이 나와 얼굴마다 전등 불빛처럼 환히 타오르리라 기대했기 때문일까. 그렇지만 그 빛은 전부 모닥불에서 나왔고, 노인들의 얼굴은 다른 어느 누구의 얼굴과 다를 바가 없었다. 기나긴 경주에서 끊임없이 계속 달리며 오랫동안 뭔가를 찾아 헤매고, 그러면서도 선한 것이 파괴되는 것을 지켜본 사람들. 이제 몹시 늦은 시간이지만 모여 앉아 파티의 마지막을 기다리며 불을 끄는 사람들. 그들은 자신들이 머리 속에 넣고 다니는 지식이 미래의 새벽을 순수한 빛으로 밝히리라는 사실을 확신하지 않는다. 그들의 조용한 눈동자 뒤에 쌓인 책을 제외하고는 아무것도 확신하지 않는다. 한 페이지도 잘려 나가지 않은 그 책들은 앞으로 손님들이 찾아와 깨끗하기도 하고 더럽기도 한 손으로 만져 주길 기다릴 뿐이다.

몬태그는 걷는 동안 줄곧 이 얼굴에서 저 얼굴로 곁눈질했다.

"표지만 보고 책을 평가해선 안 된다오."

누군가가 말했다.

다들 조용히 웃음을 터뜨리며 강 하류로 향했다.

날카로운 소리가 들렸다. 그들이 올려다보았을 때 이미 도시에서 이륙한 제트기는 저 멀리로 사라지고 없었다. 몬태그는 도시를 돌아보았다. 이제 그것은 저 강 아래에서 희미한 불빛으로만 어른거릴 뿐이다.

"아내가 저기 있습니다."

"정말 유감이오만, 앞으로 며칠 동안 안전하지 못할 거요."

그레인저가 대답했다.

"이상합니다. 아내가 전혀 그립지 않거든요. 아무것도 느낄 수 없다니 이상한 일 아닙니까. 조금 전에 깨달은 사실입니다만, 아내가 죽는다고 해도 슬플 것 같지 않습니다. 옳지 못한 생각이지요. 내가 어딘가 잘못된 게 틀림없습니다."

몬태그의 팔을 잡고 걸으며 그가 지나가도록 덤불을 치워 주기도 하던 그레인저가 말했다.

"내 말 좀 들어보시오. 할아버지는 내가 어렸을 때 돌아가셨소. 조각가셨는데, 아주 관대하시고 세상을 몹시 사랑하셨던 분이지요. 우리 마을의 빈민들을 구제하는 데 열심이었다든지 우리한테 장난감을 만들어 주신다든지, 살아 생전 수많은 일을 하셨소. 그래서 늘 바쁘셨지. 할아버지가 돌아가셨을 때 난 문득 깨달았다오. 내가 우는 것은 그분을 위해서가 아니라 그분이 하셨던 그 모든 일 때문이라는 사실을 말이오. 할아버지는 이제 그런 일을 다시는 하지 못한다. 나무로 조각을 할 수도 없고, 우리가 뒷마당에서 비둘기를 기르는 일을 돕지도 못하고, 바이올린 연주도 못하고, 농담도 하지 못한다라는 생각이 날 울린 것이지. 할아버지는 우리의 일부였고, 그 분이 돌아가시면서 그분의 행동들도 전부 죽어 버린 거요. 어느 누구도 그분이 하시던 대로 그 일들을 해내지 못하오. 할아버지는 중요한 사람이었소. 난 여태까지 그분의 죽음을 극복하지 못했다오. 가끔 생각하지. 그분이 돌아가셨기 때문에 어떤 훌륭한 조각품이 나오지 못했을까, 이 세상은 얼마나 많은 농담들을 놓쳤을까, 그분의 손길이 닿지 못한 비둘기는 또 얼마나 많을까. 할아버지는 세상을 만들어 나갔고, 세상에 많은 일을 해놓으셨지. 그분이 돌아가시던 날 밤 이 세상은 엄청난 손실을 입었다오."

몬태그는 묵묵히 걸었다.

"밀리, 밀리."

그는 나지막이 되뇌었다.

"밀리."

"뭐라고?"

"아내 이름입니다. 가엾은 밀리, 불쌍하고 가엾은 밀리. 아무 것도 기억할 수 없습니다. 아내의 손을 생각해 보지만 그 손이 뭔가를 하고 있는 모습은 전혀 떠오르지 않습니다. 그저 몸 옆이나 무릎에 축 늘어져 있거나 담배를 쥐고 있는 모습 외엔."

몬태그는 고개를 돌리고 뒤를 보았다.

몬태그, 그 도시에 무엇을 남겼는가?

잿더미.

다른 사람들은 서로에게 무엇을 주었는가?

아무것도 없어.

그레인저도 몬태그와 함께 뒤돌아보았다.

"'사람들은 전부 자신이 죽을 때 뭔가를 남긴단다. 아이나 책, 그림, 집, 벽이나 신발 한 켤레, 또는 잘 가꾼 정원 같은 것을 말이야. 네 손으로 네 방식대로 뭔가를 만졌다면, 죽어서 네 영혼은 어디론가 가지만 사람들이 네가 심고 가꾼 나무나 꽃을 볼 때 너는 거기 있는 거란다. 무엇을 하는가는 중요하지 않아. 네 손이 닿기 전의 모습에서 네 손으로 네가 좋아하는 식대로 바꾸면 되는 거란다. 그저 잔디를 깎는 사람과 정원을 가꾸는 사람과의 차이란 바로 매만지는 데 있지. 잔디를 깎는 사람의 마음은 전혀 정원에 있지 않지만 정원을 가꾸는 사람은 언제나 그곳에 있단다.' 우리 할아버지 말씀이오."

그레인저는 손을 움직였다.

"50년 전 어느 날 할아버지께서 'V-2 로켓' 영화를 보여주셨소. 200마일 위에서 솟아오른 핵폭발 버섯구름을 본 적 있소? 정말 그건 아무것도 아니오, 아무것도 아니라고. 그 주위에 펼쳐지는 황폐해진 땅에 비하면. 할아버지는 그 V-2 로켓을 열두 번이나 보시곤 언젠가 우리 도시들도 활짝 개방해서 정원과 땅과 황무지를 더 개간하게 되길 바라셨다오. 그래서 사람들한테 지구 위에서 우리에게 할당된 땅은 아주 작으니까 저 황무지에서 살아남아 주어진 것을 되찾아야 한다고 역설하셨지요. 창조주가 우리에게 숨결을 불어넣거나 바다를 주신 것만큼 쉽게 생각할 일이 아니라고, 사람이 그렇게 큰 존재는 아니라고 하셨소. 밤에 우리가 그 황무지에 얼마나 가까이 있는지 잊을 때면 이렇게 말씀하셨지. 언젠가는 그게 사람들을 잡아먹게 될 거야. 사람들은 그게 얼마나 끔찍한 현실인지 잊어버릴 테니까. 무슨 말인지 알겠소?"

그레인저는 몬태그 쪽으로 얼굴을 돌렸다.

"할아버지는 돌아가신 지 오래되었소. 하지만 만약 내 두개골을 파헤쳐 보면 내 뇌 속에서 할아버지의 엄지손가락이 파 놓은 도랑을 볼 수 있을 게요. 나를 매만지셨으니까. 아까도 말했지만 그분은 조각가셨소. '나는 현상이라는 로마어를 싫어한다!' '눈을 의혹으로 채워라', '10초 안에 죽을 사람처럼 살아라. 이 세상을 보거라. 공장에서 만들어지거나 가게에서 돈을 주고 즐기는 어떤 환상적인 꿈보다도 더 굉장한 것이다. 어떤 약속도 묻지 않고, 어떤 담보도 요구하지 않지. 동물 같은 것도 없고. 만약 있다면 그것은 매일같이 나무에 매달려 잠만 자는 커다란 게으름뱅이일 거야. 그럴 땐 나무를 흔들어 그 게으름뱅이를 깨워서 내려오게 하렴.'"

"저걸 봐요!"

몬태그가 소리쳤다.

그리고 전쟁이 시작되었고, 그 순간 끝나버렸다.

그 뒤, 몬태그 주위의 사람들은 자신들이 실제로 어떤 것을 보았다고는 말할 수 없었다. 아마 하늘에서 아주 작은 불꽃과 움직임이 있었다고 할지도 모른다. 10마일, 5마일, 1마일, 점점 눈앞으로 다가오는 원자 폭탄이나 제트기였을지도 모르고, 씨 뿌리는 커다란 손이 하늘에서 뿌리는 낟알 같았다고도 할 수 있으리라. 가공할 속도로 떨어지던 원자탄은 갑자기 속력을 줄여 그들이 남겨 두고 떠나온 도시의 아침 위로 천천히 떨어졌다. 제트기는 일단 자신의 목표물에 대한 폭격이 끝나자 시속 5000마일로 속력을 바꿔 날아갔다. 낮의 움직임처럼 빠르게 전쟁은 끝났다. 원자탄이 한 번 투하되면서 끝나버린 것이다. 원자탄이 투하되기 3초 전, 적군의 군함은 지구 저편으로 총알처럼 사라져 버렸다. 외딴 섬의 미개한 원주민들이 단순히 보이지 않는다는 이유로 그 존재를 믿지 않는 지구의 저쪽 편으로. 그러나 갑자기 심장이 산산이 부서지고, 몸이 뿔뿔이 흩어지고, 풀려난 해방감에 깜짝 놀란 붉은 피가 허공을 가르며 날았다. 두뇌는 몇 안 되는 소중한 기억들을 흩뜨렸고, 당황한 채 죽어 갔다.

믿을 수 없는 일이었다. 그저 하나의 몸짓이었다. 몬태그는 저 멀리 떨어진 도시 위에서 거대한 금속 손이 펄럭이는 모습을 보았다. 날카로운 제트기 소리가 그 뒤를 따르며 이렇게 떠들어대리라. 괴멸시켜라, 돌 조각 하나 남겨 놓지 말고 철저히 파괴하라, 모두 죽여라.

몬태그는 한 순간 하늘 위에서 원자폭탄을 보았다. 그의 마음과 손이 절망적으로 하늘로 솟구쳤다.

"달아나!"

그는 파버를 향해 외치고, 클라리세를 향해 외쳤다.

"달아나!"

밀드레드.

"빠져 나와, 거기에서 빠져 나오라고!"

그러나 클라리세는 이미 죽었다. 알고 있지 않은가. 그리고 파버는 그곳에 없다. 새벽 5시 버스가 어떤 황무지에서 다른 황무지를 향해 시골 어딘가 있을 깊은 계곡을 달려가는 중이리라. 아직 황무지가 되지 않았더라도 원자탄은 여전히 공기를 뚫고 달려온다. 너무도 확실한 일이다. 바로 인간이 그렇게 만들었으니까. 그 버스가 다시 고속도로에서 50마일을 달리기 전에 도착 지점은 아무 의미가 없어진다. 출발점은 수도에서 폐품 처리장으로 바뀌고.

그리고 밀드레드…….

빠져 나와, 도망치라고!

지금 어딘가의 호텔에 있는 밀드레드를 본다. 정원에서, 바로 발치, 그 호텔 1인치 앞에 떨어진 원자탄과 한 순간 같이 머무는 밀드레드. 친척들이 말을 걸고 말을 걸고 말을 거는, 희미하게 빛나는 거대한 벽면 텔레비전 앞에 몸을 기울이고 있는 밀드레드. 쉴새 없이 지껄이고, 떠들며 그녀의 이름을 말하고, 웃어 주지만 호텔 꼭대기에 1인치, 아니 반 인치, 4분의 1인치 앞으로 다가온 원자 폭탄에 대해선 아무것도 말해 주지 않는 텔레비전. 마치 굶주린 표정들이 자신의 은밀한 불면의 고통을 알아주기라도 하듯 벽으로 바싹 다가선 밀드레드. 밀드레드, 깊이 뛰어들 듯 빨려들 듯, 걱정스레 몸을 기울이고 신경질적으로, 밝은 행복 속으로 인도하는 저 윙윙거리는 거대한 색깔 속으로 빠져드는 밀드레드.

첫 번째 원자 폭탄이 떨어진다.

"밀드레드!"

그 누가 있어 알고 느끼겠는가? 훌륭한 색채와, 빛과, 보도와, 잡담을 자랑하는 거대한 방송국조차 제일 먼저 망각 속으로 사라지는데.

납작하게 누워 한없이 침몰해 가던 몬태그는 그저 보고 느낄 뿐이다. 자신이 본 장면을 상상하거나, 밀리의 얼굴에서 어두워져 가는 벽을 느끼고, 밀리의 비명을 듣는다. 남겨진 찰나의 시간 속에서 수정구가 아닌, 거울에 반사된 자신의 얼굴, 한 순간 텅 비어버린 얼굴이 홀로 방안을 가득 채운 채 아무것도 건드리지 않고, 굶주려 자신을 먹어 치우는 모습을 지켜보던 밀리의 울부짖음. 마침내 밀리는 깨닫는다. 그 얼굴이 바로 자신의 것임을. 그리곤 재빨리 천장을 올려다본다. 천장뿐 아니라 호텔 전체를 떠받치던 뼈대가 밀리에게 밀어닥친다. 수백 파운드의 벽돌, 금속, 석고, 나무가 밀리를 실어 나르고, 벌집 아래에선 지하실로 황망히 달려가는 다른 사람들을 만난다. 그러나 폭발은 그 특유의 불합리한 방식으로 그 지하실을 없애 버린다.

생생히 기억난다. 몬태그는 땅에 달라붙었다. 생생히 기억난다. 시카고. 아주 오래 전의 시카고. 밀리와 나. 거기가 바로 우리 두 사람이 만났던 곳이다! 이제 떠오른다. 시카고. 아주 오랜 옛날.

허공을 강타한 진동이 강 아래로 내려간다. 그 진동은 한 줄로 선 도미노 패처럼 사람들을 넘어뜨리고, 물을 뿜어 올려 거센 물보라를 일으키고, 흙먼지를 일으키고, 거대한 바람에 휩쓸려 사라질 운명을 한탄하는 나무들의 울부짖음을 낳는다. 몬태그는 자신의 몸을 꾸깃꾸깃하게 짓이겨 땅에 밀어붙인다. 최대한 작게 만들어야 하는 것이다. 그리고 눈을 꼭 감는다. 그는 한 번 눈을 깜박거렸다. 그러자 그 순간 도시가 보였다. 원자폭탄 대신 허공에 뜬 도시. 그 둘은 서로 자리를 바꾼 것이다. 그 믿기 어려운 다음 순간, 그 도시는 알 수 없는 힘으로 다시 건설되어 우뚝 서 있다. 여태까지 발버둥치며 바라 오던 것보다 더 웅장한 모습으로, 인간이 세운 것보다 더 거대한 모습으로 서 있다. 마침내 산산이 부서진 콘크리트 찌꺼기를 모아 다시 일어나 갈가리 흩뜨려진 금속 섬광으로 벽화를 만들어 거꾸로 걸고, 수천만 가지 색과 기이한 물건으로 장식하고, 창문이 있어야 할 곳에는 문이 있고, 꼭대기는 바닥이 되고, 옆면은 등이 되고, 그리고 그리고 이제 이 도시는 한 바퀴 굴러 죽음 앞에 꿇어 엎드린다.

그리고 도시의 죽음을 알리는 소리.

몬태그는 그 자리에 누워 흙먼지로 따끔거리는 눈을 감았다. 이제야 비로소 닫을 수 있는 입 안에도 축축한 시멘트 먼지가 그득했다. 몬태그는 숨을 헐떡거리고 울부짖으며 이제 다시 생각한다. 기억난

다. 기억난다. 그 무언가를 기억할 수 있다. 그게 뭐지? 아, 그래, 그래, 전도서 일부라고. 전도서와 요한계시록 일부. 저 책의 일부, 이것의 일부, 자 서둘러, 도망쳐버리기 전에, 충격이 약해지고, 바람이 죽기 전에. 전도서. 바로 이곳에서. 몬태그는 전율하는 땅에 길게 누워 조용히 되뇐다. 수없이 되풀이하자 힘겨운 노력 없이도 완벽하게 떠올랐다. 이제 덴햄의 크림 치약 따윈 사라져 버렸다. 몬태그 자신이 바로 전도사가 된 것이다. 자신의 마음 한가운데 서서 자신을 바라보며…….

"저기에…….."

목소리가 들린다.

사람들이 육지에 내팽개쳐진 물고기처럼 숨을 헐떡거리며 누워 있다. 어린아이들이 손때 익은 물건을 움켜잡듯 땅을 움켜잡은 채. 아무리 차가운 불모지라 해도, 어떤 일이 일어났고 앞으로 일어난다 해도, 그 손가락들은 흙 속을 헤집고 들어갔다. 그리고 모두들 고막이 터지는 것을 막으려고, 이성이 파괴되는 것을 지키려고 입을 벌리고 소리쳤다. 몬태그도 그들과 함께 소리쳤다. 그들의 얼굴을 때리고, 입술을 찢고, 코피를 강요하는 바로 그 핵폭풍에 항의하는 외침이었다.

몬태그는 그들의 세상에 거대한 먼지 더미가 자리잡고 거대한 침묵이 내려앉은 모습을 지켜보았다. 누워 있는 그에게 먼지 입자 하나하나, 풀잎 줄기 하나하나가 다 보였다. 또 지금 세상에 울려 퍼지는 울부짖음, 외침, 속삭임 하나하나가 다 들린다. 침묵은 체로 친 듯 고운 먼지 위에 내려앉는다. 그리고 이날의 현실을 그들의 의식 속에 차곡차곡 개켜 넣기 위해 주위를 둘러보는 데 필요한 휴식 위로 내려앉는다.

몬태그는 강을 바라본다. 우리는 저 강을 지나가리라. 그리고 낡은 철도 선로로 눈길을 돌린다. 아니면 저 길을 따라가리라. 아니, 이제 고속 도로를 활보할 수도 있다. 책을 우리 머리 속에 집어넣을 여유도 있겠지. 그리고 언젠가는, 우리에게 부과된 그 오랜 시간이 지나면, 책은 우리의 손과 입에서 나타날 것이다. 물론 나쁜 책도 많겠지만 그만큼 좋은 책도 많을 것이다. 우리는 오늘 당장 출발해서 이 세상과, 이 세상이 생각하고 말하는 방식, 이 세상의 실제 모습을 관찰할 것이다. 지금 난 모든 것을 보고 싶습니다. 물론 그 모든 것들이 다 내 머리 속에 들어올 수는 없겠지만, 얼마 뒤 내 속에서 함께 어우러져 바로 내가 될 것입니다. 저 멀리 세상을 보십시오. 오 하느님, 하느님, 저 바깥 세상을 보십시오. 나라는 존재 밖, 내 얼굴 저편을 말입니다. 저것을 실제로 만져 볼 수 있는 단 하나의 길은 내 몸, 내 피, 하루에도 수천만 번씩 맥박치는 내 피 속에 흘려 보내는 것입니다. 다시는 달아나지 않도록 꽉 붙들겠습니다. 언젠가는 세상을 꽉 붙들고 놓지 않을 겁니다. 이제 우리는 손가락 하나를 올려놓았습니다. 첫발을 내디딘 거지요.

폭풍이 죽었다.

다른 사람들은 얼마 동안 누워 있다. 고요한 새벽이 찾아오고 있는 이 순간. 일어나서 불을 피우고, 음식을 만드는 따위의 오랫동안 내려온 수천 가지나 되는 그 날의 의무를 시작할 준비가 되지 않아서가 아니다. 그들은 지저분한 눈꺼풀을 깜박거렸다. 숨을 들이쉬는 소리가 들린다. 빠르게, 그 다음엔 더 천천히, 그리곤 천천히……

몬태그는 일어섰다.

하지만 한 걸음도 움직이지 못했다. 다른 사람들도 마찬가지였다. 태양이 희미한 햇살로 검은 지평선을 어루만졌다. 공기는 서늘했고 비를 예고하는 냄새가 났다.

조용히 그레인저가 일어났다. 팔과 다리의 감각을 느끼며 작은 소리로 욕을 퍼붓고, 퍼붓고, 또 퍼부었다. 눈물 방울이 얼굴을 타고 흘러내렸다. 그리고는 발을 끌며 상류를 보려고 강가로 갔다.

오랫동안 침묵을 지키던 그레인저가 입을 열었다.

"밋밋하군. 도시가 온통 베이킹 파우더 더미처럼 보이는군. 완전히 사라졌어."

그리고 전보다 더 오래 침묵한 뒤 이렇게 내뱉었다.

"도대체 눈앞에 폭격이 닥쳤다는 것을 안 사람은 과연 몇 명이나 될까? 놀란 사람은 몇이나 되고?"

저 다른 나라에서 이렇게 죽어 버린 도시는 얼마나 될까? 그리고 우리 나라에는 또 얼마나? 100? 1000?

누군가가 성냥을 켜 주머니에서 꺼낸 마른 종이에 붙인 다음 풀밭과 낙엽 더미에 던졌다. 얼마 뒤에는 젖은 나뭇가지들에도 불꽃이 탁탁 튀기며 옮아 붙었다. 태양이 떠오르는 이른 아침, 불길은 점점 더 커져 간다. 강 상류를 바라보던 사람들이 천천히 몸을 돌려 불길 속으로 빨려들어 간다. 아무 말 없이 어색하게. 구부리고 앉은 그들의 목덜미를 태양이 붉게 물들인다.

그레인저가 기름종이로 싼 베이컨을 꺼냈다.

"조금씩 나눠 먹을 수 있소. 그리고 나서 방향을 돌려 상류로 갑시다."

누군가가 작은 프라이팬을 꺼내 베이컨을 놓고 불 위에 올렸다. 베이컨은 곧 지글거리며 프라이팬 위에서 요동쳤다. 아침 공기가 베이컨 냄새로 가득 찼다. 모두들 이 의식을 조용히 지켜보았다.

그레인저가 불길 속을 들여다보았다.

"불사조."

"뭐라고요?"

"옛날 예수 탄생 이전에 불사조라는 멍청한 새가 있었소. 몇 백 년 동안 장작더미를 쌓아 자기 몸을 태웠지. 틀림없이 인간의 첫 번째 사촌이었을 거요. 하지만 자기 몸을 태울 때마다 잿더미 속에서 다시 튀어나와 끊임없이 자신을 복제해 갔소. 이건 마치 우리가 영원히 되풀이하는 일 같기도 하오. 하지만 우리는 불사조가 절대 갖지 못한 것을 하나 갖고 있지. 우리는 우리 자신이 하는 그 어리석고 빌어먹을 일을 잘 알고 있소. 우리는 1000년 동안 인간이 저질러 온 그 어리석고 빌어먹을 일을 다 알고 있지. 하지만 우리가 알고 있는 것들을 언제나 느끼고 볼 수 있다면, 언젠가는 우리도 그 빌어먹을 장작더미를 만드는 일을 멈추고 그 속에 뛰어들 것이오. 그리곤 모든 세대를 기억할 몇몇 사람을 골라내겠지."

그레인저는 프라이팬을 불에서 꺼내 베이컨을 식혔다. 다들 뭔가를 골똘히 생각하며 조용히 먹었다.

그레인저가 말했다.

"자, 이제 상류로 갑시다. 그리고 한 가지 생각만은 잊지 맙시다. 우리는 중요하지 않다, 우리는 아무것도 아닌 존재라는 생각 말입니다. 언젠가는 우리가 짊어지고 가는 이 짐이 누군가를 도울 것입니다. 하지만 아주 옛날, 우리 손에 책이 쥐어져 있을 때는 그것을 올바로 쓰지 못했습니다. 그저 죽은 사람을 모욕했을 뿐. 우리보다 먼저 죽은 가엾은 사람들의 무덤에 침을 뱉었습니다. 우리는 다음 주, 다음 달, 다음 해에 외로운 사람들을 많이 만날 것입니다. 그 때 그들이 우리에게 어떤 일을 하고 있냐고 물으면, 이렇게 말씀하십시오. 우리는 기억하고 있다. 그것이 바로 우리가 이기는 길입니다. 그리고 언젠가는 거대한 굴착기를 만들어 역사에 남을 거대한 무덤을 파서 전쟁을 쓸어넣고 완전히 덮을 정도로 모든 것을 기억하게 될 겁니다. 자 이제, 제일 먼저 유리 공장을 세우러 갑시다. 내년을 위해 유리만 만들어 내서 오랫동안 들여다봅시다."

그들은 식사를 끝내고 불을 껐다. 분홍 램프의 심지를 돋운 것처럼 아침 햇살이 그들 주위에 밝게 펼쳐졌다. 숲 속에서 서둘러 달아났다 이제 돌아온 새들이 나무 위에 둥지를 틀고 있다.

몬태그는 걷기 시작했다. 그리고 곧 다른 사람들이 자신에게서 뒤처져 따라오고 있다는 사실을 깨달았다. 그는 깜짝 놀라 그레인저가 지나가게 옆으로 몸을 비켰다. 그러나 그레인저는 그를 쳐다보며 어서 가라고 고개만 끄덕였다. 몬태그는 앞장서서 걸었다. 강과 하늘과 녹슨 철로를 보았다. 농장이 있고, 건초가 가득 찬 헛간이 있는 곳, 밤을 틈타 도시에서 빠져 나온 수많은 사람들이 걸었던 곳으로 거슬러 올라가는 철로. 나중에, 한 달이나 여섯 달, 아니 1년 이상이 될 수도 있는 나중에, 이 길을 다시 걸으리라. 다른 사람을 만날 때까지 혼자서 정의를 기억하면서.

하지만 지금은 정오가 될 때까지 긴 여정을 계속해야 한다. 다른 사람들이 조용한 이유는 생각하고 기억할 게 많기 때문이리라. 아마 얼마 뒤 태양이 높이 솟아올라 그들을 따뜻하게 감싸주면 이야기를 시작하거나 자신이 기억하는 것을 외울 것이다. 자신들이 아무 탈 없이 존재해 있고, 자신들 머리 속에 든 것들은 절대 안전하다고 확신하기 위해. 몬태그는 서서히 끓어오르는 말의 소용돌이를 느낀다. 이 여행을 좀더 쉽게 만들려면, 자신의 차례가 되었을 때 무엇을 말할 수 있을까, 이런 날 무엇을 제공할 것인가? 여정이 좀 덜 힘들게 느껴지려면. 천하에 범사가 기한이 있나니. 그래. 좌절할 때와 다시 일어날 때. 그래. 침묵을 지킬 때와 말할 때. 그래. 모두 다 그렇다.(전도서 3장 1~8절 부분 인용. "천하에 범사가 기한이 있고 모든 목적이 이룰 때가 있나니 날 때가 있고 죽을 때가 있으며 심을 때가 있고 심은 것을 뽑을 때가 있으며…… 사랑할 때가 있고 미워할 때가 있으며 전쟁할 때가 있고 평화할 때가 있느니라."──옮긴이) 하지만 다른 뭔가. 달리 무엇이? 무언가, 무언가…….

'그리고 강의 양쪽에는 생명 나무가 있어 열두 종류의 열매를 맺되 달마다 그 열매를 내고 그 나무의 잎사귀들은 만국을 소상하기 위하여 있더라.'(요한 계시록 22장 2절 ── 옮긴이)

그래, 바로 이거야, 정오를 위해 간직해 두어야 할 게. 정오를 위해…….

우리가 도시에 도착할 때.

그때는 몰랐지만, 난 글자 그대로 다임 소설을(다임은 10센트 동전을 뜻하며, 다임 소설은 원래 싸구려 소설이란 의미가 있다 ─ 옮긴이) 쓰고 있었다. 1950년 봄에 나는 『방화수』의 초고를 완성하기까지 다임으로만 9달러 80센트를 썼다. 이 단편이 훗날 『화씨 451』이 된 것이다.

그 당시 나는 1941년부터 쭉 거의 대부분의 집필 활동을 집 차고에서 했다. 캘리포니아 주 LA 인근의 베니스(꿈을 좇아 서부로 온 게 아니라 그저 가난 때문에 살게 된 곳이다.)에 있던 우리 집은 나와 아내 마거리트가 아이들을 키운 보금자리이기도 하다. 나는 차고에서도 사랑스러운 딸들에게 내몰리기 일쑤였다. 아이들은 창가로 떼 지어 몰려와선 노래를 부르거나 창문을 두드려 댔다. 그러면 난 쓰던 이야기를 마저 끝내든지 딸들과 놀아 주든지 둘 중에 하나를 택해야만 했다. 내가 아이들과 놀기로 한다면 가계 수입이 위태로워지는 것은 당연

했다. 별도의 집필 사무실이 필요했지만 그럴 형편이 아니었다.

마침내 나는 UCLA 도서관의 지하에서 마침맞은 공간을 찾아냈다. 거기엔 구식 레밍턴 아니면 언더우드 타자기가 20여 개쯤 가지런히 놓여 있었고, 다임 하나를 내면 30분간 그 타자기를 빌려 쓸 수 있었다. 동전을 넣는 순간부터 시곗바늘은 미친 듯이 째깍거리며 가고, 나는 30분이 차기 전에 글을 마치려고 마구 타자기를 두드려 댔다. 그러니까 당시에 난 이중으로 내몰렸던 셈이다. 집에서는 아이들에게, 그리고 집필할 때는 타자기 사용 시간으로부터. 시간이 정말로 돈이었다. 거칠게나마 초고를 마친 것은 아흐레만의 일이다. 2만 5000단어 정도를 쓰니 훗날 궁극적으로 완성될 작품의 절반 정도 분량이 되었다.

다임을 넣고 타이핑을 할 때, 또 타이프라이터가 엉켜서(금쪽같은 시간은 사정없이 흐르고 있는데!) 미칠 것 같은 심정이 될 때, 그리고 종이를 끼워 넣고 빼고 하는 순간들 사이사이에 나는 위층의 서고를 어슬렁거리곤 했다. 사랑에 넋을 잃은 마냥 복도를 돌며 서가마다 다가가서 책을 쓰다듬고, 빼내서 펼치고, 페이지들을 넘기고, 다시 꽂았다. 그렇게 도서관의 정수가 되는 모든 알짜배기들에 푹 빠져 지냈다. 책을 불태우는 미래 사회에 대한 이야기를 쓰기에 그보다 더 어울리는 장소가 있었을까!

지나간 시절의 많은 것들이 그립다. 오늘날의, 요즘 시대의 『화씨 451』을 본다. 젊은 작가였던 시절에 이 소설을 대하던 마음가짐에서 내가 변한 것이 있던가? 도서관에 대한 사랑이 더 깊고 넓어진 것이냐는 의미라면, 그렇다. 서가 사이를 날아다니고, 사서의 뺨에 앉은 먼지를 털어 주고 싶을 정도다. 이 소설을 쓴 이후로 나는 작가에 대한 단편들, 장편들, 에세이며 시들을 내가 생각하는 한 역사상의 그 어떤 작가보다도 많이 써 왔다. 나는 멜빌에 대한 시를 썼으며, 멜빌과 에밀리 디킨슨에 대한 시를, 에밀리 디킨슨과 찰스 디킨스에 대한 시를, 호손에 대한, 포에 대한, 에드거 라이스 버로우즈에 대한 시를 썼고, 한편으로는 쥘 베른의 모험담에 나오는 과대망상증 선장과 멜빌의 네모 선장을, 또 그에 사로잡힌 부하 선원들을 대비시켰다. 나는 사서들에 관한 시를 끄적거렸고 대륙의 황량함을 가로지르는 밤 기차를 잡아타고는 밤새 자지 않고 좋아하는 작가들과 수다를 떨고, 마시고, 또 마시면서 잡담을 나눴다. 어떤 시에서 나는 멜빌에게 경고했다. 육지는 결코 당신의 것이 아니니 멀리 떨어져 있으라고. 버나드 쇼는 알파 센타우리(태양계에서 약 4광년 떨어진 항성 — 옮긴이)까지의 먼 여정 동안 로켓에 편안히 싣고 갈 수 있도록 로봇으로 바꿔놓고는 그동안 그의 희곡 서장들을 직접 낭송하게 해서 내 귀를 호강시켰다. 내가 쓴 타임머신 이야기는 오스카 와일드나 멜빌, 그리고 포의 임종 직전 침대 옆에 느긋하게 앉아 그들의 대한 나의 사랑을 얘기해 주며 마지막 몇 시간 동안이나마 그들의 피골에 따뜻한 온기를 불어넣는 것이었다……. 그래, 이만하면 됐다. 보다시피 나는 책과 작가와 그들의 위대한 재치가 잔뜩 저장된 곡창 같은 도서관 얘기만 나오면 이렇게 미친 듯이 흥이 난다.

최근에 LA 인근의 스튜디오 씨어터에서 나는 『화씨 451』에 나오는 모든 캐릭터들을 오랜 침묵에서 불러냈다. 나는 몬태그, 클라리세, 파버, 비티에게 물었다. 지난 1953년에 우리가 마지막으로 만난 뒤로 뭔가 새로운 건 없는지?

나는 질문했고, 그들은 대답을 했다.

그들은 새로운 장면을 쓰고, 아직도 발견되지 못한 영혼과 꿈의 기묘한 부분들을 드러냈다. 그 결과는 2막짜리 멋진 연극 공연으로 결실을 맺었다. 대체로 평도 좋았다.

비티는 내 질문에 답하기 위해 무대의 가장 먼 곳에서 등장했다. 처음에 어떻게 시작된 거지? 왜 당신은 책을 불태우는 방화서의 서장이 되는 결심을 한 건가? 비티의 충격적인 답변은 그가 우리의 영웅 몬태그를 자신의 아파트로 데려가면서 나온다. 몬태그는 서장의 집 안으로 들어섰다가 그곳이 수천수만 권의 책들이 줄지어 벽 가득히 채워져 있는 비밀 도서관이라는 사실을 알고 경악한다. 그는 자신의 상관을 돌아보며 소리친다.

"당신은 방화서의 서장 아닙니까! 집에다가 이렇게 책을 두면 어떡합니까!"

서장은 메마른 미소를 희미하게 띠며 대꾸한다.

"책을 소유하는 것은 범죄가 아니네, 몬태그. 읽는 게 문제지. 그래, 맞아. 난 이것들을 그저 가지고 있을 뿐이지 읽지는 않는다네."

몬태그는 충격에 휩싸여 비티의 얘기를 더 기다린다.

"아름답지 않나, 몬태그? 난 결코 이것들을 읽진 않아. 단 한 권도, 한 챕터도, 한 페이지도, 한 구절도 말일세. 난 아이러니를 즐기고 있지, 안 그런가? 수천 권의 책을 가지고 있지만 단 한 권도 펼쳐보지 않으니 말이야. 이건 집에 늘씬한 미녀들을 가득 데리고 있는 거나 마찬가지지. 흐뭇한 미소를 지으며 쳐다보지만 그중에 단 한 명도 건드리진 않아. 그러니 이제 납득하겠지만 난 범죄자가 아니야. 책을 읽은 혐의로 잡겠다면, 좋네, 얼마든지 신고하게. 하지만 여기는 열두 살 처녀애의 하얗고 청순한 여름밤 침실만큼이나 순수하다네. 이 책들은 이대로 책장에서 죽을 거야. 왜냐고? 내가 그렇게 둘 거니까. 난 이 책들에게 어떤 활력도 주지 않을 거네. 손이나 눈이나 입을 가까이 할 어떤 희망도 말이야. 이것들은 먼지덩어리와 하등 다를 게 없어."

몬태그는 저항한다.

"그렇지만 어떻게 이 책들을 두고⋯⋯."

서장은 소리친다.

"유혹을 느끼지 않느냔 말이지? 오, 그건 오래 전 얘기야. 선악과는 진작 따먹고 없지. 뱀은 나무 위로 다시 돌아갔어. 동산에는 잡초가 무성한 지 오래이네."

"그래도 한때는⋯⋯."

몬태그는 주저하다가 말을 잇는다.

"한때는 당신도 책을 무척 사랑했겠군요."

방화서장은 대답한다.

"예리하군! 정확히 급소를 찔렀어. 완전히 내 속을 꿰뚫었군. 적나라하게 까발렸어. 오, 날 보게, 몬태그. 책을 사랑했던 사나이는, 아니 책에 미쳤던 소년은 마치 침팬지처럼 서가를 옮겨 다니며 읽고 읽고 또 읽었다네.

나는 책들을 샐러드처럼 먹어 삼켰네, 책은 내 점심 샌드위치였고 저녁 만찬이었으며 야식이기도 했지. 페이지를 찢어 소금을 쳐서 먹고, 양념에 찍어 먹었어. 책등을 씹고 페이지를 혀로 넘겼다네. 여남은, 어쩌면 스물, 아니 수없이 많은 책들을 말이야! 난 집으로 책을 너무나 많이 가져다 날라서 한동안 등이 휠 정도였어. 철학, 예술사, 정치, 사회과학, 시, 에세이, 장엄한 희곡, 뭐든지 말해 보게. 빠짐없이 어떤 것이든 먹어치웠으니까. 그러고서……. 그러고나서…….”

서장의 목소리가 희미해지자, 몬태그가 재촉한다.

“그러고 나서요?”

서장은 눈을 감고 기억을 떠올린다.

“그 왜, 삶이라는 게 내게도 온 거지. 삶. 흔해빠진 신파. 다 그런 거지. 사랑은 절대적인 게 아니었고, 꿈은 시큼해지고, 섹스도 시들하고, 죽음은 아직 한창인 친구들에게 갑자기 찾아오지. 누군가가, 혹은 다른 어떤 이가 살해당하고, 가까운 누군가는 제정신을 잃지. 천천히 죽어가는 어머니, 갑작스레 자살한 아버지. 코끼리들이 우르르 도망치고 질병들이 들이닥치지. 그런데 아무데도, 아무데도 없는 거야. 이 홍수에 댐이 무너지지 않도록 필요한 곳을 필요한 때에 막아줄 책이. 날 구원해 줄 아무런 은유도 직유도 얻을 수가 없었지. 서른이 꽉 차고 서른하나로 넘어갈 즈음, 난 나 스스로를 건져 올렸네. 뼈는 죄다 부러지고, 피부는 남김없이 벗겨지고 멍들거나 상처투성이였어. 거울 앞에 선 나는 두려운 표정의 젊은이 얼굴 뒤로 늙은이의 모습을 봤어. 세상 모든 것에, 그 어떤 것에도 증오로 가득 찬 자를. 난 저주의 말을 내뱉으며 내 소중한 서가의 책들을 꺼내 펼쳤지. 그랬더니 거기엔, 거기엔?”

몬태그는 짐작한다.

“죄다 텅 비어 있었나요?”

“맞았어! 완전히 공백이었지! 오오, 물론 글자는 그대로 있지만 죄다 내 눈 앞을 뜨거운 기름처럼 흘러 지나가 버렸어. 아무런 의미도 없이. 어떤 도움도, 위안도, 평화도, 안식처도, 진정한 사랑도, 아늑한 침대도, 빛도 없었다네."

몬태그는 생각에 잠긴다.

"30년 전이라면……. 최후의 도서관이 불탔던……."

비티는 고개를 끄덕인다.

"정확하군. 난 아무 직업도 없던 실패한 낭만주의자의 꼴로, 아니 뭐가 되었든 간에, 1급 방화수의 자리에 자원했지. 제일 먼저 층계를 뛰어올라가고, 제일 먼저 서고에 들이닥쳐서, 등유를 뿌리고 불을 놓았지! 얘기는 끝났네. 이제 됐어, 몬태그, 그만 가 보게."

몬태그는 그 어느 때보다도 더 책에 대한 호기심이 커진 상태로 비티의 집을 떠난다. 그렇게 이단자의 길을 가려 하지만, 이내 로봇 사냥개에게 쫓겨서 처참하게 공격당하고 만다. 이 로봇 사냥개는 내가 만든, 코난 도일의 그 위대한 바스커빌의 개의 로봇 쌍둥이이다.

내 희곡에서 밤 시간 동안 귀마개 라디오를 통해 원격으로 몬태그에게 말을 전하던 노인 파버는 비티 서장의 희생자가 된다. 어떻게? 비티는 몬태그가 비밀스런 방법으로 지령을 받고 있다는 의혹을 품고는, 강제로 그의 귀에서 라디오를 빼낸 뒤 멀리 안전한 곳에 있을 파버에게 소리친다.

"널 잡으러 왔다! 지금 문 앞에 있어! 이제 계단만 오르면 넌 끝이야!"

갑작스레 공포에 휩싸인 파버는 결국 심장마비로 최후를 맞게 된다. 다 괜찮은 연출들이다. 오랜 세월이 흘렀지만 여전히 유혹을 느낀다. 나는 이 소설의 신판을 내면서 내용을 덧붙이고 싶은 유혹과 싸워야 했다.

한편으로, 많은 독자들이 클라리세의 실종에 대해 아쉬워하는 편지를 보내왔음을 밝혀 둔다. 도대체 그녀는 어떻게 된 거냐고. 프랑수아 트뤼포 감독 역시 비슷한 의문을 가졌기에, 그는 『화씨 451』을 영화로 만들면서 클라리세를 망각 속에 버려두지 않고 숲 속에서 책을 통째로 암송하던 책사람들과 함께 있는 것으로 설정했다. 나 역시 그녀를 구해 줘야 할 필요성을 느끼긴 했다. 사실 몬태그가 책에 관심을 가지고 거기에 무슨 내용이 있나 점점 빠져들게 된 계기도 따지고 보면 그녀에게 책임이 있는 일이다. 그래서 희곡에서는 클라리세가 다시 등장해서 몬태그를 환영하며, 결국 암울한 종말보다는 좀 더 해피엔딩쪽에 가깝게 이야기가 마무리된다.

그러나 소설 자체는 원래의 내용에서 한 치도 변하지 않은 채 남아 있다. 나는 젊은 작가의 감각으로 새롭게 손보는 작업은 믿지 않는다. 특히 그게 젊은 시절의 나라 할지라도. 몬태그, 비티, 밀드레드, 파버, 클라리세, 다들 모두 일어나서 퇴장을 한다. 32년 전 내가 UCLA 도서관 지하실에서 다임 하나에 30분씩 타자기를 빌려 쓰면서 처음 그들을 창조해 냈을 때 그랬던 것처럼. 나는 의미 하나, 단어 하나도 바꾸지 않았다.

이제 마지막 발견이 남았다. 다들 보았다시피, 난 내가 쓴 모든 장편과 단편들을 매우 즐거운 흥분에 휩싸여 격정적으로 집필해 나갔다. 최근에 들어서야 이 소설을 다시 훑어보다가 몬태그란 이름을 어느 제지회사에서 따 온 것임을 깨달았다. 파버는 물론 필기구회사의 이름이다! 그런 식의 작명이었다니, 내 무의식은 얼마나 교활했던가.

게다가 나 스스로도 잊었다니!

　2년 전 쯤에 바사(Vassar) 여자 대학의 한 진지한 숙녀가 편지를 보내왔다. 나의 『화성 연대기』를 우주 신화의 한 실험으로 너무나 재밌게 읽었다는 것이다.

　그런데 그녀가 덧붙이기를, '늦은 감은 있지만 이제라도 더 많은 여성캐릭터와 역할을 집어넣어서 작품을 새로 쓴다면 어떻겠는가, 정말 좋은 아이디어 아닌가.'라고 했다.

　그보다 몇 해 더 전에, 나는 역시 같은 책과 관련해서 '왜 작품 속 흑인들이 죄다 그렇게 비굴한가, 왜 다시 쓰지 않는가.'라는 내용의 우편물을 몇 뭉텅이만큼 받은 적이 있다.

　그런가 하면 그 비슷한 즈음에 남부의 한 백인은 내게 적어 보내길 내용이 흑인에게 너무 호의적이라며 이야기 전체를 바꿔야 한다고 했다.

2주일 전에는 어느 유명한 출판사에서 내 단편 『무적(The Fog Horn)』을 고등학생용 읽기 교과서에 재수록하고 싶다는 편지를 보내 왔다.

나는 이 단편에서 등대를 심야에 찬란하게 빛나는 "신의 광명"으로 묘사했다. 바다에 사는 동물의 입장에서 올려다보면 "위대한 존재"처럼 보일 것이라고 말이다.

편집자는 "신의 광명"과 "위대한 존재"라는 말을 삭제해 버렸다.

5년쯤 전에는 이런 일도 있었다. 학생 독자들을 위한 걸작선집에 400편의 단편이 한꺼번에 묶여 나왔다. 트웨인, 어빙, 포, 모파상, 비어스의 단편들 400편을 어떻게 한 권의 책에다 욱여넣을까?

아주 간단하다. 살을 발라내고, 뼈를 제거하고, 골수를 뽑고, 박박 갈고, 녹이고, 걸러 굳힌 다음 박살내어 버린다. 모든 의미 있는 부사들, 모든 감동스러운 동사들, 거기다 모기만큼이라도 의미가 있는 모든 은유들을 죄다 뺀다! 멍청한 사람이라도 입 꼬리를 미소로 실룩거리게 만들 수 있는 직유법 표현은 모두 없앤다! 1급 작가의 단순한 철학을 설명해 주는 방백은 전부 사라진다!

모든 이야기가 바짝 마르고, 굶주리고, 검열되고, 탈탈 털리고, 쥐어 짜여서 다른 이야기들과 똑같은 모습으로 바뀌어 버린다. 트웨인이 포처럼, 포가 셰익스피어처럼, 셰익스피어가 도스토옙스키처럼 읽히고 결국에는 에드거 게스트(1만 1000편 이상의 시를 쓴 20세기 전반의 미국 대중 시인 — 옮긴이)가 돼 버린다. 세 음절이 넘어가는 단어는 예외 없이 잘려 버린다. 잠시라도 주의를 끄는 이미지는 남김없이 죽는다.

이 빌어먹을, 믿기지 않는 상황이 이제 감이 오는가?

이 모든 것에 나는 어떻게 반응했던가?

죄다 불태워 버렸다.

모든 요구 하나하나에 빠짐없이 거부의 쪽지를 보냈다.

그 바보들에게 아득한 지옥 끝자락까지 가는 티켓을 끊어 주었다.

요점은 분명하다. 책을 불태우는 방법은 한 가지만 있는 게 아니다. 그리고 세상에는 불붙은 성냥개비를 들고 돌아다니는 사람들로 넘쳐난다. 모든 소수자들, 침례교도, 유니타리안 교도, 아일랜드 인, 이탈리아 인, 80대 노인들, 선불교도, 시오니스트, 제7일 안식일 예수재림교도, 여성해방운동가와 공화당원, 마타신(Mattachine. 미국의 남성 동성애자 운동 단체 — 옮긴이), 복음주의 교도 등등이 나름의 의지와 권리와 의무를 가지고 등유를 쏟아 부은 다음 불을 붙인다. 자신이야말로 맛대가리 없는 반죽 같은 문학에 이스트를 집어넣는 역할을 한다고 믿는 얼간이 같은 편집자들은 기요틴 칼날을 핥으며 작가들의 목에 눈길을 준다. 혹시라도 어떤 버릇없는 작가가 감히 속삭임, 혹은 자장가보다 더 큰 목청을 내지는 않나 살피면서.

내 소설 『화씨 451』에서 방화서 서장 비티는 책이 소수자들에 의해 처음으로 불태워진 상황을 설명했다. 한 권의 책에서 문단들이 잘려나가고 낱장이 죄다 찢겨지더니 그 다음, 또 그 다음 책에서 같은 일이 반복된다. 그렇게 해서 책들은 죄다 텅 비고 모든 이들의 마음도 굳게 닫히고 결국 도서관이 영원히 폐쇄되는 날이 오기까지.

"문을 닫으면 그들은 창문으로 들어오지, 창문을 닫으면 그들은 문으로 들어오지."라고 어느 오래된 노래는 말한다. 매달마다 새롭게 들이닥치는 검열의 칼날이 나의 생활방식을 뜯어고친다. 발런타인 출판사의 좁은 사무실에 처박힌 편집자들이 내 소설에서 75군데나 검열해서 뜯어고친 것을 불과 6주 전에야 알게 되었다. 행여나 청소년들에게 나쁜 영향을 주지는 않을까 하는 구절들을 손봤다면서 나 모르게 조금씩 조금씩 몇 년 동안에 걸쳐 저지른 일이었다. 바로 이 소설을, 책을 검열하고 불태우는 미래 사회를 그린 이 소설을 읽은 학생들이 이 얄궂은 아이러니를 알려주었다. 발런타인의 새 편집자 중 한 사람인 주디 린 델 레이는 그 바보 같은 검열 부분들을 완전히 복원해서 소설 전체를 새로 출간했다.

이제 성서의 욥기 2장과 같은 마지막 시험이 여기 있다. 나는 한 달 전에 「리바이어던 99」라는 희곡을 어느 대학극단에 보냈다. '모비 딕' 신화에 바탕을 둔 내용으로서 멜빌에게 헌정하는 것이었다. 어떤 눈먼 선장이 이끄는 로켓과 승무원들이 용감하게 거대한 흰색 혜성과 맞닥뜨려서 마침내 그 파괴자를 파괴해 버린다는 이야기이다. 이 드라마는 올 가을에 파리에서 오페라로 초연될 예정이다. 그런데 그 대학에서 공연으로 올리기가 곤란하겠다는 답장이 왔다. 여자가 전혀 등장하지 않기 때문에! 게다가 만약 공연이 강행될 경우 학교의 평등위원회 여성들이 공과 방망이를 들고 난입할 것이라고 하면서.

난 부득부득 이를 갈면서 그럼 이제부터는 「보이즈 인 더 밴드」나 「여자들」(모두 미국의 유명한 연극이다 ─ 옮긴이)은 더 이상 무대에 오르지 못한다는 의미냐고, 셰익스피어의 희곡들 중에서 남녀 성비가 맞지 않는 작품들은, 특히 남성들이 좋은 역할을 하는 문단들은 더 이상 볼 수 없는 거냐고 되물었다.

나의 희곡을 공연으로 올리고, 그 다음 주에는 「여자들」을 올리면 될 거라고 나는 답장을 썼다. 그들은 아마 내가 농담을 한다고 여겼겠지만 결단코 그렇지 않았다.

세상은 이렇게 미쳐 돌아가고 있는데다, 우리가 그런 소수자들의 사정을 다 들어주다 보면 더 점입가경이 될 것이다. 난쟁이나 거인, 오랑우탄이나 돌고래, 핵탄두 혹은 수자원 보존주의자, 컴퓨터 옹호주의자 혹은 네오 러다이트, 바보 혹은 현인 등등 모두가 자기들만의 미학적 잣대로 개입하려 들 것이다. 우리의 현실 세상은 그 모든 그룹들 각각이 나름의 주장을 내세우며 법을 만들기도 하고 폐기시키기도 하는 일종의 운동장이다. 하지만 내 소설은, 희곡은, 시는, 그들의 권리가 끝나고 나의 지배 명령이 시작되어 행사되는 통치령이다. 몰몬교도들이 나의 희곡을 마음에 들어 하지 않는다면 그들 스스로 쓰라고 하라. 아일랜드인들이 내 더블린 이야기를 싫어한다면 타이프라이터를 쥐 버려라. 교사와 편집자들이 나의 불친절한 문장들 때문에 그 허약해빠진 치아가 부서질 것 같다고 하면 곰팡내 나는 케이크나 그 구미에 맞을 멀건 차에 적셔 먹으라고 해라. 치카노(멕시코계 미국인─옮긴이) 지식인들이 내 단편 '멋진 아이스크림색 양복'을 축약하기를, 그래서 더 세련되게 나오기를 바란다면, 허리띠가 풀어지고 팬티가 흘러내릴 것이다.

탈선은 위트의 정수이기도 하다. 단테나 밀튼, 햄릿 아버지의 유령 이야기에서 철학적인 방백을 빼 버리면 남는 건 말라붙은 뼈다귀들뿐이다. 로렌스 스턴이 말했다. 탈선은 논쟁의 여지가 없이 햇살이며 삶이며 독서의 생명이라고! 그것들을 죄다 없애버리면 오로지 끝없이 추운 겨울만이 모든 페이지를 지배하게 될 것이다. 그것들을 작가에게 다시 돌려주자. 작가는 신랑신부처럼 반갑게 다가갈 것이고, 환호를 아끼지 않을 것이며, 온갖 먹을거리를 차려오고, 우리의 입맛을 잃지 않도록 할 것이다.

결론적으로 말해서, 내 작품을 가지고 머리를 베거나 손가락을 부러뜨리거나 허파를 뚫어 버리는 식으로 나를 모욕하지 말아 달라. 나는 흔들거나 끄덕거릴 머리가 있어야 하고, 내젓거나 주먹을 쥘 손도 있어야 하며, 소리 지르거나 속삭이려면 허파도 있어야 한다. 나는 배알도 없이 내 작품들이 책도 뭣도 아닌 꼴로 책장에 가도록 고분고분 있지는 않을 것이다.

당신네 심판들이여, 부디 외야석으로 모두 돌아가길. 링 위의 주심들도 가서 샤워를 하시길. 이건 나의 게임이다. 내가 던지고, 내가 치고, 내가 잡는다. 그리고 내가 베이스를 돈다. 해가 질 때쯤이면 내가 지던지 이기던지 할 것이다. 해가 뜨면 나는 다시 나가서 이 오래된 시도를 또 반복할 것이다.

그리고 그 누구도 나를 도와줄 수는 없다. 당신일지라도.

문 : 『화씨 451』이 출간된 지도 어느덧 50년이 훌쩍 넘었습니다. 처음에 집필하실 때부터 이 작품이 걸작이 될 것을 알고 계셨나요? 아니면 예상치 못한 일이었나요?

답 : 50년 동안 아주 천천히, 하지만 한결같이 반응이 오더군요. 1953년 10월에 발런타인 출판사에서 처음 책이 나올 때 고급 양장본과 보급판을 같은 날 출시했는데, 아마 고급 양장본은 5000부쯤 팔렸을 겁니다. 많이 나간 게 아니죠. 서평도 좀 났지만 역시 얼마 안 되었고. 몇몇 미국 작가들이 평을 해 준 건 참 기분이 좋았습니다. 그래도 이토록 오랫동안 꾸준히 사랑받을 줄을 그때는 정말 몰랐어요. 보급판은 1년에 5만 권 정도 팔리는데, 물론 5000권보다는 많은 거지만 그래도 베스트셀러라고 할 만할 정도는 아니지요.

문 : 이 책이 정말로 대단한 생명력을 지니고 있구나, 더 나아가서 고전의 반열에 올랐구나라는 사실을 깨달으신 건 언제쯤입니까?

답 : 최근 10여 년 사이의 일입니다. 전국 각지의 도시와 도서관들이 독서 프로그램에서 이 책을 선정해 모든 사람들에게 읽도록 했지요. 그때부터 느낌이 왔습니다.

문 : 1966년에 프랑수아 트뤼포 감독이 이 작품을 영화로 만들었을 때 뭔가 좋은 조짐을 느끼지 않았는지요?

답 : 그 영화는 사실 반갑지만은 않았습니다. 응당 따라가야 할 원작의 전체 줄거리를 지키지 않았어요. 좋은 영화입니다. 엔딩도 멋있고, 버나드 허먼의 음악도 좋아요. 주연을 맡은 오스카 워너의 연기는 훌륭했습니다. 하지만 트뤼포 감독이 줄리 크리스티에게 1인 2역을 맡긴 건 실수입니다. 한 작품에서 그렇게 나오면 혼란스럽죠. 또 몇몇 캐릭터는 아예 없애버렸지요. 클라리세나 철학자 파버, 게다가 로봇 사냥개까지. 이걸 다 빼 버릴 순 없는 거예요.

문 : 저도 로봇 사냥개가 안 나와서 무척 실망한 기억이 납니다.

답 : 머잖아 새로운 영화판이 나올 것 같습니다. 멜 깁슨이 제작을 맡고 프랭크 다라본트가 감독을 한답니다. 「쇼생크 탈출」을 감독했던 바로 그 사람이죠. 감독으로서도 훌륭하지만 인간적으로도 멋진 사람

이에요. 기대하고 있습니다.

문 : 저 역시 기대가 됩니다. 배우는 누가 나오는지 혹시 아세요?

답 : 아직은 말하기 이르군요.

문 : 이 작품이 맨 처음에는《플레이보이》지에 실리지 않았나요?

답 : 아뇨, 1950년 2월에 SF잡지《갤럭시》에 『방화수(The Fireman)』 라는 제목의 단편으로 처음 발표했습니다. 2만 5000단어쯤 되었어 요. 그리고는 발런타인 출판사에서 연락을 해 와서 분량을 두 배로 늘 여 보라기에 그렇게 했지요. 그 다음에, 아마도 1953년 늦여름쯤인데, 《플레이보이》에서 연락이 왔어요. 새로 시작하는 잡지인데 돈이 없어 고료를 많이 줄 수가 없다면서 400불 정도에 작품을 팔 수 있겠냐고 요. 그래서 『화씨 451』를 400불 받고 줬지요. 그게《플레이보이》창 간 2호부터 4호까지 연재가 되었습니다.

문 : 그 사람들 적어도 451불은 줬어야 하는 거 아니에요?

답 : 하하, 그렇죠.

문 : 대부분 그렇듯이 저도 이 책을 처음 읽은 건 학생 때입니다. 지 난주에 다시 읽어 봤는데, 미래 사회의 묘사가 너무나도 현실적이

어서 놀랐습니다. 예를 들면 『화씨 451』과 종종 비견되는 오웰의 『1984』보다 더 생생합니다. 제가 보기에 『1984』는 이미 미래 전망서로서 빛이 바랬지만, 『화씨 451』은 여전히 유효합니다.

답 : 오웰은 공산주의를, 그러니까 러시아 공산주의에 대한 환멸과 그가 스페인에서 목도했던 공산주의자들의 행태를 다루었던 겁니다. 『1984』는 그런 정치적 상황에 대한 발언이었지요. 반면에 저는 정치적인 것보다는 다른 여러 가지에 더 관심이 있었습니다. 사회 전반의 모든 분위기를 본 거죠. TV와 라디오의 영향, 혹은 교육의 빈곤 등등. 학교 선생들이 더 이상 독서를 가르치지 않는 세상을 전망할 수 있었어요. 배우는 게 적을수록 책도 더 멀리하게 되겠죠.

문 : 그런 사회적인 면들이 지금 제게는 가장 선견지명으로 보입니다. TV 리얼리티 프로그램의 인기나 광범위하게 보급된 인터넷뿐만 아니라 『화씨 451』 속 미국의 모습이 오늘날의 실제 미국과 놀랍도록 비슷하다는 점에서 말이지요. 사실 이 부분이야말로 정치적이지요. 책에서 미국은 모호하지만 어떤 전쟁에 연루되어 있다고 묘사됩니다. 머리 위로 전투기들이 끝없이 날아갑니다. 세계의 다른 나라들이 죄다 우리를 미워하는데 왜 그러는지를 우리는 납득하지 못하죠. 사람에 따라서는 이런 상황이 그대로 지금의 미국 현실과 맞아떨어지는 것입니다. 테러와의 끝없는 전쟁이나 아프간과 이라크 분쟁 등등. 특히 후자의 경우 전 세계가 지탄을 하고 있죠. 당신이 보기에 지금 미국은 50년 전 당신이 소설 속에서 묘사했던 허구의 미국에 갈수록 근

접해가고 있나요?

답 : 전혀 그렇지 않습니다. 문제는 교육이지 정치가 아니에요. 우리 나라의 교사들은 유치원과 초등학교 1학년 아이들에게 가장 먼저 읽기와 쓰기를 가르치도록 해야 합니다. 아이들이 2학년 올라갈 때쯤에는 읽기와 쓰기를 완전히 터득해야죠. 그 전 세대들이 다 그랬듯이 말입니다. 저는 1926년에 1학년이었는데, 당시 선생님들은 다 가난했습니다. 연봉이 800불 정도밖에 안 되었지만, 그래도 1학년 마칠 때까지는 읽기와 쓰기를 확실하게 가르쳤어요. 정부가 따로 한 일은 아무것도 없었죠. 교육 체계를 바로잡아야 합니다.

문 : 교사들 임금은 지금도 높은 편은 아닌데…….

답 : 얼마나 받느냐하고는 상관이 없어요. 자기가 하는 일을 사랑하느냐 아니면……. 보세요, 저는 수십 년째 글을 쓰고 있지만 돈 받고 하는 일은 아니에요. 글쓰기에 대한 사랑이 그 세월을 버티게 해 준 겁니다. 저는 거리에서 신문팔이도 했어요. 스물두 살 때 일주일 수입이 10불이었죠. 제가 쓴 이야기를 팔면서 주 수입이 20불을 넘어가서야 신문팔이를 그만뒀어요. 자기가 하는 일을 사랑하거나 아니거나, 그 두 가지입니다.

문 : 사람들이 『화씨 451』을 읽으면서 간혹 간과하는 것이, 처음에 책을 태우기 시작한 것은 정부가 아니라는 점입니다. 바로 책읽기를 싫

어하는 보통 사람들이 그랬지요. 책을 읽고 생각하고 되새김으로써 다시 또 책을 들게 하는 습관에서 멀어진 사람들이요. 나중에 정부가 나서서 적극적으로 정보를 통제하기 시작해도 눈 하나 깜짝하지 않지요. 우리와 같은 민주주의가 건강하기 위해서 독서는 얼마나 중요한 겁니까?

답 : 어떤 학술 도시(도시의 기능적 분류의 하나. 대학, 박물관, 연구소 따위가 밀집되어 있어서 학술 연구의 중심이 된다. 영국의 케임브리지 · 옥스퍼드, 미국의 프린스턴 · 버클리, 독일의 라이프치히 · 하이델베르크 등이 이에 속한다. ─옮긴이)에 내일 지진이 일어난다고 가정해 봅시다. 지진이 끝나고 온전하게 남은 건물이 두 채밖에 없다고 할 때, 손실된 것들을 복구하기 위해 그 건물들은 가장 먼저 어떤 역할을 해야 할까요? 우선 첫 번째 건물은 병원이 되어야겠지요. 부상자들을 속히 치료해서 살려내야 할 테니까요. 다른 하나의 건물은 도서관이 될 겁니다. 다른 모든 건물들이 죄다 그 하나에 담기는 겁니다. 사람들은 도서관에 가서 필요한 것을 뭐든지 얻게 됩니다. 문학에서부터 경제, 정치, 공학 등등 뭐든지 필요한 책을 갖고 나와서 잔디밭에 앉아 읽는 겁니다. 독서란 우리네 삶의 중심이에요. 도서관은 바로 우리의 두뇌죠. 도서관이 없다면 문명도 없습니다.

문 : 오늘날 가장 위험한 형태의 검열은 어떤 것일까요?

답 : 미국에는 없습니다. 검열을 할 수 있는 그룹들이 너무 많아요. 가

톨릭도 있고 유태교에다 신교도, 또 공화당과 민주당도 있지요. 여성 해방운동가에다 동성애자, 양성애자, 청소년과 성인…… 우리 모두가 서로를 감시하고 있으니, 결국 검열이란 사실상 없습니다. 문제는 바보 같은 TV입니다. 지역 뉴스를 보고 있노라면 머리가 죽처럼 흐늘흐늘해질 것 같아요.

문 : 언론의 객관성이라는 기준이 점점 낮아지는 것 같습니다. 조심스럽게 말하자면.

답 : 그건 본질이라기보다 스타일입니다. 제가 보기에 「물랭 루즈」라는 영화에는 오늘날 TV나 영화의 문제점들이 고스란히 집약되어 있어요. 이것저것 상을 많이 탄 영화인데, 거기엔 0.5초밖에 안 되는 아주 짧은 장면들이 4560개나 있습니다. 카메라가 가만히 정지해 있질 않아요. 그러니 당신이 생각할 틈을 전혀 주지 않죠. 그렇게 폭격하듯이 뭐가 계속 쏟아지는데 생각을 한다는 건 불가능해요. 보통의 60초짜리 TV광고도 120개의 0.5초짜리 클립들이, 아니면 1/3초짜리들이 들어 있습니다. 사람들을 감각으로 폭격하는 거지요. 그게 생각을 몰아내고 그 자리를 대체하고 있습니다.

문 : 그런데 그 모든 걸 이미 1950년대에 예견하셨죠. 『화씨 451』에 보면 사람들이 벽면TV에 중독되어 있지 않습니까?

답 : 맞습니다.

문 : 『화씨 451』의 미래 사회를 창조하기 위해 또 어떤 것을 끌어오셨죠?

답 : 꼭 집어 말하긴 힘들군요. 저는 글쓰기를 사랑하기 때문에 이 책을 썼습니다. 모든 이야기들이 다 열정을 분출해 내는 과정에서 나온 거예요. 그래서 다시 그때로 돌아가 과연 어떤 것들이 당시의 이야기에 녹아들어 갔는지를 다시 생각해 내긴 힘듭니다. 그렇지만 하나 생각나는 건, 제가 아마도 열두 살 때쯤이었던 것 같은데, 지역 신문에 라디오 연속극의 대본이 미리 실린 적이 있어요. 라디오를 들으면서 그걸 읽으면 등장인물의 목소리 연기를 해 볼 수 있었죠. 그걸 『화씨 451』에 끌어다 넣었습니다.

문 : '후기'에 쓰시길, 몬태그나 클라리세, 비티와 같은 캐릭터들이 『화씨 451』 집필을 마친 뒤에도 오랫동안 말을 걸어왔다고 하셨죠. 당신 소설의 캐릭터들은 늘 그렇게 당신에게 생생히 살아납니까? 그리고 늘 그렇듯 고집이 센가요?

답 : 그렇습니다. 오, 그렇고말고요. 전 그냥 그들이 말하게 놔둡니다. 제 마음대로 부리는 게 아니에요. 전 그냥 발언대만 제공하고는 저에게 말하도록 놓아둡니다. 제가 쓴 괜찮은 이야기들은 죄다 그 속에 등장하는 캐릭터들을 통해 제게 말을 합니다. 제가 이야기를 쓰는 게 아닙니다. 이야기들이 저를 쓰는 거지.

문 : 이야기를 쓸 때 플롯을 미리 짜나요?

답 : 아니, 아닙니다. 저는 이야기가 스스로 살게 합니다.

문 : 전에 어느 여성 작가가 자기 작품의 캐릭터에 대해 말하던 게 기억납니다. 자기가 주인이고, 등장인물들은 꼭두각시라고요. 그들은 작가가 가라는 대로 가고, 하라는 그대로 따라한다고…….

답 : 그럴 순 없어요. 그건 나쁜 글쓰기입니다. 등장인물들이 당신을 써야만 해요. 그들이 당신을 컨트롤하는 겁니다. 플롯도 그들이 짜요. 제가 컨트롤한 적은 없습니다. 전 그냥 그들이 자기 자신의 삶을 살도록 놔둡니다.

문 : 그렇게까지 확언하시다니, 두렵진 않으세요?

답 : 아뇨, 아주 재밌잖아요. 전 제가 창조한 캐릭터들을 사랑합니다. 그들을 신뢰해요.

문 : 소설이 끝난 뒤에 몬태그가 어떻게 되었을까를 많은 사람들이 궁금해 합니다. 핵 재앙이 일어나 도시와 아마도 나라의 상당 부분이 파괴되었다는 이야기로 좀 암시를 주신 셈이긴 한데, 혹시 후속편을 쓸 생각은 안 해 보셨는지요?

답 : 아뇨, 저는 언제나 캐릭터들에게 이야기를 언제 끝맺을지 결정하도록 합니다. 『화씨 451』의 연극과 오페라 극본을 쓴 적이 있는데, 얘기가 좀 더 진행되긴 했지만 결론은 언제나 책사람들(book people)의 기억을 통해서 문명이 재건되는 것이었습니다.

문 : 만약 몬태그가 "브래드버리 선생, 내 이야기는 아직 안 끝났어요. 후속편을 써야 하지 않나요?"라고 한다면요?

답 : 그럴 수도 있겠죠, 그렇지만 아주 드문 일이에요. 전 지금 『민들레 와인(Dandelion Wine)』의 속편을 쓰고 있는데, 40년이나 지나서 말이죠, 그런데 그놈의 책이 40년 동안 줄곧 진행형이에요. 언제 저 스스로 끝나기나 할지 모르겠어요.

문 : 왜 어떤 건 그렇게 오래 걸릴까요?

답 : 누군들 알겠어요? 저의 비결이 저한테 얘기를 안 해 주니.

문 : 당신은 사실상 모든 장르에서 상을 받으셨습니다. 미스터리, SF, 판타지, 호러, 뭐 영화와 TV는 차치하더라도 말이죠. 가장 좋아하는 장르나 혹은 형식이 있으신지요?

답 : 저는 모든 것을 사랑합니다. 에세이 쓰는 것도 아주 좋아요. 6개월 전에는 『They Have Not Seen the Stars』라는 두툼한 새 시집도 냈어

요. 희곡도 사랑하지요. 이달 말에 여기 LA에서 제 희곡 세 편이 무대에 오르고, 또 연말까지는 몇 편이 더 올라갑니다.

문 : 당신의 모든 책과 이야기, 또 캐릭터 중에서 가장 애착이 가는 것은요?

답 : 전부 다입니다. 하나하나 다. 모두 내 자식이에요. 누군가를 사랑하면 엄청난 애정을 가지고 대하게 되죠? 글쓰기도 똑같아요.

문 : 『화씨 451』에서 악당이라고밖에 할 수 없는 비티까지도 말입니까?

답 : 물론이죠. 비티가 어떻게 해서 책을 불태우는 사람이 되었는지 이해해야 합니다. 자기만의 사연이 있잖아요. 한때 독서가였지만 인생에서 몇 번의 위기를 겪은 뒤에, 그러니까 어머니가 암으로 죽고, 아버지는 자살하고, 연인과는 헤어지고, 그리고선 책을 펼치니 공허함 뿐이었죠. 책은 아무런 도움이 되지 못했습니다. 그래서 그는 책에 반기를 들고 불태우기 시작한 겁니다.

문 : 이건 좀 이상하게 들리실지 모르겠는데, 아무튼 진지하게 드리는 말씀입니다. 결국 당신은 스스로를 마술사라고 말하고 있군요! 세상에 마술이 정말 통한다고 믿으시나요?

답 : 세상이 뭘 의미하느냐에 달렸겠죠.

문 : 그럼 당신에겐 어떤 의미인지요?

답 : 글과 아이디어와 은유에 대한 저의 사랑을 통해서라면, 아무리 기이한 것일지라도 당신을 납득시킬 수 있습니다. 그게 바로 마술사가 하는 일이지요. 무대에서 코끼리가 사라지게 할 수도 있어요. 이야기 속에서라면 저는 이 세상을 통째로 사라지게 할 수도, 나타나게 할 수도 있습니다. 아니면 공룡이 등대와 사랑에 빠지게 할 수도 있고요. 그게 마술이죠.

문 : 당신의 작품에서 늘 변치 않는 것 중에 하나가, 변화하고 모습을 갖춰나가는 세상 속에서 평범한 것들, 평범한 사람들의 중요함이죠. 『화씨 451』에 나오는 책사람들처럼요. 당신의 낙관주의는 결코 친절하진 않지만, 그래도 당신의 이야기 속에는 거의 언제나 미래에 대한 희망이 있습니다.

답 : 하루 일과를 꼬박꼬박 해 나간다면, 주말, 월말, 그리고 연말에는 당신이 했던 모든 일들에 만족을 느낄 거라고 믿습니다. 그건 현실에 기반을 둔 것이지 그릇된 낙관주의가 아닙니다. 그러니 행동을 잘 하면, 매일 글을 잘 쓰고, 잘 움직이면, 연말에는 스스로에게 기분이 좋아질 겁니다.

문 : 일에 대한 태도에는 참으로 미국적이라고 할 만한 뭔가가 있지 않습니까? 당신은 스스로를 '미국 작가'라고 생각합니까?

답 : 그렇게 딱지를 붙이는 것은 마음에 들지 않군요. 저는 여러 아일랜드 작가들에게 많은 영향을 받았습니다. 조지 버나드 쇼, 션 오케이시, 윌리엄 버틀러 예이츠, 오스카 와일드…… 혹은 잉글랜드의 찰스 디킨스도. 그래요, 전 은유를 구사했던 19세기의 미국 작가들한테서도 영향을 받았어요. 허먼 멜빌과 너새니얼 호손, 그리고 에드거 앨런 포. 하지만 제게는 순수하게 미국적인 건 없어요. 그렇게 생각하진 않습니다.

문 : 최근에 출판된 『Bradbury : An Illustrated Life』(브래드버리의 일생을 풍부한 화보와 함께 서술한 책이다 — 옮긴이)의 서문을 보면, 정말 제가 몇 시간을 몰입해서 읽은 책인데…….

답 : 놀라운 책 아닙니까?

문 : 정말 아름답죠. 당신은 그 책 서문에다 본인의 작업에서 이미지의 중요성에 대해 쓰셨죠. 당신의 삶을 '그 모든 이미지들 사이의 율동'으로 표현했습니다. 그 이미지들의 원천과 의미는 당신이 글쓰기를 통해 풀어 보려고 애쓰는 어떤 미스터리인 셈인가요? 아니면 당신의 글쓰기란 오히려 미스터리의 찬양 그 자체인가요?

답 : 찬양이죠. 삶의 마지막에 이르면 자신이 무엇을 했나 돌아보게 되지요. 저의 영웅은 이탈리아의 영화 감독 페데리코 펠리니입니다. 그는 25년 전에 제 친구였어요. 처음 만났을 때, 그는 나를 껴안고 소리쳤어요. "내 쌍둥이! 내 쌍둥이!" 하지만 그의 삶과 함께 한 건 다음과 같은 말입니다. "내가 뭘 하고 있는지 내게 말하지 말라. 난 알고 싶지 않다." 영화를 만들 때, 그는 결코 필름을 들여다보지 않았어요. 편집용 프린트도 안 봤죠. 촬영이 다 끝나서야 비로소 영사기 앞에 앉아 자기가 뭘 했는지 봤죠. 저도 마찬가지입니다. 저 스스로를 들여다본다는 것은 믿지 않아요.

문 : 펠리니와 공동 작업을 하신 적이 있습니까?

답 : 오, 그러고 싶었죠. 하지만 이루어지진 않았습니다.

문 : 지난 경력을 되돌아볼 때, 가장 놀라운 일은 무엇입니까?

답 : 그 모든 것이요! 전 대단한 삶을 살아왔어요. 정말 운이 좋았죠.

문 : 작가로서 아직도 성취하고 싶은 것이 있습니까?

답 : 오페라를 하고 싶어요.

문 : 지금도 매일 집필을 하나요?

답 : 70년 동안 하루도 빠짐없이요.

문 : 당신의 독자들과 당신의 책으로 가르치는 교사들을 대상으로 질문을 받아서 그 중 두 가지만 골라봤습니다. 먼저 교사의 질문입니다.

젊은이들에게 언어에 대한 사랑을 심어 주기 위해서 교사들이, 교육자들이, 그리고 부모들이 할 수 있는 것은 뭘까요? 갈수록 영상이 문자를 압도해가고 있는 문화적 현실에서 글의 힘을 향유할 수 있도록 해 주려면 말입니다.

답 : (웃음) 책을 건네주세요. 그게 답니다. SF와 판타지 같은 제 책들은 정말 많은 이들의 삶을 바꿔 놓았어요. 제 책들은 이미지와 은유가 넘쳐나지만, 전부 다 지적인 개념들과 연관되어 있지요. 책읽기를 싫어하는 열두 살짜리 남자애한테 제 책 한 권을 줘 보세요. 그럼 그 애는 사랑에 빠져서 독서를 시작할 겁니다.

문 : 당신이 소년 시절에 사랑에 빠진 책은 뭐지요?

답 : 『오즈의 마법사』요. 버로우즈가 쓴 『타잔』과 『화성의 전사 존 카터』도 있고, 한때는 쥘 베른이었고, 아홉 살 때는 에드거 앨런 포였죠. 그리고 H. G. 웰스는 무척 부정적이었지만 또한 대단히 흥미진진했습니다. 열여섯 살이 되면 과대망상이 되어버리는데, 웰스가 바로 대단히 과대망상적인 작가였거든요. 아주 필요한 작가이죠.

문 : 마지막으로 독자들이 보내 온 질문 중에서 하나를 말씀드립니다. 『화씨 451』에서 책사람들에 의해 기억되는 책으로 왜 문학을 선택했지요? 특히 성경의 누가복음을 포함시킨 것은 좀 충격이었습니다. 영화에서는 그 책이 나오지 않았죠.

답 : 왜 누가복음이냐고요? 모르겠습니다. 저는 침례교 집안에서 자라났기에 성경 구절들에 대해서는 잘 알고 있었어요. 물론 다른 내용들도 그렇고. 하지만 정말이지 제가 선택한 건 아닙니다. 제 무의식이 저 대신 누가복음을 골랐던 모양입니다.

문 : 당신의 비결이 일찌감치 말을 걸었던 모양이군요.

답 : 그렇죠. 작가로서 반드시 그걸 믿어야만 합니다. 아니면 작가를 할 수가 없어요.

옮긴이 | 박상준

과학소설 기획번역가, 칼럼니스트.
한양대 지구해양과학과를 졸업하고 서울대 대학원 비교문학과를 수료했다.
월간《판타스틱》초대 편집장을 지냈으며, '서울SF아카이브' 대표이다.
낸 책에 『라마와의 랑데부』(옮김), 『로빈슨 크루소 따라잡기』(공저) 등 20여 권이 있다.

환상문학전집 ● 12

화씨 451

1판 1쇄 펴냄 2009년 3월 4일
1판 26쇄 펴냄 2024년 11월 26일

지은이 | 레이 브래드버리
옮긴이 | 박상준
발행인 | 박근섭
편집인 | 김준혁
펴낸곳 | 황금가지

출판등록 | 2009. 10. 8 (제2009-000273호)
주소 | 06027 서울 강남구 도산대로 1길 62 강남출판문화센터 5층
전화 | 영업부 515-2000 편집부 3446-8774 팩시밀리 515-2007
홈페이지 | www.goldenbough.co.kr

도서 파본 등의 이유로 반송이 필요할 경우에는 구매처에서 교환하시고
출판사 교환이 필요할 경우에는 아래 주소로 반송 사유를 적어 도서와 함께 보내주세요.
06027 서울 강남구 도산대로 1길 62 강남출판문화센터 6층 민음인 마케팅부

© 황금가지, 2009. Printed in Seoul, Korea

ISBN 978-89-8273-908-8 03840

㈜민음인은 민음사 출판 그룹의 자회사입니다.
황금가지는 ㈜민음인의 픽션 전문 출간 브랜드입니다.